論創社

Hohtaro Nishi
西法太郎

死の貌《かたち》

三島由紀夫の真実

父と亡き母に

目　次

＊文中、対話の箇所をのぞき敬称は略した。語句に適宜ふり仮名を付し、旧仮名遣いの引用文は詩句などをのぞき現代仮名遣いに改めた。
＊年号については、基本的に和暦と西暦を併記するようにしたが、大正一四（一九二五）年一月一四日生れの三島由紀夫の年齢が昭和の年号と一致することから、和暦を主とした。

はじめに

作家が最期を遂げたのは私が中学生のときだった。友人が下校の道すがら肩掛けカバンからそっとグラフ誌を取り出し押し開いた。そこには床に置かれた作家の頭部が写っていた。

作家の四部作を手にしたのは高校生のときだった。

奥付にはそれぞれ、「昭和四十九（一九七四）年九月二十日 四十四刷」、「昭和四十九年六月二十日 三十刷」、「昭和四十九年七月三十日 二十三刷」、「昭和四十九年十月三十日 十一刷」とあった。

読めない字や難解な用語を辞書で引き引き読みおえた。作家の自死の衝撃が消えずぎゃくにその波紋がひたひたひろがっていた。

地方の少年もそれに嚥《の》まれた。

作家の全集が月命日に一巻また一巻と出だした。高校生には高価で市の図書館で借り出すしかなかった。新しい巻が出る日になると自転車を飛ばし背表紙が金でかざられた赤革装のサラを抱えて持ち帰った。

作家の写真入りチラシが祥月の街中にあふれる東京に出て来たのは大学生のときだった。しかしそれはいつしか見られなくなった。古書店の全集の値つけに作家への関心の遷《うつ》ろいようがあらわれていた。

作家の作品を読み返しはじめたのはその享年にいたったころだった。それから熊本の神風連の地をおとずれ奈良の帯解《おびとけ》三輪桜井などをめぐった。さまざまの資料にあたり事件の裁判記録を閲覧した。作家と生前交流のあった人々や関係者をおとない研究者に意見をもとめた。そうやって作家の死の貌《かたち》を求めるようになった。

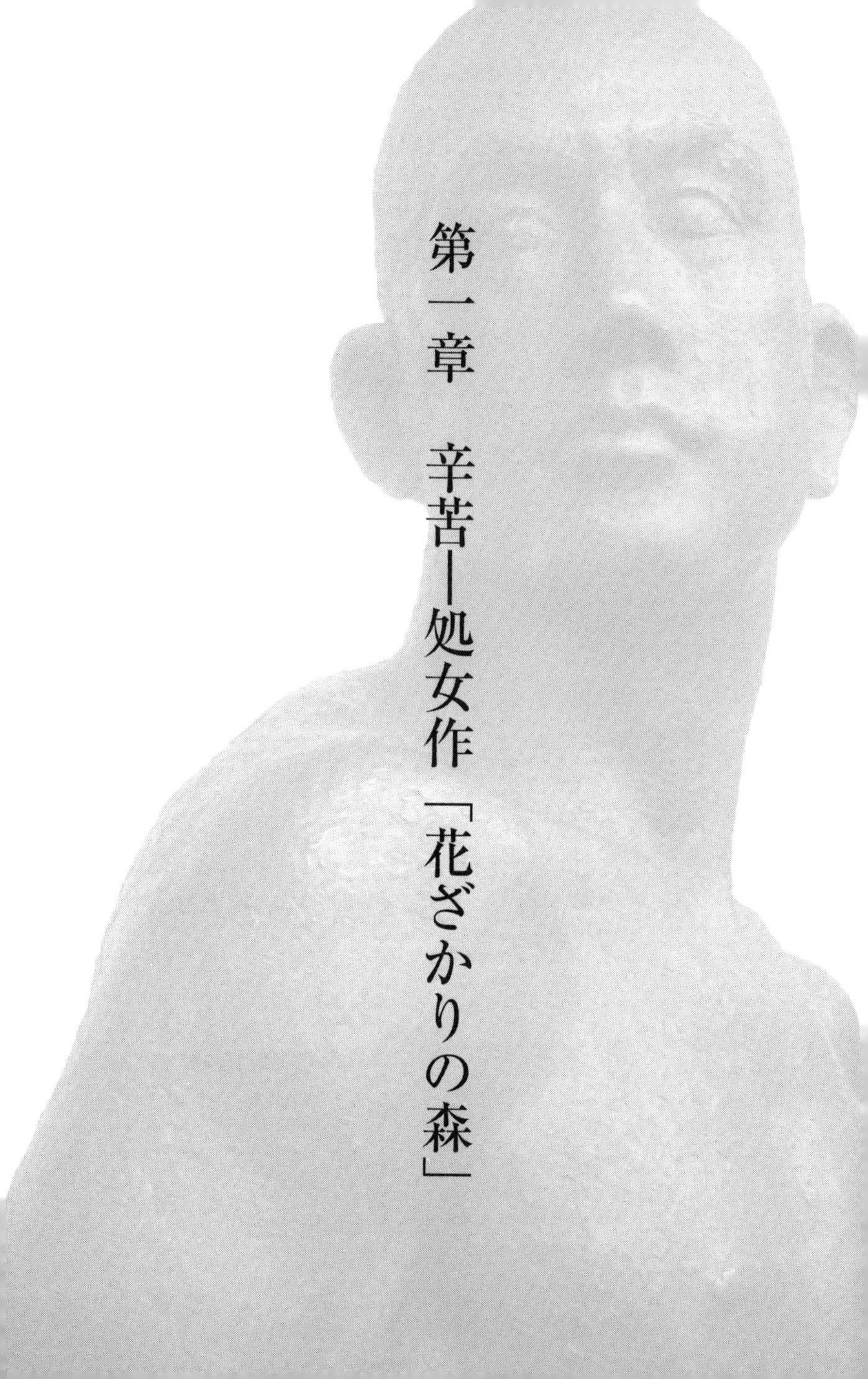

第一章　辛苦―処女作「花ざかりの森」

世に出たいきさつ

「花ざかりの森」の作者はまったくの年少者である。どういう人であるかということはしばらく秘しておきたい。それが最もいいと信ずるからである。

もし強いて知りたい人があったら、われわれ自身の年少者というようなものであるとだけ答えておく。日本にもこんな年少者が生れて来つつあることは何とも言葉に言いようのないよろこびであるし、日本の文学に自信のない人たちには、この事実は信じられないくらいの驚きともなるであろう。

この年少の作者は、しかし悠久な日本の歴史の請《もう》し子である。我々より歳は遥に少ないがすでに成熟したものの誕生である。

この作者を知ってこの一篇を載せることになったのはほんの偶然であった。しかし全く我々の中から生れたものであることをすぐ覚った。そういう縁はあったのである。

これは国文学研究の同人誌『文藝文化』昭和一六（一九四一）年九月号の編集後記である。一六歳の少年がはじめて〝三島由紀夫〟のペンネームで作品を発表したときのものだ。この後記を書いたのは、成城高校教師で同人誌の発行兼編集人蓮田善明だった。この言葉とともに〝三島由紀夫〟という不世出の作家が生れた。いや蓮田の言葉が〝三島由紀夫〟を生み出したと言ってもいい。そしてその自決という最期も決したと言っていいかもしれない。それほど三島由紀夫、本名・平岡公威《きみたけ》にとってインパクトのある〝激賞〟の辞だった。

このとき平岡少年は学習院中等科の五年生だった。その国文科の教師清水文雄は、蓮田とともに日本浪曼派の流れを汲む『文藝文化』の同人で鋭意の国文学者だった。その清水に「花ざかりの森」の原稿が持ち込まれた。

> まもなく学校が夏休みになったので、（蓮田善明・池田勉・栗山理一、それに私の四人の）同人相携えて伊豆の修善寺温泉へ出かけた。編集会議を兼ねた一泊旅行であった。
>
> 新井旅館に落ちつくと、私は他の三君に、携えていった「花ざかりの森」の原稿を廻し読みしてもらった。三君の読後感も、私の予想通りで、〝天才〟がわれわれの前に現われるべくして現われたことを祝福しあい、それを『文藝文化』九月号から連載することに一決した。
>
> 『決定版三島由紀夫全集』月報、新潮社、昭和五〇年

清水はこれ以前にも、掲載経過について、「ここ（右の蓮田による編集後記）に書かれてあることは、同人全員の思いの適切な代弁である…」（『文学界』二月号、昭和四六年）と述べている。しかし蓮田の次男太《たい》二《じ》（熊本市の慈恵病院院長で、通称〝赤ちゃんポスト〟の主宰者。病院は故長兄・晶一との共同経営）は、父善明は母敏子に、「『花ざかりの森』の掲載を当初同人全員は賛成しなかった。賛成しない同人を説得して掲載に漕ぎつけた」と話していたと言う。善明は太二の物心がつくまえに逝ったので、母からそう聞いていたのだ。そして清水は和を尊ぶ性格で、ほんとうの成りゆきを伏せた、と言うのだ。

ここで清水の性格をうかがわせるエピソードを紹介しよう。彼が後に奉職した広島大学の教え子で国文

学者堀江マサ子によると、清水はある時期、教室関係の学生に自殺者が相ついだことに心を痛めたという。そこで彼らが孤立しないようOBも加えた光葉会という交流サークルを立ち上げ主宰した。清水が、得意なフォークダンスやハイキング、小旅行をする活動的な愉しい集まりだったと回想している。もしそうなら、蓮田はこの後記を読者だけでなく、掲載に難色をしめした同人仲間にもむけていたことになる。おそらくこのことは三島の知れるところとなり、蓮田に謝するおもいはよけい高まったことだろう。

「三島由紀夫」誕生の瞬間

さて〝三島由紀夫〟というペンネームが生れた行く立てを、清水は先に引いた月報でつぎのように記している。

掲載するにしても、彼がまだ中学生の身であること、それに御両親の思わくなども考慮して、今しばらく平岡公威の実名を伏せて、その成長を静かに見守っていたい—というのが、期せずして一致した同人の意向であった。（中略）旅館の一室で、だれからともなく言い出したヒントは、「三島」であり「ゆき」であった。東海道線から修善寺へ通ずる電車に乗り換える駅が「三島」であり、そこから仰ぎ見たのが富士の秀峰であったことが、ごく自然にこの二語を選ばせたのであろう。それがその席で「三島ゆきお」までは固まったと思うが、「三島由紀夫」まではゆかなかったと記憶する。（中略）（平岡君は）『文藝文化』に掲載することは喜んで承知したが、筆名の一件を切り出すと、はたして「平岡公威ではいけませんか」と反問してきた。しかし、同人の一致した意向を伝えると、案外素直に、それではどういう名前がよいかと意見を求めてきた。どういう名前をと聞かれて、さきの試案の経緯を一通り説明したうえで、「三島ゆきお」はどうかと、おそるおそる言ってみた。しばらく考えていたが、やがて持ち合わせの紙片に〈三島由紀雄〉と書いて、「これはどうでしょう」と言った。私は字面から見て、「雄」は重すぎると思ったので、それを消して「夫」と改めて彼の手許に返した。「それでは、これに決めます」という彼の一言で、〝三島由紀夫〟の筆名がうまれたのであった。

（同）

同人の一人、池田勉も、「「三島」という姓が誰の口からともなく、自然にすらりと生れ出た。仰ぎ見た富士の白雪のさわやかなイメイジも残っていて、三島の姓につづいて「ユキオ」という名も、風の流れるように、そして雲のおりてくるように、姓と名とは自然に結びついた。「花ざかりの森」の原稿は、こうして三島由紀夫の筆名を得て、清水から作者の手もとに帰った」（『ポリタイア』昭和四八年）と恩寵のように筆名がうまれたと述べている。

さて、平岡少年は、「清水から作者の手もとに帰った」原稿用紙の一枚目にペンで書いた本名を鉛筆で二本線で消し、その右に、終生使うことになる筆名をやはり鉛筆で記していた。おそらく清水に呼び出されて筆名を決めたときに、その場で手持ちの鉛筆で書き入れたのだろう。これが自作の原稿に〝三島由紀夫〟と付す嚆矢《こうし》となった。そして三島由紀夫の処女作となった。作家・三島由紀夫が誕生した瞬間である。

この〝瞬間〟は昭和一六年八月はじめごろだったようだ。三島は学習院の先輩の東文彦に出した八月五日付けの手紙で、『花ざかりの森』は清水文雄先生だの、松尾先生だのがやっている雑誌にのせていたゞくことになった」と伝えている。書きあげた原稿同様、即座にしらせたと思われる。ということはこの日付の直前ということになるのだ。三島自身は筆名の由来についていささか異なることを述べている。

目白の教員宿舎の（清水）氏の書斎で、一日、中学生の私は自分の筆名を練った。伊藤左千夫という歌人の万葉風の名が、どういうわけか、私を魅していた。好い試案がうかばなかったので、はじめ由紀雄という名を考えて、坐りのいい姓を、と思って、そこらにあった名簿を繰り、三島という姓を案じた。先生は、別に干渉もしないで、黙って私の永い思案を眺めておられた。私は「三島由紀雄」と書いて渡した。清水先生は膝に赤ん坊を抱いてゆすりながら、その紙をしばらくじっと見ておられた。若白髪の目立つ鬢が庭の若葉の反映に光っている。それから先生独特の不器用な手つきで、つと手をのばして、紙片を私に返して、こう言われた。

「雄は、夫のほうがよくはないかな」

二三カ月して「花ざかりの森」が「文藝文化」に連載されだしたが、それが私の筆名を使ったはじめである。

『三島由紀夫作品集4・あとがき』新潮社、昭和二八年

同じ年の『東京新聞』に「私のペンネーム」と題して「あとがき」とほぼ同じことを簡略に書いている。そこでは「抒情詩風のペン・ネームではずかしい。取柄といえば、文壇に他に同姓の人のいないこと、姓にも名にも濁音がないので音の比較的耳に快いことぐらいであろう」と述べてもいる。三島の父親はさら

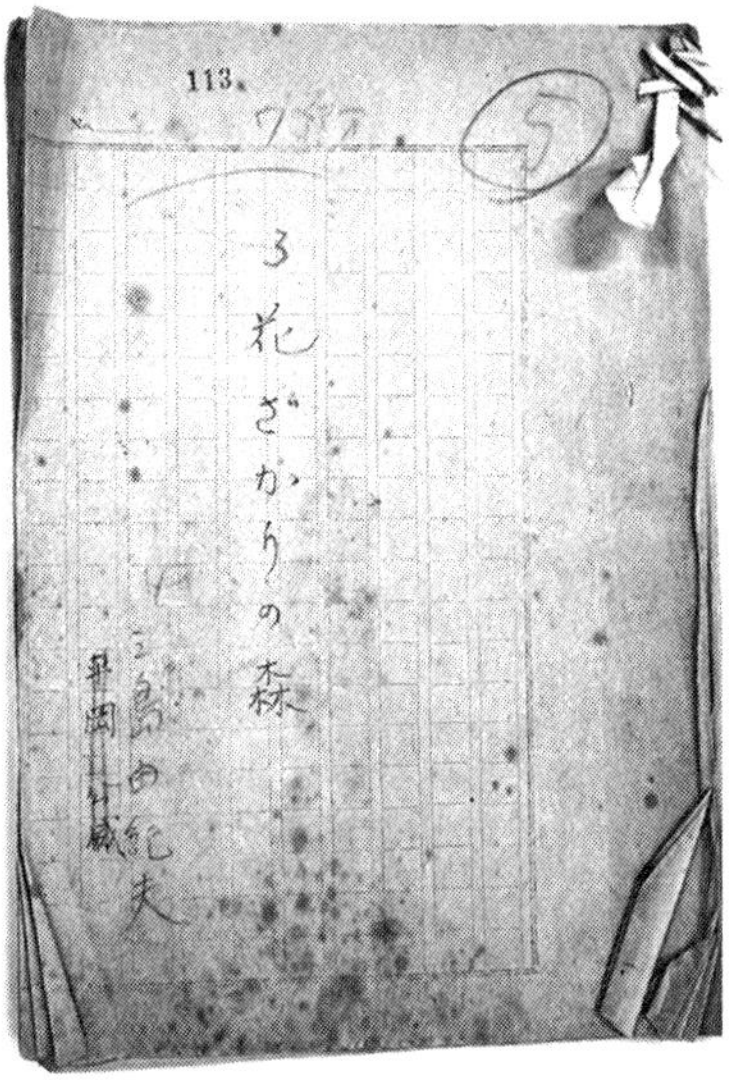

「花ざかりの森」原稿、筆者撮影

に異なることを言っている。

伜が電話帳を持ってきて、これを盲滅法ひらいてちょうど開かれたページの左上の最初のものをペン・ネームにしようということで、その通りやってみましたら、三島何某とあったので、それが警視庁刑事部勤務の鬼警部の名前であったか、小料理屋の名前であったか、果物屋のものであったか、高利貸のものであったか全く不明ですが、これを採ってしまったわけです。

由紀夫という名前の方は誰か古い作家、二、三名の名前をミックスして感じが御意に召したのをとったもので、恩師とか愛好作家のものをとったのではありません。要するにこのペン・ネームは全部出鱈目のものなのです。

僕は、「お前がこんなペン・ネームをとるのもすべては運命なので、その誕生のいきさつを理詰めに考える必要は何にもない、運命の命ずる名前なら何でもいいのだ」と申しました。

「伜・三島由紀夫」『諸君!』昭和四七年一月号

『諸君!』の当時の編集長・田中健五は梓が風呂敷をひろげる性癖のあったことを認めている。

『花ざかりの森』を書いていたころ一〇代の三島由紀夫はけっしてめぐまれた家庭環境で日々原稿用紙にむかっていたのではなかった。母は親身に応援してくれていたが、つとに知られているように父親は三島の文学への熱中ぶりを目の敵にした。その父が昭和一二年からの四年間ほどは大阪に単身赴任していて自由に創作できたようだが、一六年に入ると早々東京にもどってきた。その父に小説を書かないことを誓わされるのだ。

妹美津子は親友の佐々悌子に「でもね、かわいそうなのうちのお兄ちゃま、お父さまとお兄ちゃまの意見が合わないんですもの、お父さまは、小説家なんかにならず役人になれっていうし、お兄ちゃまが小説を書いていると、いい顔をしないの。見つけると片っぱしから破って捨てちゃうの。ほんとうにかわいそう。いいお母さまがスゴクお兄ちゃまを理解してるの。破りすてられてもまたすぐ、こっそり原稿用紙を補充しているらしいのよ。だから、お兄ちゃまが小説を書けるのはお母さまのおかげよ。お兄ちゃまがお父さまに反抗すると、想像もつかないほど怒り狂うのよ、お父さまは

安藤武『三島由紀夫の生涯』夏目書房、平成一〇年

こういう状況は三島が大蔵省に入るころまでつづいたという。右文中の佐々悌子については第四章でふれる。

作品の成立経緯

「花ざかりの森」の起筆時期だが、昭和一五（一九四〇）年八月だったという。（富岡幸一郎「これから三島を読む人たちのためのブック・ガイド」『新潮』平成一二年一一月臨時増刊号）安藤武は「昭和十五年八月二十五日」と日まで特定している（『三島由紀夫の生涯』）。安藤の『三島由紀夫「日録」』もそうだが、出典をほとんど明記しないで書いている。三島がその頃書いていた「でんしゃ」という原稿用紙一〇枚ほどの小品がある。擱《かく》筆は昭和一五年九月一四日である。その冒頭部分は「その一」の書き出しとほとんど同じだ。ということは「でんしゃ」の起筆日を『花ざかりの森』のものと考えていいだろう。この作品は四つの章で成り立っている。書き上げた直後、三島はつぎのように言っている。

「序之巻」は『置浄瑠璃《おきじょうるり》』の様なものでギコチなく荘重で全篇の意味の解明というような効果を窺《うかが》ったわけで、お読み難《にく》かろうと存じます。表題の「花ざかりの森」というのは、ギイ・シャルル・クロスの詩からとったもので、内部的な超自然な「憧れ」というもの丶象徴のつもりです。一の巻、即ち「その一」は現代、「その二」は準古代、（中世）、「その三」は古代と近代の三部に分たれ、主人公の系図（憧れの系図）に基づいています。勿論「わたし」は僕ではありません。古代、中世、近代、現代の照応の為、「海」をライト・モチーフに使い、「蜂」を血統の栄枯に稍《やや》関係させました。尤《もっと》も「蜂」の件は僕の一人合点ですから僕の外には納得なさる方もありますまい。この一篇が「貴族的なるもの」への復古と、それの「あり方」を示すものであることは「その一」の後段でおわかりだろうと存じます。大層気焔を上げてしまいました。伏してご高評をお待ち申上げます。

昭和一六年七月二四日付、東文彦あて手紙『三島由紀夫十代書簡集』新潮社、平成一一年

以降の三島の東あて書簡はすべて同書からの引用

自作を的確に紹介する術《すべ》を一〇代で心得ていたのだ。「花ざかりの森」は原稿用紙七〇枚余の作品で、〝三島由紀夫〟一六歳の処女作となった。処女作というだけでなく、そこにはすでに後年の〝三島文学〟の文体の装飾性、作品構成、展開の仕方の萌芽が見られる。そのモチーフは右の手紙で語っているように〝憧れの系図〟で、語り手の「わたし」が、明治大正昭和初期、室町後期、平安朝、それぞれの自分の祖先について追慕、追憶する物語風の作品である。三島の処女作というだけでなく、そこには遺作となった長編『豊饒の海』のモチーフまで含まれているのだからおどろかされる。

完成稿は七五枚だった

私が平成二八（二〇一六）年、発掘した（委細は本章のおわりに記す）熊本の蓮田善明の子息（晶一、太二）のもとにあった原稿は、タイトル〝花ざかりの森〟と〝平岡公威〟を二本線で消して〝三島由紀夫〟と記したものが一枚、「序の巻」が八枚、「その一」が一五枚、「その二」が一七枚、「その三（上）」が一五枚の計五六枚だった。そして〝「その三（下）」は一九枚〟、と言いたいところだが残念ながら最後のこの部分はなかった。なかった原稿枚数を「一九枚」としたのは理由がある。

「その三」には異稿（三島由紀夫文学館所蔵）があって、その一枚に「昭和十六年七月十九日擱筆《かくひつ》」とあ

る。これは清水文雄や蓮田善明たちが同人誌『文藝文化』の編集会議を伊豆の修善寺でやったときに廻し読みしたものの最終部と推定できる。この推定を裏づけるものがある。三島が東文彦にあてた一日違いの同年七月二〇日付けのハガキだ。「小説出来上りました故早速お送り申し上げます」と書き送っている。原稿の文字のインキが乾くか乾かないかという状態で見せたかったのだろう。

三島は清水には、それから八日あとの同年七月二八日付の手紙で「扨突然ではございますが、先日完成した小説をお送り申し上げます故、御高覧下さいませ」（『決定版三島由紀夫全集38』新潮社、平成一六年。以降の三島の清水他あて書簡はすべて同書から引用）と書き送っている。それまで両者に対してしていないことをしている。送られてきた原稿を即座に読んだ文彦の「高評」（あとで記すようにリマークもあったようだが）を得て、勇躍師に送ったのだ。「大層気焔を上げて」いたからだろう。

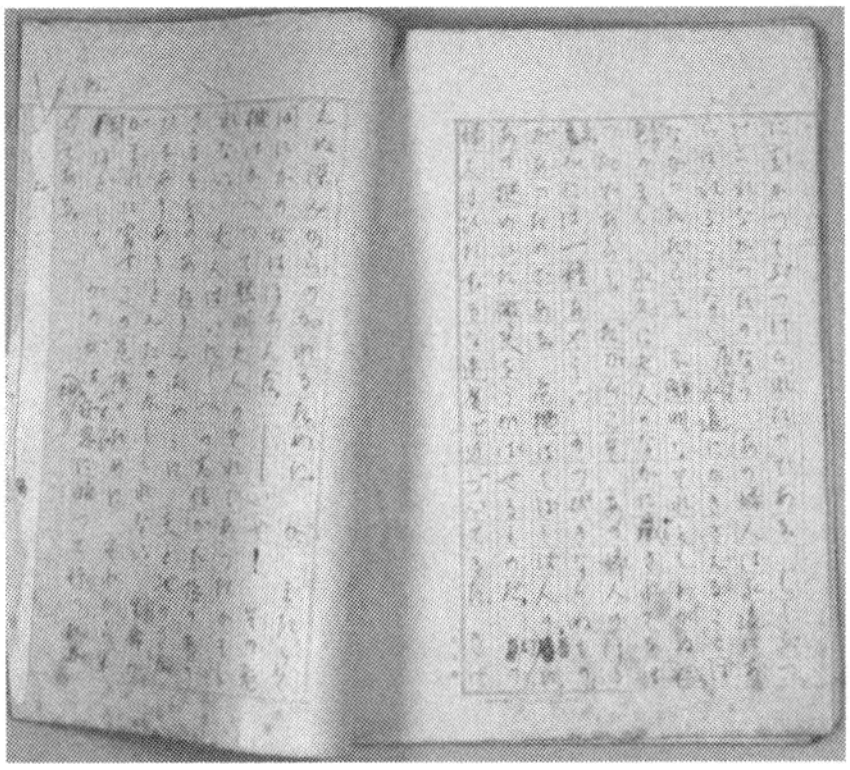
発掘稿の「その（二）」の最終部。40のノンブルがある

さて三島は文彦に、「例の小説の書きなおしは一旦完成しましたが、又、手をいれています。「その三」の部分です。前二十一枚だったのが三十四枚になり十三枚ふえました。すこしはゆったりしたようです」（昭和一六年八月九日付）と伝えている。三島文学館に出かけ、「その三」の異稿を閲覧すると、本文は二一枚だった。この枚数は文彦に伝えた「「その三」の部分です。前二十一枚だった」とぴったり一致する。そしてそれらは〝No.42〟から〝No.62〟とノンブル（ページ番号）がふられている。ということは

清水や蓮田が修善寺で目を通した「花ざかりの森」は計六二枚で、掲載稿は一三枚ふえて計七五枚になったことになる。「その三」以前の枚数に変化がないことはこのあと述べる。

異稿の文字数を二一で除すと三八〇字ほどになる。これを異稿の一枚あたりの平均文字数とする。この数字で掲載文の文字数を除すと三二ほどになる。三二引く二一で一一枚ほど増えた計算になる。ここからすると三島は「十三枚」以上は書かなかったと思われる。ただし文彦に「三十四枚になり十三枚ふえまし

異稿の「その三」の最終部。62のノンブルがある

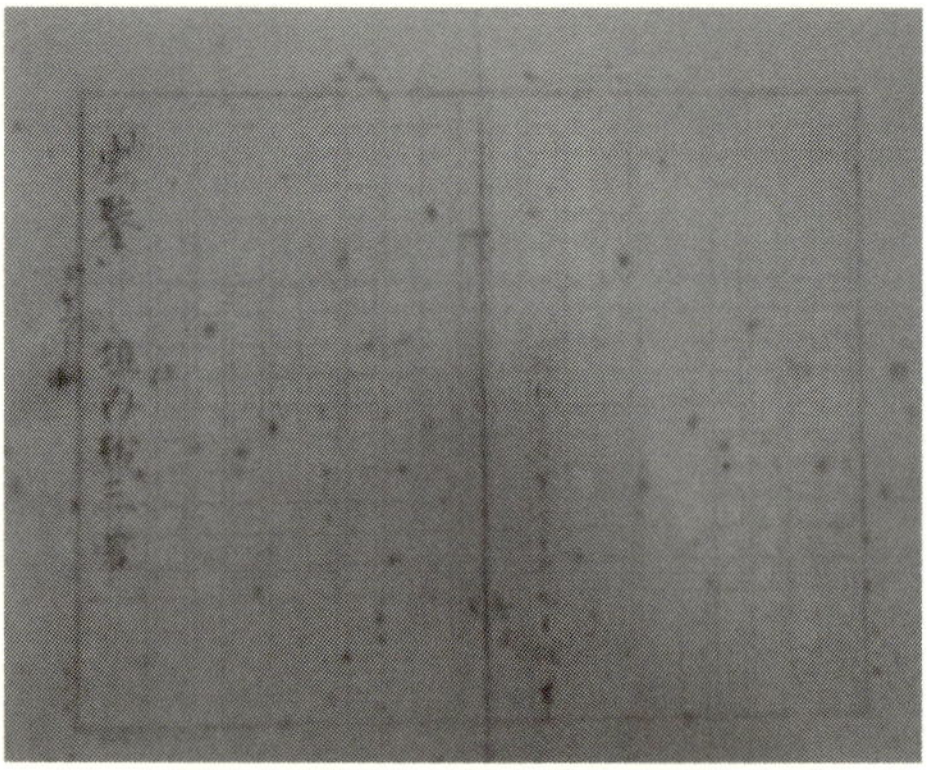

「昭和十六年七月十九日擱筆　公威」

た」と書いてからさらに推敲して枚数が減った可能性がありうる。しかし私は完成させたことに納得して親友に書いた手紙だと思う。だから未発掘の「その三（下）」の枚数を一九としたのだ。

さらに解明できたこと

さらに解明できたことがある。三島が全面的に改稿したのは「その三」だけだったことだ。なぜかというと、異稿のノンブルと発掘稿のノンブルをつき合わせるとそういうことになるのだ。説明しよう。

発掘稿の「序の巻」、「その一」、「その二」、（「その三（上）も）と書いた原稿用紙はカウントしてもノンブルをふっていない。異稿の「その三」とだけ書いた用紙と本文の用紙にも同じ処理をしている。さらに両者の用紙の欄外には「東京製　HOPE No.55 10 × 20」とある。発掘稿と異稿の原稿用紙は同じものなのだ。そして発掘稿の「その二」のノンブルは№40で終っている。これらから発掘稿の「序の巻」、「その一」、「その二」と「その三」異稿は連続して書かれたものだと断定してよいと思う。「その三」だけが別の新しい用紙にぜんぶ書きなおされていたのだ。しかし和紙を貼って書き換えている箇所があった。紙が貴重な時代だったことがうかがえる。

清水たちが廻し読みしたのは、発掘稿の「序の巻」「その一」「その二」と異稿の「その三」だったのだ。「その二」までの原稿に三島が手を入れた箇所があるが、それがいつの時点かまではわからない。しかし異稿「その三」の直しの少なさに比べると、発掘稿「その二」までの直しはかなり多い。そこからすると蓮田たちに指導されての直しが相当あったと思われる。三島は「その三」の推敲だけをしていた。「その三」異稿と『文藝文化』掲載文を比べるとわかるが、異稿の過半を削りその倍以上を書きくわえている。

こうしてここだけを別の用紙に全面的に書きなおしたので「その三」の初稿だけが三島の手もとにとどまったのだ。しかしそれでも気に入らず、その出来に納得できなかった。三島は「序の巻」と「その一」については「定稿」としているが、「その二」「その三」については「大へん意にみたない点が多く」あると述べている。

花ざかりの森はさくねんの七月に出来上りまして、九月から旧臘（昨年一二月）にかけてよその雑誌に連載いたしました。今になってみますとその二やその三には大へん意にみたない点が多くございますので、序とその一だけを独立した一篇としての体裁で—又、定稿のつもり故一切手を入れずに、こゝに転載してみることにいたしました。

「花ざかりの森の序とその一転載のことば」『赤繪』私家版、昭和一七年

ちなみにこの説明書きに使われた用紙は前年の「花ざかりの森」とは別のものだ。三島は戦後の一時期をのぞいて原稿用紙に頓着しなかった。それにしてもなぜ「その二」も「大へん意にみたない」のにそのままにしたのだろう。

なお、『グラフィカ　三島由紀夫』（新潮社、平成二年）は、この説明原稿の反故を「花ざかりの森」のものととり違えている。社外人をいれてこれを文庫化した『写真集三島由紀夫’25～’70』（新潮社、平成一二年）もそのままにした。どちらも「初めて「三島由紀夫」の筆名を使う」と記して載せている。過誤したことから逃げようがない。三島はこのあと三回『文藝文化』に三島名で寄稿しているから、この原稿は

ただしくは「五度目に「三島由紀夫」の筆名を使った反故稿」である。

　こういうことがあるから「手前味噌で恐縮だが、新潮社の校閲部と言えば、出版業界では〝超一流〟として知られた存在」（『週刊新潮』平成二八年一〇月二〇日号）などと見得をきらないことだ。今世紀に入ってから同社で編まれた、「決定版」と銘うたれた二度目の全集ではただしく認識されている。おそくともこの時点で校閲部はもとより新潮社は誤りに気づいたはずだ。しかし訂正せず、この重大なミスに蓋をしてしまった。この際、同社のＨＰに訂正文を掲げたらどうだろう。

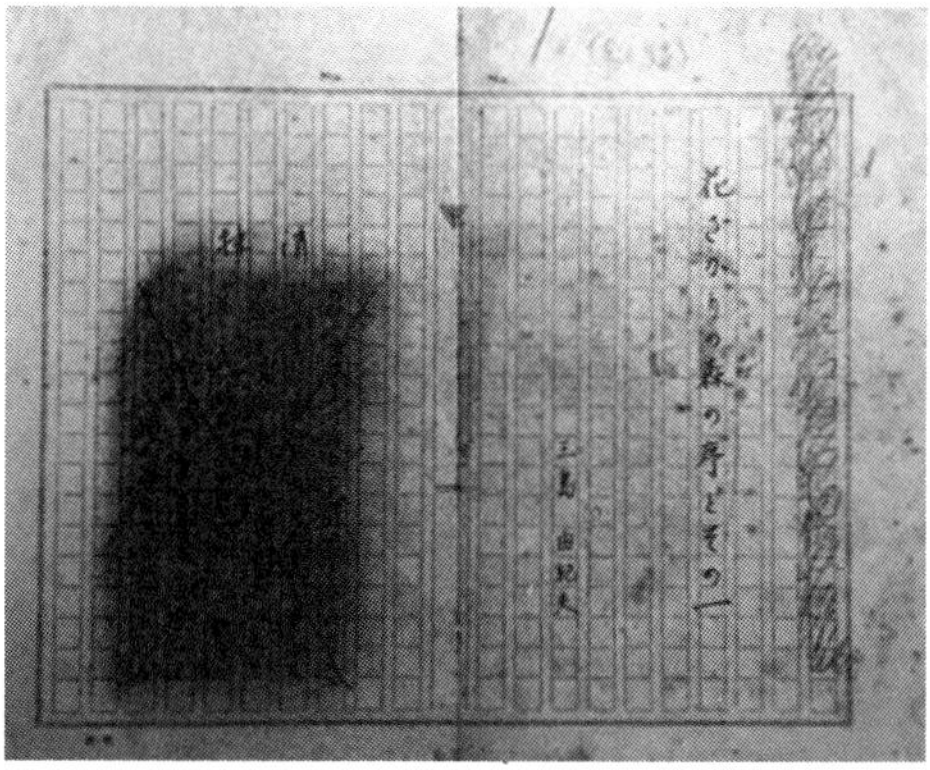

『赤繪』に転載した説明書きの反故稿

　関係者によると『グラフィカ　三島由紀夫』が取り違えた画像はもともと昭和五四年に毎日新聞社が主催した「三島由紀夫展」のカタログにあったものだという。そもそも編集委員に佐伯彰一の名もあるそのカタログが取り違えていたのだ。それをコピーしてそのまま使ったそうで、たしかに画像が劣化している。ただし毎日新聞は、「「花ざかりの森の序とその一原稿」として載せている。これを見る者は誤解するだろうが客観的には間違っていない。さてその反故にした文面だが黒く塗りつぶされている。が、なんとか翻刻した。

　　昨秋より旧臘にかけて発表した小説花ざかりの森はその二以
　下とりわけその三には意に満たぬ処衆《おお》く全篇の作意は一番その

一を以て盡くさせてゐる事ゆゑ独立した一篇として茲に転載した。

三島は「その二」も「意に満たぬ」出来だったが「とりわけその三には意に満たぬ処衆く」と感じていたのだ。だから「その三」だけを全面改稿したのだ。MAKING OF「花ざかりの森」の知られなかった推敲経過が3四半世紀余をへてようやく明らかになった。

初稿（異稿）と掲載文

さて三島が蓮田善明、清水文雄たちに見せた初稿の「その三」（三島由紀夫文学館蔵の「花ざかりの森　その三　異稿」）とそのあと全面改稿した「その三（上）」（『文藝文化』掲載文）のそれぞれの冒頭部分を翻刻してかかげよう。当然だが掲載文は発掘稿と同一である。初稿（異稿）から削除された部分を太字斜体で、掲載文に加筆された部分を太字で、掲載文にあるが初稿と表現が変わっている部分はそれぞれの右に棒線を付し、初稿そのままに残された、つまり掲載文とまったく同じ部分を細字にする。

A《昭和一六年『文藝文化』掲載文》

その三（上）

平安朝におとろへの色きざし、鶴の林も茂ることしばしばとなつた。あまつさえ荘園のおだやかならぬ噂が、下々の耳にもつたはつてきた。この

B《「花ざかりの森　その三　異稿」》

その三

海が、わたしの家系とまたふしぎな縁《えにし》をもつてゐる。平安朝におとろへの色***が***きざし、***貴顕のいさかひもはげしく***鶴の林はあまたたびしげつた。

物語はこんな時代につくられた。それはわたしのほのかにとほい祖先のひとり、ある位たかい殿上人にささげられたのである。

その巻一は、今もわが家《や》の庫《くら》ふかく藏されてゐる。これをひもとくとき、わたしは作者の世にまれな熱情と、わたしの血統のひとつの特徴とのあひだに、あるきはめて近よつた類似をば感じるのである。さうしてたゞにこの書《ふみ》が、わたし共一族と住《すま》ゐをおなじうして永いとしつきを經てきたこと―それだけで、わたしの血統ともはやたちきれぬえにしをもつものではあるまいか。もとよりこの物語の作者はいとやんごとない女人ではなかつた。わたしの家系とおしまひまでなんの縁故ももたなかつた。けれども件《くだ》んの祖先のひとりと、ひそかな關係をつづけてゐて、男のはうでもある年の夏、いく夜さか忍びすがたで女のもとへかようた。物語はこのころの回想に筆をおこしてゐる。女はもえたち、男は冷えまさつた。愛着《あいぢゃく》のき

それに莊園のおだやかならぬうわさが、身分ひくいものどもの耳にもつたはつてきた。そんな時代に、この物語がわたしのほのかにとほい祖先のひとり、ある位高い殿上人にささげられたのである。物語の作者は決してやんごとなくはない若い女だ。もちろんこの女とわたしどもの家系とはなんの縁故もない。―物語がつくられた由来についてひとことかいておきたいが、それはこんなわけである。

その祖先のひとりは女とひそかな關係をもつてゐたらしく、幾宵かしのびすがたでかようた夏もあつたやうである。男のはうではたゞ皃《かを》かたちの小づくりなかはいゝ女といふほどの気持しかいだいてゐなかつたのに、女のはうではよほどふかくおもはれてゐるとかんちがひしてゐたものらしい。かつて宮づかへを…とはいへさして目につくほどの役であらうよしもないが…つとめた經験から、しぐさ言葉づかひにみやびた翳があつた。この女には幼なじみで現ざい剃髪して都近い山寺《さんじ》に修

づなはしかしあやふい處で切れずにゐた。女はかつて宮仕へを——さして目につくほどの役であつたよしもないが——つとめた經験から、しぐさ言葉づかひにどことなしにみやびた翳があつた。通ふ宵がかさなるにつけなにかと經營《けいめい》して、都びた調度などとゝのへ閨を美々しうしつらへたりするしをらしさにかてゝ加へて　ほどよい官女のつつましさも、男のいらだちをしづめるに役立つたのであらう。さてこの女には幼ななじみのさる男があつた。さいつころ剃髪して都ちかい山寺《さんじ》に修行《すぎやう》してゐた。煩惱のほむらはおさへがたくたけりにたけつて、口につくせぬほどのめんだうなてだてもいとはず、しげしげと文《ふみ》をよこした。かの殿上人のつれなさが、をりふし身にしみる秋が立つと、女はしだいに昔なじみの僧形《ぎやう》のひとに心をかたむけていつた。

行してゐるさる男があつたが、その男からも口につくせぬほどの面倒なてだてをつくしてちよいちよい文面だけのたよりがあつた。「祖先のひとり」のつれなさがをりふし身にしみる秋が立つと、女はしだいに昔なじみの僧形のひとへ心を移していつた。

（三島由紀夫文学館所蔵）

平岡少年はこうやって初稿の半分あまりを削り、その倍以上を書きくわえているが、全体のプロット、筋立てはそのままにした。とくに最終部はほとんど手を入れていない。そうやって作家〝三島由紀夫〟となる道をあゆみはじめていった。

六〇枚にしようと焦った理由

このように三島は掲載が決まってからかなり原稿に手を入れていた。それは「異稿」として残った一部の元（初）稿、これと相応する活字になった掲載文との比較検討、それと東文彦とのやり取りからわかった。そしてそれでも「第一回あたりまでは活字でよむと原稿よりよい気がしておりましたが、第二回あたりからそれと反対になって、何もかもイヤになってしまいました」（昭和一六年一一月一〇日付、文彦あて手紙）と言っている。これはなぜなのだろう。先に引いたように『赤繪』で「その二」以降については「大へん意にみたない点が多く」ある、だからそこには転載しないと述べているのはなぜなのだろう。

推測するしかないが、蓮田太二が母敏子から聞いたように「花ざかりの森」の『文藝文化』への掲載は衆議一決したのではなかった。すんなり決まったのではなかった。それまで小説がこの同人誌にまったく掲載されていなかったせいもあるだろう。ほとんどが研究・評論でほかには随筆、書評、そして若干の短歌・詩・俳句だけなのだ。小説はそれまでなかったし、その後載せられた小説は三島由紀夫の作品だけ。つまり破格のあつかいを受けることになったのだ。小説以外にも詩や評論や随筆も書いているから同人同然の待遇だった。

しかしそれにいたるまえの修善寺での編集会議で掲載が決定するまで、異議か難色をしめした同人（たち）からいろいろ注文がついた可能性が当然かんがえられる。なんと言ってもまだ中学生の（習）作だ。

賛成派の清水や蓮田からもあれこれリマークや注文がついて不思議はない。それに従うことが「大へん意にみたない」ストレスとなったのかもしれない。さきに引いたが、「清水先生は膝に赤ん坊を抱いて」いて、その「(清水)氏の書斎で、一日、中学生の私は自分の筆名を練った」というくだりに、私は不自然な感を持つ。「一日」かかったのは、編集会議で出た同人たちからの評言の委細も伝えられ、それについてもやり取りしていたからではないか。これを証するものがある。先に一部を引いた七月二八日付けの清水あての封書だ。その続きはつぎのような文面である。

これは秋の輔仁会雑誌に出す心積りでおりますが、何か御高評をたまわれば幸いに存じます。一人称の小説ではございますけれども、この「私」は勿論私自身の謂《いい》ではございません。強いて分類してみますと、「序章」理論、序説、「その一」現代「その二」中世「その三」古代および近代、という風な構成でございます。「その三」は全部で六十枚程にまとめようと焦《あせ》りましたので、大変混雑して意を尽せなかった点も多々ございますし、文章も「彩絵硝子《だみえがらす》」風な軽佻なおもむきが露《あら》わであると存じますが、雑誌にのせます時はこのままでのせ、別に定稿を作っておこうという気持ちでおります。甚だ一人合点の処が多く、また素直でない処もあると思いますので、それも未熟の故と御酌量《しゃくりょう》下さいませ。

清水としたら自分たちの国学の研究誌に載せるのだから「大変混雑して意を尽せなかった点も多々ございます」ままでは困るのだ。「清水先生は膝に赤ん坊を抱いて」、「定稿」にするようあれこれアドバイスをしたのだろう。だから「(清水)氏の書斎で、一日」過ごしていたのではないか。さて、ではなぜ三島は「全部で六十枚程にまとめようと」していたのだろう。それは文彦あての手紙を見るとわかる。

……輔仁会雑誌の締切と枚数のことです。締切は九月十日で枚数は二十五枚。これは表むきでホントは締切はそのままながら、創作は枚数、五、六十枚ぐらいまで結構です。これは部報ケン制策でして、運動部に枚数が洩れるとウルサいので御内密にねがいます。

昭和一六年七月一〇日付

この『輔仁会雑誌《ほじんかい》』という校内誌は基本的にクラブ活動をつづる部報だ。編集を文芸部が担当していたので全体の半分ほどを自由につかっていたのだ。

さて、さきに引いた東あての手紙にあるように、「大層気焔を上げて」書きあげた三島は、清水から掲載を告げられ、そのための手直しを指導され、原稿を返された八月五日あたりから九日までの五日間ほどで「その三」の大幅改稿をしていたのだ。「輔仁会雑誌にあの小説をのせるとすると、「その三」をどうしても不満のまま出さなければならないので実際どうしようか、と迷っていたところでした」（昭和一六年八月五日付東文彦あて書簡）と言っている。同人（たち）からも手を入れるよう言われたのだろう。「すこしはゆったりしたようです」と満足げに親友に伝えているが、またそれに何か言われたのだろうか。あるいは粗《あら》がみつかり自分にいらついていたのだろうか。

東文彦の評言

推測はさておき、以上のように全面改稿しても、「その三」に三島自身は納得していなかった。苦心惨澹した一端は、さきに掲げた両者をくらべてみるとわかる。文彦が三島に作品を評言したはずだがこれが手紙で残っていればなにかわかるかもしれない。しかし文彦の手紙はほとんど公開されていない。さはさりながら文彦あての三島の手紙からおおよそはつかめる。

拙作の御解釈よくわかりました。筋道のとおらぬという点ではあの作は私の今までのもののうちでも一番甚だしいもので、その筋道の透《ママ》らぬ処へもっていって、筋道のとおりすぎねばならぬような系譜的主題を企てたのですから、その点、全く木に竹をついだような具合になってしまいました。二、三年前、ラディゲに熱中していた頃は、あの櫛のように端麗な首尾一貫さに心をうばわれ、自分の以後進んでゆく道はこの外にはない。又これが最も自分に適したものである、と自認していたのですが、この頃は麻のように乱れた美しさに心をうばわれ始めました。「マルテの手記」がそれです。あの小説のなかで(なる程作者の詩精神は一貫していますけれども)かぞえきれぬエピソオドの集成が醸《かも》し出す、あのふしぎな平静と惑乱との調和、そういうものが、ただの平静よりも美しく思われてきました。岡本かの子なぞが本当に好きになってきたのもこの頃からです。猫の目のように移りかわる浮薄さは実際おはずかしいことで、敢えてそれをばジグザグ形の進歩などと誇称することも決して出来ませんが、流行を追うスノビズムから発しているのでないことだけは確かで、それだけは後暗くない唯一の言いわけだと思っております。

昭和一六年八月五日付

文彦は文意か筋がとおっていないことを指摘したようだ。これに三島は「筋道のとおらぬ」書き方をした弁明をしている。それはワザとしたことで、リルケの影響で流行を追ったのではないと「言いわけ」をしている。これに文彦が納得したかはわからない。

「てうど」

発掘稿からおもしろい発見もあった。いまなら「ちょうど」と書くところを旧仮名遣いで「てうど」と書いている。それが計七所あるのだが、はじめの四つの「てうど」の「て」に斜線がうすく入れられ、その横に「ちや」と書きこまれ、「ちやうど」に直されているのだ。三島自身が直したのなら黒く塗りつぶすのだが、それは控えめに直されていた。おそらく編集長の蓮田、もしくは清水が手を入れたのだろう。三島は『仮面の告白』(昭和二四〔一九四九〕年)にもこの表記を使った。後年これを誤りだと指摘した北杜夫に激怒し、江戸時代の能にあると反駁したという。しかし国文学者にも馴染めない表記だったのだ。ふつう古語で「てうど」は、調度を意味する名詞である。江戸期のひらがな表記はかなりみだれていたが、それを早熟な文学少年は鵜呑みにおぼえてしまったのだろうか。なお三島が愛好した泉鏡花は「ちやうど」と記している。ついでながら「出版業界では〝超一流〟として知られた」新潮社校閲部の〝負の実績〟をもうひとつあげよう。それは右にふれた北杜夫と三島のエピソードのくだりである。北は阿川弘之との対談でこう述べた。

『仮面の告白』に「ちょうど」を「てふど」と書かれているけど、あれはやっぱり文法的には「ちやうど」でしょうと（三島さんに）言った。しかしその後にね、「少しは辞書を引いてくださいって言っちまった。そうしたら、次の日に奥野（健男）から電話があって（註・奥野の太宰論出版パーティに伊藤勝彦に連れられて北が参加）「三島さんがきみの紹介した北とかいう生意気な奴、ああいうのをおれに紹介しないでくれって言ったって。その時に、三島さんは確か、しかし江戸時代の能の中に「てふど」とちゃんと出てるとおっしゃったんで、僕もちょっとギックリして……」

『小説新潮』平成七年一月号

この「てふど」は痛いくらいの誤記だ。対談を本にし、それから文庫にしたときもそのままだ。三島は『仮面の告白』（河出書房）で「花ざかりの森」同様、「てうど」と書いた。「てふど」ではない。新潮文庫の『仮面の告白』（昭和二五年）では「ちやうど」に直されているが、それはそれとして、この対談の文字起こしで校閲部は北の発音のまま「てふど」とし、そのチェックをずっと怠ったのだろう。

この「てうど」に関連して、ほかにもおもしろいことを発見した。三島の鼻っ柱の強さがうかがえるのだ。発掘原稿と『文藝文化』の掲載文（四回の連載だった）を比較すると、初回掲載分にある四つの「てうど」はさきに記したように「ちやうど」になっている。しかし掲載二回目以降に三つある「てうど」は直されていないのだ。三島が意地を張って「てうど」のままを主張し、それを蓮田や清水は苦笑しながら寛恕したのだろう。いっぽう昭和一九（一九四四）年に上梓された初の作品集ではすべて「ちやうど」になっている。おそらく三島は不満だったろう。版元による他の手直しについて清水に手紙を出している。

既に朱筆が入っているのは本屋の筆ででもございましょうか。「あでやか」を「あてやか」と直しているなど、不愉快な改竄が多うございます。私の心組ではこの再校で責任校了にいたす心積でございます。

昭和一九年七月一六日付

作者の自作評

当時三島は東文彦に「（「花ざかりの森」で）抽象的観念的な言葉を詩語のように取扱いたく思いましたので、そんな言葉に詩味を感じたのは、リルケや保田與重郎の影響だったらしいことは蔽《おお》うべくもありません」（昭和一六年一一月一〇日）と言っているが、後年つぎのようなことも言っている。

少年時代になると戦争がはじまり世間は国粋主義に傾いていた。感受性のまだ固まらない時期に左翼思想の洗礼を受ける機会が全くなかったことが、我々のジェネレーションの特色とされているが、当時保田與重郎氏らによって唱道されていた日本浪曼派運動のほうの影響は可成《かなり》うけている。これは昭和十九年に発行された処女短篇集『花ざかりの森』に鮮明にあらわれている。この影響の一得は、日本の古典に親しんだことで、とにかく古典を読んだことは為になった。損をしたことは、少年期の感受性におぼれることを是認させるような口実を得たことで、日本浪曼派には、明治時代の浪曼主義とちがったひ弱な、薄命なものがあったことは争えない。それだけに一時代の正直で敏感な反映であって、当時の青少年に影響を与えるだけのことがあったのである。

「堂々めぐりの放浪」『毎日新聞』昭和二八年八月二二日）

保田與重郎の名をだして、ずいぶんすなおに日本浪曼派の一〇代の自分への影響を是認している。「一得は、日本の古典に親しんだこと」と言っているが、東文彦には手紙で、「『花ざかりの森』のことですが、佐藤春夫氏は「日本の古典が作者の血になっている」というようなことを云っておられたそうで、古典というほどの古典はそうたくさんよんでいない私ですから、何やら気恥ずかしいような気持がいたします」（昭和一六年一二月二七日付）と謙虚なのだ。佐藤春夫にそう云われてさらに奮起して古典にむかったのだろう。

江藤淳は犀利に述べている。

（詩「凶ごと」にある）「椿事」の期待旋律は日本浪曼派によってあたえられたものではなく、むしろ日本浪曼派に共鳴するひとつの絃を見出したのだといったほうがよい。このことは、三島氏を日本浪曼派に吸引されていった数多くの青年たちからへだてている。浪曼派は氏の文学的青春ですらなかった。

「三島由紀夫の家」『群像』昭和三六年六月

三島はこうも述べている。

自分の小説家としての生い立ちが、小説家の目ざめよりもはるかに早く、物語作者の目ざめからはじまっていたことを告白しておきたいとおもう。「花ざかりの森」の時代の私は、あの過酷な戦争中に在りながら、いわばプルウストの初期短篇集の題名のような「愉しみと日々」の生活を送っていた。決して物質的にではなく、単に精神的にである。私は詩と小説をちゃんぽんに書き、そのどちらにも厳しさを求めず、微温的な、あるいは人工的な詩と物語を混同し、まだ、もちろん、シモンズのあの怖ろしい言葉、「およそ少量の詩才ほど作家を毒するものはない」（ドオテエ論）という言葉は知らずにいた。昼も夜も、私は浮遊していた。物語を作り出し、それを紙上に綴ることの快楽。私が人生で最初におぼえたのはこの快楽であると云っていい。文学の苦味を知るずっと前に、これほどその甘味に味を占めていたことは、よかれあしかれ、爾後、私という人間を規定した。「花ざかりの森」の中の、王朝日記の模写…もリルケの似ても似つかぬ模倣で…すべて少年期の、こういう半覚半醒の状態で書かれたものである。見られるとおり、物語には外界は全く存在していない。

『三島由紀夫作品集四』あとがき、新潮社、昭和二八年

本当に私は、これだけの作品（註・「花ざかりの森」をふくむ一五歳から二一歳に書かれた作品）を残していれば、どんなに楽だったかしれない。運命はそういう風に私を導かなかったが、もしそのとき死んでいれば、多くの読者は得られなくても、二十歳で死んだ〝小浪曼派〟の夢のような作品集として、

人々に愛されて、細々と生き長らえたかもしれない。

『三島由紀夫短編全集一』あとがき、新潮社、昭和四〇年

三島はこの「あとがき」でこうも述べている。

今、作者自身がこれらを読み返すと、少年時代に人に出した恋文が、手もとに帰ってきたのを読み返すような、何ともいえない気恥かしさに襲われる。(中略)それにしてもこれらは、どういう人に対して書かれた恋文だろうか? 美に対してだろうか? 自分の繊細な詩的感受性を永遠に甘やかしてくれるお人よしの美神に対してだろうか? 今になってみると、その恋文の相手は、私にはかなり正体がはっきり見えてきている。それはである。言葉に対しての熱烈な恋文の数々がこれだ。

(同)

このくだりに強く反発している評論家がいる。

「恋文」といわれてしまっては、もはや批判を拒絶する。しかも、小説が「言葉」への「熱烈な恋文」だと、楽屋をあかされてしまっては、なおさら批判を拒絶する。小説には、およそ、すべての作品に「言葉」への「恋文」の要素がある。しかし、その作品の本質が「言葉」への「熱烈な恋文」であったら、それは小説構成の欠陥を露呈する結果になりかねない。(中略)「花ざかりの森」が「言葉」への

「熱烈な恋文」であったところに、若年性、直情性、奇型性、そして含羞と膚接した強い傾情の姿勢があり、作品としての全円の完成度を阻害しても、それを顧みない未熟性さを示すことになった。

長谷川泉「花ざかりの森」『国文学　解釈と鑑賞』昭和四七年一二月

三島と日本浪曼派について本多秋五はつぎのように言っている。

三島由紀夫は日本浪曼派だ、という通説に反対するのではない。その通説をみとめた上で、しかもなお三島にはなにかもって「先天的」なものがあり、日本浪曼派からの出発は、三島にとって一時のかりの宿ではなかったか、と考えてみたいのである。彼の「夢」は、あの当時の状況のもとで彼を日本浪曼派に吸引したとはいえ、それは日本浪曼派との永い同居にたえないものではなかったか？

『物語　戦後文学史（中）』岩波書店、平成四年

いっぽう晩年の三島はつぎのように発言している。

ぼくはやっぱり、浪曼派の鬼っ子ではないかと思うのです。浪曼派のほんとうの子じゃない、葡萄状鬼胎みたいなものだよね、これは。とにかく浪曼派のほうでもへんな子を産んじゃって困っているんだよ。だけれども、浪曼派の母体から出た子であることはまちがいはない。つまり葡萄状鬼胎だよ。

伊藤勝彦『対話　思想の発生』番町書房、昭和四八年

空手を始めたひと月後の対談だというから、昭和四二年のものである。これは重要な発言である。自決一週間前の発言よりこちらに信憑性がある。それは対談相手をみればわかる。

三島は、「何だか浪曼派の悪影響と、若年寄のような気取りばかりが目について仕方がない」(『花ざかりの森・憂国』新潮文庫解説、昭和四三年)と卑下もしている。「陶酔が深いほどその反動も大きいとすれば、この自己批評は当然割り引きしてきくべきであろう」(田中美代子『鑑賞日本現代文学23』角川書店、昭和五五年)。

処女作品集『花ざかりの森』

三島由紀夫初の小説集『花ざかりの森』の出版は昭和十八(一九四三)年の初夏ごろから目論まれていたようだ。その仕掛け人は、蓮田善明、その人だった。

昭和一八年五月三日　富士正晴より蓮田善明宛「――おはがき有難く拝見いたしました。一度是非あなたとお逢いしたく存じます。文藝文化に新しく入られた三島大変面白く存じました。

安藤武『三島由紀夫「日録」』未知谷、平成八年。以降「日録」

蓮田善明は三島の本の出版のことを詩人伊東静雄に相談し、伊東は蓮田に富士正晴を紹介した。富士は石書房、七丈書院の出版企画、作家の原稿取りに月一回大阪から東京に出張していた。清水が蓮田に三島の処女出版について語らったかもしれないが、動いたのは蓮田だった。

六月九日（三島は）富士正晴に神田の七丈書院で会う。富士正晴は早速、池袋の精神科開業医で詩人林富士馬に電話をして三島を連れて行く。その後、林と文学的文通、交際が深まる。「日録」

六月一一日　林富士馬から蓮田善明宛ハガキ「昨夜帰宅しました。東京でお逢いできて甚だ良かったと思います。三島氏のものを出版するところを見つけたく思っています。「日録」

林富士馬と三島由紀夫とについては云って見たくてたまらぬものがある。併し、三島由紀夫については今の作品が纏って一冊の書物になってから云いたい。一冊の書物に、ひとがしないのならわたしが骨折ってでもしたい。

富士正晴「林富士馬の詩」『文藝文化』昭和一八年八月号

富士正晴はこの言葉通りじっさいに動いていた。

三島氏の著作の件色々話をすすめてみましたが原稿（文藝文化の切り抜きでも宜しいが）が入用といって来ました。それでお手数ですがおまとめの上可及早くわたくしの方へお送りくだされば倖せです。書店は京都ですが本屋としての格は品良い店です。十中八迄うまく行くつもりです。

昭和一八年八月一四日付け富士正晴の蓮田善明あて手紙『三島由紀夫展カタログ』毎日新聞社、昭和五四年

蓮田はすぐ三島にこの吉報をしらせた。

京都の詩友富士正晴氏があなたの小説の本を然るべき書店より出版すること熱心に考えられ目当てある由。もしよろしければ同氏の好意をうけられたく。原稿をまとめ御送り下さい。なお清水君に御相談下さい。

八月一六日付ハガキ『三島由紀夫展カタログ』毎日新聞社

三島はこのことをやや間をおいて文彦に伝えた。清水と、そして文面からして蓮田を介して富士ともやり取りしていたのだろう。

此度、文藝文化に関係ある詩人富士正晴氏がいつのまにか奔走していて下さって、京都の本屋から創作集を出すという話が、突然まとまりましたので、どうやら処女作集を世に送れることになりそうな具合、（中略）この集が日の目をみますときは、ぜひ御高覧をたまわりたく、お願いいたします

九月四日付

「処女作集」は「日の目をみ」たが、文彦はこの手紙のひと月後に逝った。享年二三。

昭和一八年九月　この頃、富士の奔走で、京都の出版社から創作集を出す話がまとまる。ただし、刊行は早くても一年後だと富士から言われる。「序（『花ざかりの森』用）」２種を書く。「年譜」

九月五日　清水宛葉書（創作集出版が決まったこと）。「年譜」

三島は後年、初めての、そして最後になる、と思い詰めていた小説集を世に出せた当時をつぎのようにかえりみている。

私は、いつ来るかわからぬ赤紙を覚悟せねばならぬ立場にあった。そこへ、思いがけず、短編小説集「花ざかりの森」を引受けてくれる出版元があらわれた。私は何よりも、自分の短い一生に、この世へ残す形見が出来たことを喜んだ。

『うえの』昭和四三年

山梨勝之進院長（三島が学習院在学時の院長）にもいぶかられたが、虚弱な三島が士官に志願しなかったのはこの小説集を出すためだったのだろう。士官を志願するとただちに入営しなければならない。出版に血道をあげている最中に志願の期限は過ぎてしまっていた。小説集をだすことに、のこりわずかと思いなした人生を賭していた三島には、そのための時間がどうしても必要だったのだ。

難航した上梓

さてここからは三島の富士あての手紙とハガキをならべ、そこに『決定版全集42』（新潮社、平成一七年）の「年譜」（以降「年譜」）を主として織りこみ、注釈をしながら進捗のようすをたどってみよう。

本のことでは、よろずにいろいろお世話に相成、御厚意のほどただ忝《かたじけ》なく、御礼の申上げようもございません。伊東（静雄）さんからも、本のことにつき懇《ねんごろ》なおはげましのお葉書をいただき感激いたしております。　九月一九日付ハガキ

出版会のゴタゴタは少しも存じませんが、本が出せなくなりでもしたら、と思うと泣きたくなります。…そうなったら泣きの一手でワァワァ泣いてお困らせするかもしれません。　九月二七日付ハガキ

昭和一八年一〇月中旬〜一一月初旬　富士正晴と会い、日本出版会に提出する「花ざかりの森」出版の「書籍企画届」は翌年一月過ぎでよいこと、それまでに原稿を本に組めるように編集して出版会に届けるように言われる。　「年譜」

三島は清水に手紙を出し、編集のため「花ざかりの森」などの原稿の返却を要請した。

この間富士氏にお目にかかりました処、拙作の企画届は来年の正月すぎと申すこと、それまでに、富士氏のところへ、原稿を、本に組めるように編集した上、届けてくれと云っておられました。いつぞや、

文藝文化を切抜いて富士氏へお送りしようと申すことで先生に御相談申上げました時、「花ざかりの森」「みのもの月」「世々に残さん」の原稿は、文藝文化に皆載りましたもの故、いずれも文藝文化の印刷所にあるか、蓮田さんのお宅にあるか、もしくは先生の御手許にあるものと存じます。この（「祈りの日記《にき》」を含めた）四作の原稿をお返しいただければ幸せでございますが、なにかのお序での節にでも印刷所の人になり、その旨御命じ下さいませば幸甚でございます」

一一月四日付

小説集の出版が決まると、なぜか三島は原稿の回収に腐心しだすのだ。雑誌に載ったものを書籍にするには、通常活字になったものを切り貼りして元稿にする。しかし三島はなんとしても原稿を取り戻そうと躍起になっていた。三島の依頼を受けた清水は、さっそく蓮田の留守宅に問い合わせた。蓮田は前月二回目の応召を受け外地に発ってしまっていた。三島は清水に、「蓮田さんの御留守宅から、「世々に残さん」の一部の原稿と二つ三つの詩稿を御返送下さいましたが、お葉書の文面によりますと、これで全部とか。残りは先生の御宅へまいっているのでございましょうか。――」（一一月一二日付）とハガキを出し、蓮田の留守宅から戻された中に肝心の「花ざかりの森」がなかったことを伝えている。蓮田夫人は夫が出征した直後、返還の依頼をうけて探したが、送り返したものしかみつからなかったようだ。

私の書物のことでは何やかや御迷惑をおかけしております。実は此度の勅令で、私も昭和十九年の八月頃から入隊のもよう。はじめはお急《せ》かしし、次には十九年一杯でよい、などゝ申し上げ、又御催促申上げるは甚だ不都合とお思いでしょうが、六月か七月ごろ迄に出していたゞきたい願い。これが本心でございます。

一二月二六日付封書

年があらたまり昭和一九年に入ってから、京都ではなく東京の本屋から出すことになったようだ。

一月二三日　清水文雄宛葉書（出版が遅れる場合の交渉のこと）

「年譜」

本のことではいろいろ御迷惑をおかけいたし申訳ございませんが、お言葉に甘え、此度七丈書院の方へ清水先生から早速御交渉いたゞこうかと存じますので、御手数乍《なが》ら、七丈に富士さんのお言葉をいたゞければ、大船に乗った気持ちになれます故、至急、七丈の御店主へ、その旨お葉書をお出しねがえれば幸甚でございます。

昭和一九年一月二五日付ハガキ

本日清水先生より訊《うかが》った所によりますと、わざわざ七丈へ御手紙をお送り下され、又その上筑摩書房（註・戦時統制で七丈は筑摩に吸収されることになった）へも御推薦下さった由、早速御願を御聞き届け下さいまして厚く御礼申上げます。

二月四日付封書

二月二〇日「花ざかりの森」出版に関する「書籍企画届」を日本出版会に提出する、あるいは締め切り日か。

以下「年譜」

三月七日　日本出版会から「花ざかりの森」出版の内諾を得る。

三月八日　出版届を七丈書院に渡す。

三月一〇日　出版届が返還され、訂正して即日七丈書院に渡す。

三月二〇日ごろ　『「花ざかりの森」日誌』と題されたメモに「非常措置（出版制限）」とある。用紙の統制による出版制限について連絡を受けたことか。

四月一四日「花ざかりの森」出版許可内諾を得る。三月七日の後、日本出版会から再度通知があったもよう。

四月二四日「花ざかりの森」出版の正式許可が下りる。

扨《さて》小生創作集の儀、御蔭様にて二、三日前、正式に出版会の許可が下り、いよいよ大手を振って出版の運びとなりました。産みの親の貴下の御恩を改めてしみじみと感じております。

四月二五日付ハガキ

四月二七日　この日付の徴兵検査通達書を受け取る。　「年譜」

四月下旬　伊東静雄に「花ざかりの森」序文を依頼する手紙を書く。　「年譜」

四月三〇日　伊東静雄より「花ざかりの森」序文断りの来信。　「日録」

五月一七日（本籍兵庫での徴兵検査の途次、大阪の伊東静雄を勤務先の中学に訪れた三島は）伊東静雄に連れられ、富士正晴を訪問（中略）富士は出征前で慌ただしいにもかかわらず、千代紙を切って「花ざかりの森」の装幀図案を示す。　以下「年譜」

五月二二日　序文を再度伊東静雄に依頼したと思われる。伊東の日記に「俗人」と書かれる。

五月末　「花ざかりの森」初校が出たもよう。『花ざかりの森』日誌」と題されたメモに「○初校―五月末（？）とある。ただし、六月一五日付清水文雄宛葉書には、初校が半分も出ていないとある。

六月一五日　清水文雄宛葉書。再校を見てもらいたいこと。

伊東静雄の弟子で詩人の田中光子に「発兌《はつだ》はひょっとすると八月初旬あたりになるのではありますまいか」（昭和一九年七月八日付け　神保町の玉英堂にて筆者が閲覧）と書き送っているが、企画者の富士正晴が出征したことで出版は遅れた。

八月七日　校了

「年譜」

じっさいに上梓されたのは一〇月だった。しかし刷り部数のほうは当初の二千から三千、そして四千へと増えた。農林官僚の父親のコネで用紙が確保できたからだ。

見ばえのする立派なもの

三島は戦時のために九月高校を繰り上げ卒業し、その年だけの特例で一〇月、東大に推薦入学した。

一〇月一〇日　印刷

以下「年譜」

一〇月一五日　上梓日付　しかしまだ出来上ってはいない。
一〇月一七日　見本一冊

この「見本一冊」は、同日入営地に向う三谷信に上野駅で渡した。さらに見本が届くと師の清水に持参した。冒頭に「清水文雄先生に献《ささ》ぐ」と入れていたからだ。

なかなか見ばえのする立派なものが出来た。用紙は和紙で、二百五十頁足らずなるに、随分分厚な感じである。小生に献《ささげ》らる意味の言葉が最初に付してあるのは面はゆい。

一〇月二一日の清水の日記『清水文雄「戦中日記」文学・教育・時局』笠間書院、平成二八年

清水らしい控えめな記述である。清水は和紙のものを手にしたが、和紙が足りず洋紙で製本したものもあった。

一一月初めに六冊届くが奥付の三島の生年が「大正四年」となっていた。出版に奏功した三島は、一一月一一日上野池之端の料理屋で出版記念の宴を張った。印刷小紙を糊づけして「大正十四年」と訂正した二〇冊がこの日届いた。

雨月荘は家の知合いで、そのころ表立っては出せない御馳走を並べてくれ、お客もめずらしい支那料理を喜んでくれた。清水文雄氏、栗山理一氏、徳川義恭氏、七丈書院主人がお客であったと思う。（中

略）七丈書院はかなり趣味的な本屋で、装幀の贅沢を許してくれ、学校の先輩の徳川義恭氏が光琳のつつじを模した扇面の原色版の表紙を作ってくれた。

『文学界』昭和三三年六月号

（富士）正晴様には、御応召前、とりわけて拙著のことで厚き御世話に相成り、その書物が昨週やっと発行になりましたので、「一冊は戦地へもってゆき一冊は自宅へのこしておいて帰還後にそなえる」というお言葉に従い、都合二冊別送仕《つかまつ》りました。

一一月一五日付ハガキ

一一月二一日　伊東静雄から「花ざかりの森」の礼　「年譜」

伊東は大人として対応しているが、礼状にはちくちくしたところがある。あらましは次のようなものだ。

待ち兼ねていました花ざかりの森、思っていたよりずっと立派な本になりました。気にしていたカバーも少しもおかしいことはありません。入営はいつなのですか。いい記念になりました。御両親は何と仰有っておられますか。（中略）蓮田君が東京におられないのは残念でした　どこかにいい評を書いてくれたでしょうに（中略）跋にかえての文章は、林（富士馬）君の言葉以外は平凡であったのが残念でした。小生に関する部分は、やはり、お会いする機会が少なすぎたというような感がしました　中味はこれから少しずつ毎晩床には入《ママ》ってから拝見しようと思っています。（中略）お身体に気をつけて下さい。

さきに「富士正晴に神田の七丈書院で会う。富士正晴は早速、池袋の精神科開業医で詩人林富士馬に電話をして三島を連れて行く。その後、林と文学的文通、交際が深まる」（「日録」）を引いたが、林は当時まだ医学生だった。三島を佐藤春夫のところに連れて行ったり、一時は毎日長い手紙を書いた相手だった。その三島の手紙だが、平岡姓で出されていたため、林の親族が三島由紀夫からのものだと気づかずすべて処分してしてしまったという。

さて、戦後の三島から富士正晴への便りもかかげておく。

御出征前には、拙著のことでいろいろ御世話になり、御礼を申上げる暇《いとま》もなしに出征され、折角の出版記念会にも貴下と蓮田さんの顔がみえず、寂しいことでございました。処女出版のこととて装幀など後悔先に立たずの趣がありますが、まず美しい書物の最後になりました。あの三色版、あの用紙はもう望めますまい。あれを見るたびに貴下の御厚意と、林（富士馬）さんと貴下との楽しい一年間の御交際など、それからそれへと思い出は尽きません。

昭和二一年五月三〇日

まだこの時点で蓮田の自決は親族友人に伝わっていない。家族には翌月知らせが届き、三島たちが知ったのは夏ごろだった。

お葉書ありがとうございました。二十数年前と少しも変らぬ御書体を、実になつかしく拝見しました。花ざかりの森出版記念会の件、明らかに小生の記憶ちがいでした。小生何かと本卦還りの兆候いちじるしく、バルザックではないが、希望は過去にしかありません。

昭和四三年一月一九日付ハガキ

戦後まもなく富士は編集者たちを引き連れた三島と偶会したが、三島は気づかなかったという。

蓮田善明の最期

富士正晴は、蓮田善明が三島を慈しみに満ちて見、別れぎわには恋々としていた、と回想している。

思い出すことは林（富士馬）と三島と三人で蓮田善明の家へ訪ねて行ったことだ。蓮田善明が三島を見る目がひどく慈しみに満ちていたこと、駅まで送って来た蓮田が三島と別れる時に恋々としているような感じがあったのを覚えている。

『ポリタイア』昭和四八年

蓮田の慈愛は三島に通じていた。小説集の「跋に代えて」（昭和一九年）で蓮田へのおもいをすなおに、切々と綴っている。

蓮田善明氏は再び太刀を執られて現に、戦《いくさ》の場に立っておられるが、氏が都にあって古道にいそしんでおられた傍ら、「文藝文化」「四季」などの誌上に、励ましの御言葉を賜ったこと、一人歩きの覚束《おぼつか》ない身にそれそこに石がある木の根がある躓《つまず》くなとことごとに御心遣いの濃《こま》やかであったこと、それぞれに身に沁みて、遥かに御武運の長久を祈りつつ懐かしさに堪えない。

三島は晩年「この本の上梓をどんなにか喜んでくれたにちがいない蓮田氏」と、哀切なおもいを述べている。

集まった客はみな、当夜そこ（昭和一九年の出版記念会）にいるべき重要な客のいないことを残念がった。それは「文藝文化」の指導者ともいうべき蓮田善明氏である。この本の上梓をどんなにか喜んでくれたにちがいない蓮田氏は、すでに出征しており、九カ月後ジョホールバルで、通敵行為を働いた上官を射殺して、ただちに自決するという運命にあった。

『うえの』昭和四三年

「通敵行為を働いた上官を射殺し」と三島は記しているが、私の調べたかぎりでは通敵行為があったか、定かではない。当日宮様が現地入りし武装解除を伝達することになっていた。いっぽう矛をおさめず継続戦闘しようとする兵隊たちがいた。〝承詔必謹〟の蓮田はその指揮官にまつりあげられ、板挟みになり自決の道をえらんだともいわれる。いずれにしても確かなのは、この上官の軍旗訣別式での訓話に「敗戦の責任を天皇に帰し、皇軍の前途を誹謗し、日本精神の壊滅を説く」言辞があったことだ。

ずっと行方知れずの原稿

さきに記したが小説集の出版が決まると、三島は原稿の回収に腐心した。なんとしても原稿を取り戻そうと躍起になった。三島の依頼を受けた清水は、出征した蓮田の留守宅に問い合わせた。しかし戻された中に肝心の「花ざかりの森」はなかった。蓮田夫人は夫が出征した直後、返還の依頼をうけて探した。はたして送り返したものしかなかったのだろうか。

かくして「花ざかりの森」の原稿は戦後行方知れずになり、戦災などで失われたものと思われていた。もし誰かが所持していたなら、年月を経て相続した親族が換金しようとして古書市場などに出まわるものなのにそれもないからだ。しかしこの原稿は、ずっと九州熊本にあったのだ。

手がかりになったのは、今から五〇年前の書きつけだった。「『花ざかりの森』の原稿は今も（熊本市の）植木町の蓮田未亡人の手許にある筈である」（『日本談義』日本談義社、昭和四二年七月号）というくだりを見つけたのだ。これを、地元の郷土史家荒木精之主宰の文芸誌『日本談義』に書いたのは丸山学という人物だった。一文のタイトルは「蓮田善明」で、そこに蓮田とは中学と師範学校の学友だったとあった。時あたかも三島はノーベル賞の最有力候補にあがっていた。もし受賞したら直筆原稿の価値はいやがうえにも急騰する。そんな思いがこんな憶測を書かせたのだろうか。いや、断定をさけているが、しかと知っていたのだろう。

可能性は低いと思いながらこれを確かめようと平成二八年の夏、蓮田家に連絡をとった。蓮田善明と三島との関係について調べていた私は、かねて長兄の晶一とやり取りをしていた。最初に晶一に連絡をとったのは蓮田の埋もれた論考を見出した報告だった。知りたいこともあった。三島も出た昭和二一年の蓮田を偲ぶ会で、参会者が寄せ書きをした。そのときに三島が染筆したのは蓮田を雲になぞらえ、戦後を生きる空しさをうたった詩だった。

古代の雲を愛でし
君はその身に古代
を現じて雲隠れ玉
ひしに　われ近代
に遺されて空しく
靉靆《あいたい》の雲を慕ひ
その身は漠々たる
塵土に埋れんとす

『蓮田善明とその死』筑摩書房、昭和四五年

三島以外の出席者が書いたものを知りたいと思い晶一に問い合わせた。しかしそれをふくめて、蓮田の伝記を書くという作家に資料として渡して、いっさい戻ってこなかったという。その一部は古書市場にながれたという。

久々晶一に連絡をとったのだが、なんとその数日前に心不全で亡くなっていたと知らされた。そして代

わりに次男の太二が応対してくれた。私は『日本談義』のことを言わず、ただ「所有されている方をご存じですか」と訊いた。もし持っているならこれまでずっと秘してきたわけだから私の問いかけに疑心暗鬼になったのだろう。やはりすぐには所有していると明かさなかった。しかし、そうとおもわせる含みのある返答があった。しばらくしてから所持していることを明かした。ずっと晶一が父善明の関係資料とともに一手に管理していたのだそうだ。その長兄の死の直後に突然私から問い合わされたこともあって、どう返答するか戸惑ったのだろう、と思った。しかし所持を明かしながら、閲覧を求めてもなかなか諾の返事がなかった。

　あとでわかったが、私の問合せがあってから、急きょ原稿を地元の施設へ移管する手続きをしていたのだ。病院の共同経営者の兄が亡くなったのだから、重要な決断や煩瑣な庶務がかなりあったろう。兄の遺言にあるから（と移管先は聞いている）といって急ぐことはないのだ。太二によると、みずから経営する病院に〝赤ちゃんポスト〟を創設したときに、マスコミやさまざまのメディアが殺到して、たいへんな混乱をまねいたという。その再発を避けたのだ。

　移管を急いだのは私が「もし持っているなら山中湖の三島由紀夫文学館に寄贈してほしい」と言い添えたこともあったようだ。その手続がひと段落して、ようやく閲覧を許可する旨の連絡が届いた。現地に飛んで関係者から話を聞くと、晶一が善明の遺稿や遺品を一手に管理し、おもなものは地元の施設に寄託していた。太二は三島の原稿もそこに託されていると思っていたという。私からの問い合わせに原稿の所在を確認したら兄の遺品のなかにあった。つまり兄がずっと手もとにおいて秘蔵していたのだ。秘蔵することにしたのは晶一の判断だったようだ。三島の原稿を持っているはずだ、と言われたことで不快な思いをしたそうだ。いずれにしても、この原稿を熊本の地にとどめておけば三島の処女作を世に送り出した中心者として蓮田善明の名が後世に著《しる》く伝わる。そういう判断がはたらいたようだ。

太二によると、善明が出征時に東京から熊本に送ってきた荷物は、自分の原稿、蔵書、自分以外のあまたの原稿や受けとった書簡、それらすべてをかなり大きな容器に入れて梱包したものだったという。蓮田夫人は夫から、日本が敗戦したらこれこれを焼却するよう、言い残されていた。それは士官として一回目の出征したときの軍の機密文書だったようだ。戦後夫人はそれを竈《かまど》で長い時間をかけて燃やしていたという。おそらくそのときに「花ざかりの森」の原稿を見つけたのだろう。

三島の文名が九州熊本に届いたのは『潮騒』や『金閣寺』の書かれた昭和三〇年前後以降だったろう。その三島は今からちょうど半世紀前の昭和四一年、『奔馬』の取材で熊本を訪れていた。そのとき三島に会った夫人は原稿のことを話さなかったのだろうか。いや話したら三島が「そのまま持っていてかまいません」と言ったのだろうか。太二はこたえてくれた。

母は原稿がこちらにあることは知っていました。三島さんが熊本に来られたとき、もし原稿返還のお話があればお返ししていたと思います。原稿が私どものところにあることは三島さんも当然ご存じのはずで、そのときに返還のことはお話にならなかったと推察します。兄が亡くなるまえに、今後原稿をどうすべきか話し合いました。話し合いましたが結論が出ないまま亡くなりました。

私が太二から聞いた最後の部分は、先に記した移管先が聞いていることと異なっている。

「三島ゆきお」という筆名は、さきに記したように雪をいだいた富士山を見た『文藝文化』の同人四人により案出された。その蓮田は、そこに風土記にある「夢野の鹿」の背に降りつもった〝雪〟も重ねていた。それを蓮田が『文藝文化』（昭和一七年）に書いた一文から感得した三島は、院内誌『輔仁会雑誌』に「夢野乃鹿」（昭和一八年）を書いた。そして後年『豊饒の海』四巻の外函、そして『春の雪』扉絵に〝夢野の鹿〟の画を配して、そこに〝蓮田善明〟へのおもいを塗りこめていた。これは私の解釈である。

三島由紀夫の「花ざかりの森」の直筆原稿は三四半世紀ものあいだ、蓮田善明とその親族によって所蔵されていた。そこには両者に以上のような深い縁《えにし》があったのである。

なおその筆名の由来のせいなのか、三島は生前、自分だけの墓にする土地を海のそばの富士山が見える場所に定め、確保していた。そしてそこに自らの等身大の裸体ブロンズ像を墓石として（その代わりに？）立てることを遺言していた。三島の死後、ブロンズ像は完成し、制作した彫刻家から三島家に引き渡された。三島の骨はそのために分骨もされていた。これについては第四章に詳述する。

第二章　相克——「眠れる美女」の迷宮界

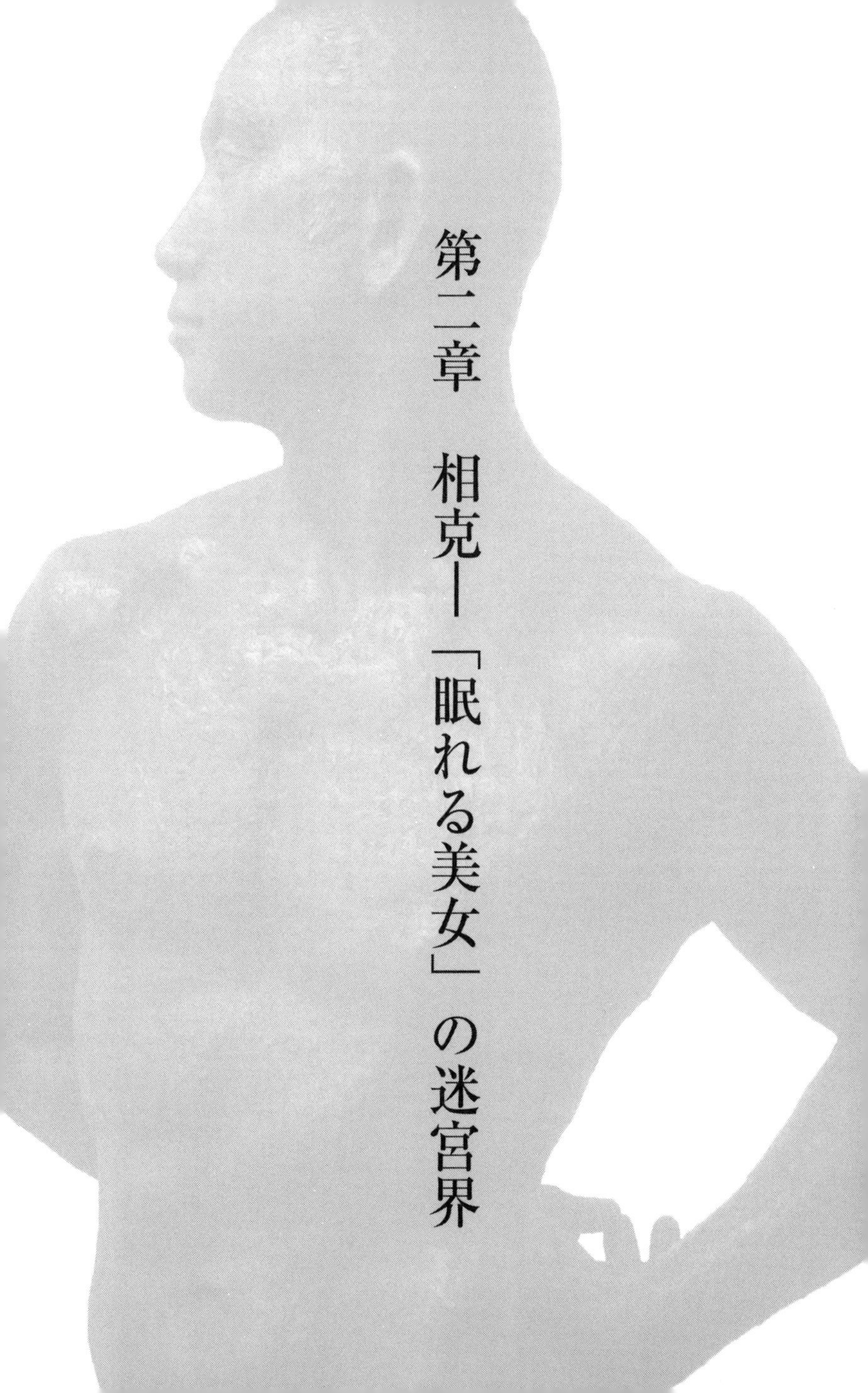

川端康成とノーベル賞

川端さんはいつ拝見してもお元気だかどうか分からなくて、じつはお元気なんですね。ワッハッハ。

川端康成にこう話しかけながら高らかに哄笑しているのは三島由紀夫である。いまから五〇年近く前、初めて日本人がノーベル文学賞を受賞した。それが伝えられた翌朝、緊急制作されたテレビ番組冒頭のものである。版元は三島受賞を前提にその月末、『春の雪』を刊行する準備をしていた。しかし川端の受賞で急遽翌年に延期された。三島の落胆は相当なものだったと推察される。

さて、この三島の肉声を、そのから元気な姿をながめながらインターネット上で聴くことができる。これを制作したNHKからのクレイムで一旦削除されていたが、最近またアップされた。三島自決の二年前、川端のかぎりなく自死に近い死の三年半前の、最後に二人が和やか（そう）に写っている貴重な映像だ。

この後、両者の関係は冷え込み、大きな波風もたった。さらにこの一年後、楯の会がらみの揉めごと以降、急速に疎遠になっていったのだ。スウェーデン・アカデミーは、五〇年経つと情報開示の請求があれば原則としてノーベル賞の選考過程を明らかにしている。以下はその開示によってわかったことだ。

当人たちは知らずに逝ったが、川端は昭和三六（一九六一）年はじめて候補者リストに入った。この年、三島は川端に求められてアカデミーあての推薦状を書いている。三島は昭和三八年はじめて候補者リストに載り、しかも最終選考直前の「特に注目すべき作家」の六人のなかに入っていた。翌三九年、その最終候補六人のなかにいたのは谷崎潤一郎だけだった。三八年、三九年とも、候補者リストには三島、川端、谷崎、西脇順三郎の名があった。谷崎が没した四〇年には日本人作家の名は最終リストになかった。四一年は七二人が候補になり、日本人は川端と西脇順三郎がそのなかにいた。さらに川端は六人に絞られたなかに残っていた。アカデミーへの推薦人として、これらリストに載った日本人作家と親しくしていた外人文学者がいたことも近年判明した。昭和四三（一九六八）年に川端が受賞したが、その年、そして前年にどんな賞獲りレースが展開されていたかは早晩あきらかになる。いずれにしても谷崎があと三年生きていたら、川端でなく、三島でもなく、彼が獲っていたことだろう。

三島そして川端は、一年五カ月のあいだをおいて相次いで逝った。その背景にあったもの、二人の関係性に迫ろうというのが本章の眼目である。それが三島の死の貌《かたち》のかげをなしていると考えるからだ。

師弟関係のはじまり

三島と川端、二人の交流は昭和二〇（一九四五）年、川端が三島に出したハガキからスタートした。それは川端が、人を介して手にした『花ざかりの森』についてのものだった。

今日野田（宇太郎）君より御高著花ざかりの森難有拝受致しました。文藝文化で一部拝見して御作風にかねて興味を寄せて居りましたのでまとめての拝読を楽しみに致します。（足利）義尚《よしひさ》ハ私も書いてみたく少し調べても居ります事とて先日　中河（与一）君あてに手紙出したい程でした。花ざかりの森ハ今日北鎌倉の某家で島木君より受け取りましたが、疎開荷造中の物を見に行きましたところで、宗達、光琳、乾山、また高野切石山切《こうやぎれいしやまぎれ》、それから天平推古にまでさかのぼり、あるのが嘘のような物沢山見せてもらって、近頃の空模様すっかり忘れました。紅梅も咲いて居りました。とりあえず右御礼まで。

このハガキの日付は三月八日である。三島は『文藝』編集長・野田宇太郎に川端への仲介を依頼し、それが奏功したのだ。これに対して三島は三月一六日付で返事をしたためた。

先日は野田氏を通じ突然拙著を差上げました不躾をお咎めなきのみか、御丁寧な御手紙たまわり、厚く御礼申し上げます。きのう青山の古本屋で『雪国』をみつけもとめてまいりました。何卒御身御大切に。御礼まで

冒頭に引いたノーベル賞受章記念対談で三島は、川端が書きたいものとして義尚や東山文化があるだろうと述べ、これに川端が同意するやり取りがある。川端の右のハガキから、戦中すでにそれへの意欲を懐胎していたことがわかる。川端はその意欲を晩年までずっと持ちつづけていたのだ。昭和三七年の「川端康成氏に聞く」と題された川端、三島、中村光夫の座談会でもこれに関連する語らいがある。

三島　いつごろからそういう中世的なものに興味をおもちになりましたか。
川端　非常に興味が高まってきたのは戦争中ですね。戦争中に室町のものをずいぶん読んだのですね。
三島　僕はいまでも、川端さんと僕の接点は中世だと思うのです。日本の文学者の考えている中世と、川端さんが違うものを考えておられるというところで、僕が非常にこの親近感というか、そういうもの

を感じたわけです。あそこが接点で、川端さんというものをわかるようになったというと失礼で、わかってないかもしれませんが、それで接触したように思う。

三島由紀夫編『文芸読本 川端康成』河出書房新社、昭和三七年

この座談で中村は、「あれ（三島の「中世」）は、僕なんか認めなかったが、川端さんは非常によくお認めになったですね」と言っている。中村は三島が持ち込んだ原稿八編に「マイナス一二〇点」をつけていたのだ。後年中村は、「ぼくは三島君の最初の短編小説をマイナス百五十点と言って、否定しました」（『新潮』昭和四六年二月三島特集号）と言っている。とにかく評価の圏外だと酷評したのだ。川端は戦争中たくさん出回っていた「室町のもの」を読みあさり、室町文化に惹かれたことを明かす。三島はそれが川端と自分のわかりあえる「接点」だったと言う。こうして三島と川端のあいだに師弟関係が結ばれ、四半世紀、うるわしく（さいごの二年をのぞき）続いていった。

ノーベル賞記念対談

冒頭の三島発言を含むテレビ番組の収録は、川端受賞が伝えられた翌日の昭和四三年一〇月一八日、鎌倉長谷の川端邸の庭で行われた。松が亭々と生えた芝生のうえにテーブルと椅子をしつらえ、川端と三島、そして司会役として伊藤整が登場した。まず驚いたことがあった。伊藤が三島を君付《くん》けで呼び、しかも〝ミウラ君〟と言い間違えてもいたのだ。君付けもせず〝あんた〟とも呼んでいた。文壇内での序列を反映していたのだろうが、あの場ではあきらかに礼を失していた。伊藤はその一方で開口一番、「テレビに

はめったに出ない川端さんに出ていただいた」と川端の出演が稀で貴重なことを強調した。そして「このたびの御受賞は国のよろこびでもあり、吾々文壇全体のよろこびでもあり、川端さんのよろこびであり」と、揉み手をせんばかりに鞠躬如としていた。伊藤の本音の川端観は臼井吉見の『事故のてんまつ』にある。これについては後でふれる。

三島はへりくだることなく、堂々とした物言いで川端文学への評価を開陳していた。しかしその言葉には、文壇外の者には容易にうかがい得ない、師川端に対する陰影のあるアヤが織り込まれているように感じられた。それを番組での両者の発言から浮かび上がらせてみよう。以下はテレビ番組がアップされたインターネットで得た音声から私が多少おぎなって起こしたものである。

三島　川端さんはいつ拝見してもお元気だかどうかわからなくて、じつはお元気なんですね。ワッハッハ。川端さんはいちばん力を入れないで力をお使いになる、芸術上のコツをご存じの芸術家で、剣道でもいちばん強いタイプですね。無構えの構えですね。作品でもご生活でも、とてもマネたくてもマネられないものですね。

川端　力を入れるとか入れないとか、まあ怠け者ですからね。力を入れようと思うときにはもう済んじゃってるんです。

三島　済んじゃってるときに、もう作品ができ上がってるんですね。ワッハッハッ。

川端　スウェーデンの新聞社の人が、「雪国、古都、千羽鶴とかはこれから始まるようなところで終わってます」と言うね。

三島　やはり構成が、流れるような構成があると同時に、どこが始まりで終わりか分からない新しさというものに、西洋の人たちもだんだん目が覚めてきたんじゃないのかと思うんです。かならず起承転結することに飽きてきている。この、いま花が開いたときに終わるというかたち。そういうものが非常によく分かってもらえたと思う。

日本文学は、どうしても今まで、ひとつの島の孤立した言語のなかでいとなまれた世界。それなりの瘢《め》の錘《つ》みかた、洗練のされ方も非常なものだけれども、それのいちばん瘢の錘んだ、いちばん洗練されたものが、こうやってノーベル賞を獲っていただいたということが、どんなに日本人が勇気づけられるかわからない。

川端　まあ、運がいいんでしょう。拾いものみたいなものですからね。たとえば王様が歩いていたって金の珠《たま》を拾うともかぎらない。つぎに百姓が歩いて拾うかも。あした誰が拾うか分からない。そんなようなもんでしょう。私がもらうなら、もらっていい人はたくさんおります。日本人にかぎらず、アジアにもおそらくいるでしょう。自分ではあまり西洋の文学賞向きの作品とは思わなかった。それがかえって何というのかな……。

三島　ドビュッシーの音楽、ターナーの絵があり、いろんなものがあるのが西洋だと思う。日本の近代文学は、川端さんのような文学が西洋で無いものを持った。うれしいと思うのは日本の国内の影響が大きい。というのは、いま文学というものが実際にほんとうに必要とされているのか疑問な時代で、精神的な糧としても人が必死に文学を追い求めているのか、非常に疑問になってきた。そのときに、ほんとうの文学がノーベル賞を受けた。このノーベル賞を受けたものが間違いなく文学なんだということをわかってもらう。これからはじめて川端文学を読む人は、これはなかなか手ごわいぞと思う。どんなに文学にプラスになるか分からない。

川端　（私の作品を）面白がる人は非常に面白がる。思いもかけない小説みたいなものを読んだ気がするんじゃないんでしょうか。

三島　私がこれから楽しみにしておりますのはね、川端さんの御作が、これを機会に向こうでどんど ん（翻訳されて）出ると思うんですね。たとえば『眠れる美女』（昭和三六年）なんてのは傑作だと思うんですがね。川端さんの作品で非常に構成的でしょう。『舞姫』（昭和二六年）なんて作品もね、あれもじつに人間関係がドラマチックで、他の作品と違う。そういうふうないろんなもんがある。むしろ『眠れる美女』は西洋的なんですね。

「まあ、運がいいんでしょう。拾いものみたいなものですからね」という川端の言葉を三島はどんな思いで聞いていたことだろう。私がそうした感想を抱いた理由をこれから述べていきたい。

怖ろしい小説

「眠れる美女」は『新潮』に断続的に連載された後、昭和三六（一九六一）年に上梓された作品である。

波の音高い海辺の宿は、すでに男ではなくなった老人たちのための逸楽の館であった。真紅のビロードのカーテンをめぐらせた一室に、前後不覚に眠らされた裸形の若い女―その傍らで一夜を過す老人の眼は、みずみずしい娘の肉体を透して、訪れつつある死の相を凝視している。熟れすぎた果実の腐臭に似た芳香を放つデカダンス文学の名作

三島の巻末解説を抜粋した新潮文庫カバー・コピー、昭和四二年

作品の舞台は男としての機能が不如意となった高齢者を顧客とし、一〇代の美しい処女がその相手をする秘密の「逸楽の館」である。その特異さは、少女たちが深く眠らされたまま老人たちの相手をすることにあった。老人たちは裸の少女の体を一晩自由にたのしむことができる。しかし少女たちは、客が何者であるか、また何をされたのかも、深く眠っているあいだのことでわからない。ネクロフィリア（屍体嗜好）にもつうじる隠微さのただよう、猟奇的とも評された奇作である。川端がこの作品のモチーフのヒントにしたと思われる先行作がある。それは大江健三郎の「死者の奢り」（昭和三二年）である。この作品は昭和三二年下期の芥川賞候補となり開高健の「裸の王様」と最後まで競った。このとき川端は終始「死者の奢り」を推した。

大江健三郎氏の「死者の奢り」を、私は初めから推したかった。「死者の奢り」と開高健氏の「裸の王様」の二つが残って、そのどちらかという時にも、私は「死者の奢り」を選んだ。（中略）大江氏はまだ大学在学中の若さで、（中略）才能はあざやかである。

「選評」『文藝春秋』昭和三三年三月号

評は真っ二つに割れ、病欠の選者に電話をして後者に決まった。この作品は大学医学部の解剖用死体置き場での話で、あまたの死体が出てくる。その中に少女の死体の描写がある。源氏物語をメインに研究している国文学者助川幸逸郎は、少女嗜好癖の川端が「死した少女」に萌えて（堕胎しようとする女学生の胎児への思いもあろうが）、「死者の奢り」を推したのではないかという。ならば私はこれから『眠れる美女』を着想した可能性があると推測するのだ。この作品の最後で眠るように生きていた少女が死してしまう。このことからも私の推測はあながち的外れではないだろう。助川幸逸郎は私の求めに応じて、川端が萌えた論拠を寄せてくれた。

川端の『眠れる美女』には、江口が娘を起こそうした後、「やはり起きていないんだな」と呟くくだりがくり返し現われます。眠っている少女を犯そうとして、彼女がバージンなのに気づき、あわててやめる場面もあります。「生きているのに、死んだも同然」「娼婦なのに、バージン」という「矛盾に充ちた状況」が、江口を萌えさせているわけです（そして川端のことも）。「死者の奢り」の少女の死体も、死んでいるのに「みずみずしく生命感にあふれていた」とあります。この少女の死体が、やがて「物」になってしまうことを主人公は惜しんでいます。「死者の奢り、」は、サルトルの実存主義哲学の影響があるといわれています。昭和四〇年代に書かれた源氏物語についての論文に、「御法巻で、紫上の死体を見て萌えている夕霧」について、サルトルを援用して説明した珍論があったと記憶します。そういう論文が書かれてしまうということは逆に、「死者の奢り」における「少女の死体への萌え」は、サルトルなどを介さずとも、源氏物語のなかに結実した「日本の伝統的心性」と共鳴するものがあるといえるでしょう。川端は、サルトルなどと関係なく、「紫上に萌える夕霧」のように、「死者の奢り」の少女に萌えたのではないか、と私は感じました。戦闘美少女が、「女らしくない」どころか、かえって猛烈に女性性を感じさせるごとく、「瀕死であったり、ほんとうに死んでいたりする女性」は、ある種の男性（じぶんの男性性に自信がもてず、ストレートに女性性を打ち出している女性に対して恐怖を感じるタイプの男性）にとって、猛烈にセクシーさを感じさせるもののようです。ちなみに、源氏物語の紫上も、若紫巻ではじめて登場したときから一貫して、「美人で聡明だけれど、ふつうの意味では女らしくない女性」です。源氏物語には、現代のおたくコンテンツにつながる萌え要素がすでにそろっているわけです。川端にもそこに萌える回路はそなわっていたということになります。「死者の奢り」の「妊娠している女子学生」を「えたいの知れない存在」と思う感覚、「胎児と死者に共通性をみるところ」も、きわめて川端的だと感じます。

晩年川端は源氏物語の現代語訳を出したいと編集者にもちかけていた。どこまで本気だったかあやしいが、川端は戦前から湖月抄などの注釈書を耽読していた。

さて、『川端康成と三島由紀夫をめぐる21章』（瀧田夏樹、風間書房、平成一四〔二〇〇二〕年）に、三島の昭和二六、同二八年の作品『禁色』と『眠れる美女』を比較したくだりがある。

枯れはてた老人に化けて、禁断の場所に潜入し、性の冒険を試みる江口老人のあり方には、三島由紀夫の、すでに世評高い作品『禁色』の人物、「檜俊輔」の耽美的執念を思わせるものがある。江口老の

「由夫」という名もなにか気にかかる。(『禁色』という)一介の同性愛青年の物語が、一般的には魅力に乏しい、老作家の紹介から始められなければならなかったかを考えると、当時、四十九歳で出し始めた十六巻全集を、なお刊行中であった、多産な壮年期の川端康成からの投影を感ぜざるを得ない。

三島の川端へのまなざしを鋭く見ていると思う。そして三島のこの作品への関与を婉曲に述べており、興味深い。川端は昭和二六年八月一〇日付の三島への手紙で、次のように『禁色』を評していた。

「禁色は驚くべき作品です。しかし西洋へ行かれればまた新しい世界がひらけると思います」

「驚くべき作品」と絶賛しつつ、解釈困難な留保を付けている。川端は自分が『禁色』の「檜俊輔」のモデルであることを幾ばくか、感じとっていたのだろうか。川端は「西洋」という言葉をどういうつもりで持ち出し(三島がその年の暮れから外遊するのだから深読み過ぎるかもしれないが)、三島はどう受けとめていたのだろう。三島は新聞に寄せた祝辞でアカデミーが受賞対象にしていない『眠れる美女』をわざわざ挙げ、受賞記念のテレビ対談でも『『眠れる美女』は西洋的なんですね」と語っている。この背後に、一七年も前に川端が三島に出した手紙に起因し、わだかまったままの感情が引きずられていたことがうかがえなくもない。テレビ番組中の川端は三島の発言を黙ったまま聞きながしているが、我々に見えない二人の感情は浪立ち、激しく交錯し合っていたと私には思われるのだ。

保田與重郎は『新潮』に連載した「日本の文学史」の最終回(昭和四六年一一月号)で、なぜか川端の

『眠れる美女』と三島の『豊饒の海』四部作を比していた。三島の死後で、まだ川端が生前のときだ。

川端康成氏の「眠れる美女」は、実証のない世界を精密無比に描き出している。しかしこの小説はそんなこと以上に怖ろしい小説である。作者は何を描こうとしたか、直接きくことをせぬからわからない。その答えは一層何もないことばで返ってくるような気がする。

普通の文学常識で手のつかない作品、作者の思いにも全く手がつけられない、怖ろしい小説を私はよんだと思った。そのさきに「岩に菊」の小説には、安堵したところがあった。眠れる美女の怖ろしさには、もう安堵がない。東光上人（註・今東光）があいつは全く鬼だよ、と申されたが、うべなるかなと私も心をふるわせた。

この怖ろしさは、作者一人のものなる怖ろしさでなく、人間の蔵している天来の何ものかに対する怖れと思われた。

三島由紀夫氏の最後の四巻本の小説は、小説の歴史あってこの方、何人もしなかったことをなしあげようとしたのであろうか。そういう思いが、十分に理解されるような大作品である。

川端氏の非常に近くにいた人だが、人間の小説の歴史の上に新しいものを加えようとした小説家の考え方としては、全く対蹠的なものに見える。それは方法について云っているのである。

三島氏も、人のせぬおそるべきことを考え、ほとほとなしとげた。そこには人間の歴史あってこの方の小説の歴史を、大網一つにつつみ込むような振舞が見える。人を、心に於て、最微に解剖してゆくような努力は、私に怖ろしいものと思われた。

「眠れる美女の怖ろしさには、もう安堵がない。東光上人があいつは全く鬼だよ、と申されたが、うべなるかなと私も心をふるわせた」とは激越な書きつけである。保田はなぜ、川端の作品から中編の『眠れる美女』をとりあげ、三島の大作の「最後の四巻本」とならべて両者とその作品を「怖ろしい」と言ったのだろう。何を意図して（何を知っていて）「日本の文学史」の掉尾にこの記述を置いたのだろう。保田の「天の時雨」（『新潮』昭和四六年二月号、三島由紀夫読本）にも三島と川端を比したくだりがある。

この（註・三島の市ヶ谷での）所業の深層根柢にあるものは、人類滅亡の危機感にまで到るような、人間の業に対する思考及び態度、さらにその察知の能力、それは宿命的な怖ろしさである。この点三島氏は同時代作家中、類ない異質であった。また一世代先の川端氏の終末的な文学世界とも、血脈は一つとしても、両極といってよいほどのはげしい異同がある。

保田は三島の「所業」の直後、そこにあるものは「人類滅亡の危機感にまで到るような、人間の業に対する思考及び態度、さらにその察知の能力、それは宿命的な怖ろしさである」と述べている。そして川端の「文学世界」と比し、「血脈は一つとしても、両極といってよいほどのはげしい異同がある」と力説している。なぜだろう……。

陰影を帯びた「祝辞」

川端は受賞記念番組収録の二日前、ノーベル賞発表前日の昭和四三年一〇月一六日付で三島にハガキを出していた。

拝啓　春の海（註・『豊饒の海』巻一のタイトルは『春の雪』）奔馬　過日無上の感動にて　まことに至福に存じました

一八日朝の番組収録の時までに三島がこのハガキに目通しししていたのであれば、川端の雑駁な誤記を胸に深く刻んで座談にのぞんでいたことだろう。受賞発表の一七日午後、三島は都下神楽坂の日本出版クラブ会館にいた。そこからスポーツシャツ姿で出て来ると、外で待っていたＮＨＫ記者・伊達宗克に「（ノーベル賞は）川端さんに決まった」と告げた。そこから伊達と局の車で竹橋の毎日新聞社に向かった。その編集局長室で三島は、川端の受賞を寿ぐ祝辞を一気に書きあげた。

川端康成氏の受賞は、日本の誇りであり、日本文学の名誉である。これにまさる慶びはない。川端氏は日本文学のもっともあえかな、もっとも幽玄な伝統を受け継ぎつつ、一方つねにこの危うい近代化をいそいできた国の精神の危機の尖端を歩いて来られた。

その白刃渡りのような緊迫した精神史は、いつもなよやかな繊細な文体に包まれ、氏の近代の絶望は、かならず古典的な美の静謐に融かし込まれていた。ノーベル文学賞が、氏の完璧な作品の制作と、その内面との、文学者としてのもっとも真摯な戦いに与えられたことの意義はまことに大きい。

それはひとり川端氏のみでなく、千数百年にわたる日本の文学伝統と、同時に、日本の近代文学者の苦闘に対して与えられたものと感じられるからである。

『毎日新聞』昭和四三年一〇月一八日朝刊

じつに格調高い文章である。日本人作家として、ともに受賞をよろこんでいる気持ちが伝わってくる。祝賀稿を書き終えた三島は伊達の車で一旦自宅に戻り、ダークスーツに着がえてから妻瑤子を同乗させ、同じ車で川端邸に向かった。その車中で伊達から、翌朝の川端との対談の録画撮りを要請された。それを諾した三島が川端に申し入れ、実現したのが本章で取り上げているテレビ番組なのだ。しかし三島は車中で伊達に、「この賞が次に日本人に贈られるのは、少なくとも一〇年先」と洩らしていた。自らも候補者として名前のあがっていた三島の落胆のほどがうかがえる。

ちなみに、司法記者クラブに所属していた伊達は、「宴のあと」裁判（都知事選に二度落選した元外交官が『宴のあと』でプライバシーを侵害されたと三島と出版社を訴えた）の取材で三島と知り合った。急速に近しくなったのは、三島が民間防衛組織の結成に動き出した昭和四二、三年頃だった。三島は伊達に、その対マスコミ広報について相談するようになったのだ。

三島さんはいつとはなしに私にいろいろと（楯の会について）相談をもちかけるようになった。相談の内容は、主としてマスコミ対策、より効果的に訴えるには、どうすればいいかということだった。

『週刊現代』昭和四五年一二月一二日三島由紀夫緊急特集号

初代内閣安全保障室長佐々淳行《あつゆき》は私に「伊達は楯の会の徒党、一味だった」と明かした。佐々は当時警察官僚だった。伊達が碌々事件を取材しないで市ヶ谷の現場からすぐ立ち去ったのは、警視庁がかねてマークしていた彼の居場所をNHKに問い合わせてきたからだった。くわしくは第三章に記す。

話を戻す。新聞紙上の三島の祝辞はさらに続く。しかしタペストリーの表糸が描くそれまでの明朗優美なトーンから打って変わって、裏糸が陰影を帯びた、ちくちく刺すような怜悧な模様をひそやかに縫い込み始める。

人間に対する真の愛情とは？　ここに氏の文学の、表面にあらわれぬ深い主題がある。すなわち、古典的な優雅な文体の下に、氏の文学には、近代文学のもっとも先鋭な主題「そもそも人間が人間を愛することができるか？」という設問が隠れているからである。

三島は「そもそも人間が人間を愛することができるか？」と書いている。そう書きながらじつは、「そもそも川端は人を愛することができるのか？」と問うているように私には思えるのだ。三島の祝辞はさらに続く。

いかに隠すか、しかもいかに非構成的非分析的に人間のもっとも深い秘密をつかみ出すか（中略）このような絶妙の日本的技術は、西洋の小説家には及ばぬものであろう。

そしてこの祝賀稿でも『眠れる美女』に言い及ぶ。

スウェーデンに紹介された氏の作品は『雪国』、『千羽鶴』、『古都』の三篇の由であるが、この中に氏の近年の傑作『眠れる美女』が含まれていないのは残念である。

なぜ、「この（受賞対象作）中に氏の近年の傑作『眠れる美女』が含まれていないのは残念である」と唐突とも思えることを書き加えたのだろう。テレビ対談では、『眠れる美女』は「西洋的」で、「川端さんの作品で非常に構成的」で「傑作だと思うんです」と言い、新聞では「非構成的」に「人間のもっとも深い秘密をつかみ出す」「日本的技術」に「西洋の小説家には及ばぬもの」があると讃している。明晰な作家が、あきらに矛盾した言い立てをしているのはどうしたことなのだろう。「近年の傑作『眠れる美女』」と言っているが、すでに近年の作ではなかった。当時この作品を三島ほどの熱意をもって思い返した文壇人、評論家は他にいただろうか。

川端は番組収録当日の朝刊に載った三島の祝辞を読んで、内心ギクッとしただろう。対談での三島の発言に面食らっただろう。しかしこの異様とも思える執拗さ、唐突さに気づき、驚いていたのは川端だけだったろう。中村光夫によると、川端はじつはこの作品を好まなかったという（『川端康成全集第18巻』附録、新潮社、昭和五五年)。それも承知で三島は、『眠れる美女』を新聞への寄稿やTVの対談で繰返ししつこく取りあげていたのだ。これほど執拗に『眠れる美女』の名を挙げていたことにかんがみれば、この作品と川端に含むものが三島になかったとは思えないのである。

『眠れる美女』へのこだわりぶり

『眠れる美女』が上梓された翌年の昭和三七年、三島は立てつづけにこの作品に奇妙なこだわりを見せた文章を書いている。

最近の川端さんというと、「眠れる美女」以後の川端さんということになろう。このデカダンスの極致ともいうべき作品、美のどん底とでもいうべき作品が、世間の十分な理解を得られなかった不満は、私の内にいまだ内攻しているが、一つには時代のせいかとも思う。(中略)この世は巨大な火葬場だ。それなら、地獄の火にも涼しい顔をして生きなければならないが、現代はどうもそればかりではないらしい。地獄の焰が、つかんでも、スルスル逃げてしまうのである。そして頬に当たるのは生あたたかい風ばかりである。これには川端さんも少し閉口されたらしい。「眠れる美女」は、そのような精神の窒息状態のギリギリの舞踏である。あの作品の、二度と浮ぶ見込のなくなった潜水艦の内部のような、閉塞状況の胸苦しさは比類がない。そこで川端さんの睡眠薬の濫用がはじまり、濫用だけに終っていればよかったが、その突然の停止が、あたかも、潜水夫が急に海面へ引き上げられたような、怖ろしい潜水病に似た発作を起こした。(中略)たまたまそのころ、三月末に、或る文学全集に私の巻が出て、口上代りの冒頭の文句に、「葉隠」から引用して、「定家卿伝授に歌道の極意は身養生に極り候由」と禿筆《とくひつ》をのたくったのが、川端さんのお目にとまったらしい。（中略）健康というものの不気味さ、（中略）ヒロポンも阿片も、マリワーナ煙草も、ハシシュも、睡眠薬も、決して与えない奇怪な症状である。私に悪筆を要求された川端さんは、夙にその秘密を見抜いておられたのかもしれないのである。

『川端康成全集第11巻』月報、新潮社、昭和三七年

「世間の十分な理解を得られなかった不満は、私の内にいまだ内攻している」というこだわりぶりに私は奇異なものを感じる。まるで自分の作品が不当な扱いを受けているような憤懣ぶりだからだ。そしてそれから数カ月後の次の一文は〝共謀者〟にしかわからないような語彙（太字の箇所）をちりばめている。

一体、私小説作家というものは、作品と日頃の言行が一致しているように見えながら、その間に微妙な不一致があり、世間的には一等**秘密**でない部分が実は制作の最大の**秘密**になっている場合が往々にしてあるが、いかなる意味でも私小説作家でない川端氏ほど、人と作品のみごとに一致している例はないというのが、私の総括的な印象であった。氏自身はダリの画中の人物のように、風とおしのよい秀明きわまる存在であるのに、私は氏に接していると、氏が自分の外部世界のお気に入りの事物へ**秘密**を賦与してゆく精妙な手つきが見えるのであった。そこで氏が世間の目に半ば謎のようにみえている理由も判然とする。氏自身の精神には毫も**秘密**がないのにその**森**には禽獣が住んでいる。**美**しい少**女**たちが**眠**っている。**眠**っている存在が**秘密**であるとは、**秘密**は人間の外面にしかないという思想に拠っている。そ

の存在を揺り起こしてはならない。揺り起せば、とたんに**秘密**は破れ、口をきく少**女**や口をきく禽獣は、たちまち凡庸な事物に堕するのだ。

なぜならそこから、心が覗けてしまうからだ。そして心には**美**も**秘密**もない。

「川端康成序説」三島由紀夫編『文芸読本 川端康成』
太字筆者

『眠れる美女』のタイトルにある文字を文章に織りこんで、〝共謀者〟だけが共有している〝秘密〟をもてあそんでいるかのようだ。私にはそう受けとれる。そんなことのできた当時の〝共謀者〟たちは蜜月関係だったのだろう。

『眠れる美女』三島代作説

元編集者堤堯は『WiLL』の連載のなかで、晩年の三島と川端の確執とともに昭和三六年に上梓された『眠れる美女』の三島代作説に言及している。高名な大作家の二人がそんなことをする必要も理由も見当がつかない、という声はある。しかしそれにもかかわらず、平成の世になってもこの作品の三島代作説は文壇・出版界に根強く流布しているのだ。私は堤に三島代作説の論拠を直接訊いてみた。おそらく口にできないことがあるのだろう。堤はある本の名をあげただけだった。その本には、その著者の知人が三島の妻瑤子からそう聞いたと記されているだけだ。このことについてもう少し考えてみよう。

状況的な背景としてまず考えられるのは、川端が昭和三〇年代に体調をひどく崩していたことだ。重篤な状態にもおちいり、入退院をくりかえしていた。昭和三三年一一月から翌年五月まで、胆石で東大病院に長期入院した。昭和三七年二月には睡眠薬の禁断症状で意識不明になり、東大病院に一〇日間緊急入院した。三島は胆石で入院する川端に準備の品や病院生活、医師への心付けにいたるまで、じつに懇切できめ細かなアドバイスをした。それを記した長い手紙がある。こんな状態の川端は、一回きりのつもりで書いた「眠れる美女」を版元から延ばすよう求められ、たいそう苦労して書き足したと後述する座談でこぼしている。

代作説が流布された理由背景としてもうひとつ考えられるのは、まだ無名だった川端が作家修業をしていた戦前の文壇状況である。今や完全に埋もれてしまった川端にまつわるある文壇騒動がその事情をよく伝えている。

それは昭和四四年一一月二〇日の『東京新聞』朝刊が大々的に報じた〈川端康成〝幻の長編小説〟倉庫から発見　五十年前の「サヨナラ」〉という、見開き二面の紙面上半分を占める記事にくわしい。不思議なことにこの大スクープを他のどの新聞もどの雑誌も後追いしなかった。「ノーベル賞作家、川端康成の〝秘稿〟が出版界の老舗春陽堂の倉庫で発見された」という書きだしで、その二年以上前に同社の編集部長が倉庫を整理したら、〈川端康成氏預かり物〉という名札のついた包みが出てきた。そのなかに「サヨナラ」と題した原稿用紙四百枚以上の長編小説があったというのだ。しかし、この「発見」をめぐる川端をふくめた関係者の証言はいささかミステリーじみている。弟子の北條誠は「文体を見ても、先生の文体じゃない。なんか翻訳調の堅さがありましてね。どう見ても先生の作品じゃないんですな」という。川端本人も「よく覚えていないんです。ぼくの字には違いないんだが、ぼくの書いたもの（創作）じゃない」

と、書かれた字は自分のものだと認めるのだが、中身に記憶はないという。川端の五十年来の親友、今東《こんとう》光《こう》は取材にこたえて、洋物の翻案だったのだろうとコメントしている。

当時（大正十年頃）は菊池寛のところが、デューマの小説株式会社みたいになっていてね。川端とか横光（利一）とかを集めて、盛んに翻訳をやらせていたんだよ。英文、仏文、独文（中略）丸善から本買ってきて読ませるんだ。読んだヤツはそのあらすじを書いて寛に流す。寛がそれを二つ、三つ組み合わせて一本の通俗小説に仕立て上げるんだな。オレはかわいがられるようにできてなかったからやらなかったけどね。川端はだいぶやってるよ。腕のあるヤツは代作もやらせられたんだよ。当時は江戸時代からの伝統で、弟子が師匠のものを書くのに、なんの不思議もなかったんだな。あれ、なんといったかな、横光が代作して当たっちゃってね。寛が自分の持ち馬の名前にした小説があったよ。川端にだって似たようなものがあるはずだよ。

大正一二（一九二三）年に『文藝春秋』の創刊号が春陽堂から出るなど、菊池と春陽堂のあいだには深い結びつきがあった。それを考えると川端の本はほとんど出していないが、そこの倉庫に「川端康成の署名のない川端の手になる原稿」はありうるだろう。発見された原稿は真偽の確認のため春陽堂から北條経由で川端に渡った。そのあと春陽堂が北條に返却を求めると、川端は北條に「あなたが持って帰ったんじゃないの」「春陽堂さんにないんですか？　ウチじゃないと思うんだけど」という、そんなかみ合わないやり取りの末、ついに行方知れずになってしまった。

無名時代の覆面活動

東京新聞のスクープから、無名時代の川端が菊池の作品作りの下働きをするような文学修業をしていたことがおおやけになった。今《こん》が言うとおり、「当時は江戸時代からの伝統で、弟子が師匠のものを書くのに何の不思議もなかった」のだ。川端自身、親しい編集者に、代作したりさせていたことを生前みずから明かしていた。

菊池さんの『不壊の白珠』、あれは僕が書いたのです。『受難華』は横光（利一）君です。どちらも菊池寛氏最盛期の新聞連載小説で両作品とも松竹が映画化している。僕の名で出ている『小説入門』、あれは伊藤整君が書いたものです。伊藤君、お金に困っていたようでした。

木村徳三『文芸編集者 その跫音』TBSブリタニカ、昭和五七年

『久米正雄伝』（小谷野敦、中央公論新社、平成二三年）によると、菊池と同時代に活躍した久米も代作させたものを自作として発表していたという。西洋中世の画や彫刻の大家の制作工房のようなものが戦前までの近代日本の文壇にもあったということだ。永井荷風は知人が自分の色紙や短冊自筆原稿の贋作作りをしていると知っても、咎めなかったという。（福田和也「旅と書物と取材ノート・永井荷風９」『週刊現代』平成二三年七月三〇日号）じつに鷹揚な時代であり、おおらかな文芸界だったのだ。

川端作品のなかには少なからず〝代作〟・〝代筆〟されたものがあり、そういうものでも川端全集に収め

られているというから不思議だ。その詳細は『川端康成 双面の人』（小谷野敦）他にゆずる。

三島にも名義貸しした本が数冊ある。それは昭和二六年から翌年にかけて、あかね書房が〝三島由紀夫〟訳で出した『ハムレット』、『ドン・キホーテ』、『ふしぎの国のアリス』、『真夏の夜の夢』だ。これらは『定本三島由紀夫書誌』（島崎博・三島瑤子共編、薔薇十字社、昭和四七年）で【「三島由紀夫」名義で刊行された単行本で三島由紀夫の著訳書でないもの】とされている。じつに潔癖な三島（遺族）の態度である。これらはシリーズもので、三島以外に川端や北條誠、林芙美子、そして連続ドラマ「花子とアン」の村岡花子も訳者として名を連ねている。おそらく川端が三島をこの版元に紹介したのだろう。「眠れる美女」が書かれる八年ほどまえのことだった。

〝ノーベル賞作家の幻の長編小説発見〟の東京新聞の顚末記事から推すと、川端にとって弟子筋が仕える師に代作で尽くすことは当りまえだったのだろう。自身が師菊池寛にしたと同じことを三島に求めたとしても奇異ではない。摩訶不思議なのは、草稿が倉庫から見つかってから二年以上も経っていたのに、川端が三島と角突きあっていた時に川端のスキャンダラスめいたこのスクープ記事がポンッと飛び出たことである。この記事が出た一七日まえに川端が出席を峻拒した楯の会一周年記念パレードが行われていたのは偶然だったのだろうか。同じ東京新聞のパレードの記事はその前日で、見開き上半分を占める一面大の大々的な扱いだった。つまり偶然にも川端の代作記事と同じ扱いなのだ。招待客のキャンセルが相次いだので、それをくい止めようとした三島サイドが東京新聞に書かせた提灯記事だとおもわれる。三島は川端のスキャンダルをあばくことで欠席した師への鬱憤を晴らそうとしたのだろうか。それともかつてゴーストをやっていた師が、自分にそれをやらせたことへの憤りがよみがえったのだろうか。

代作説流布の背景

仮に『眠れる美女』が〝代作〟だとしたら、どのようにメーキングされたのか、いろいろ考えられる。完全に三島が代わりに書上げたものか。そうではなく、二人の共作的なものか。そうだとした場合、三島は川端のモチーフをふくらませたのか。あるいは下書き的な草稿も作成したのか。川端が書きかけたものを三島が完成させたのか……。その詳細は調べてみてもわからなかったが、どのような過程で書かれたにせよ、これが三島の代作であろうとの私の確信を強めた、いくつかの事柄をあげておく。

昭和三〇年代、川端は睡眠薬中毒や胆石に苦しみ、入退院を繰り返していた。当初は一回きりのつもりで書いた「眠れる美女」だが、原稿の分量を増やすよう版元からつよく求められ、たいそう苦労して書きのばしていたという。

一回、一夜きりで終る短編のつもりだったのですよ。そうしたら、新潮の編集が一冊の本になるまで書いてくれというので、まだ本にならないか、まだ足らないかと、編集に聞きながら書きのばしていましたから。

「川端康成氏に聞く」三島由紀夫編『文芸読本 川端康成』

作品は昭和三五年一月号から三六年一一月号まで、一七回に分けて発表された。その第六回（昭和三五年六月号）と第七回（昭和三六年一月号）のあいだに半年ものブランクがある。川端は昭和三五年五月、米国務省の招きで外遊した。七月から八月にかけてブラジルで開催された国際ペンクラブ大会へも出かけるという多忙ぶりだった。しかし長谷川泉は『川端康成全集第18巻』（昭和五五年）の解題に、この連載の中断について「必ずしも外的な多忙ばかりが原因ともいえないであろう」と書いている。多忙以外の原因については言及がなく、意味深長な言葉である。連載の中断にはさきにあげた薬物中毒がかんがえられる。それと極度の遅筆である。まず遅筆のほうであるが、こういう証言がある。

川端さんは、原稿用紙を前に、じっと動かない。ときには髪をかきむしる。書いては消すとか、あるいは書きかけて原稿用紙を丸めて捨てる、というようなことは、ほとんど記憶にない。原稿用紙をじっと見据え、一、二行書くと、また筆が止まるといったふうだった。早い作家なら一晩で三十枚、五十枚と書く。川端さんは、五字、十字を書くのに、ときには何時間もかかった。

宮下展夫『遠い雲遠い海』かまくら春秋社、平成一八年

これは「眠れる美女」の連載を終えるやいなや始まった「古都」の新聞連載時の状況である。

どてらを焼く

そして薬物中毒だが、川端自身が上梓された『古都』（新潮社）のあとがき（昭和三七年）に書いている。

「古都」を書き終えて十日ほど後に、私は沖内科に入院した。多年連用の眠り薬が「古都」を書く前か

らいよいよはなはだしい濫用となって、かねがねその害毒をのがれたかった私は、「古都」が終ったのを機会にある日、眠り薬をぴたりとやめると、たちまち激しい禁断症状を起して、東大病院に運ばれた。入院してから十日ほどは意識不明であった。そのあいだに肺炎、腎盂炎をわずらったとのことだが、自分では知らなかった。（中略）私は毎日「古都」を書き出す前にも、書いているあいだにも、眠り薬を用いた。眠り薬に酔って、うつつないありさまで書いた。眠り薬が書かせたようなものであったろうか。

「古都」を「私の異常な所産」と言うわけである。

川端は「睡眠薬が切れてしまうと、書けないようだった。しかし薬を飲めば、今度は薬の効き目のために書けなくなる。薬を飲み、それが完全に効いてくるまでのあいだが、筆の進むときなのだろう」（『遠い雲遠い海』）。川端は「古都」の連載中に左手に火傷を負い、左目を打撲し痣をこしらえた。そして羽織っていたどてらの背中部分をおおきく焼き焦がした。服用していた「ドイツの強い睡眠薬」のせいで朦朧として、火鉢のうえに倒れたらしいのだ。本人は記憶にない（同）。おそらく「眠れる美女」の中断にはこういう極度の薬物中毒がかかわっていたのだろう。中断のあいだ、そしてその前後も三島が、なんらかのかたちで「眠れる美女」をサポートしていたのかもしれない。新聞社と違い版元は、三島と川端の両作家と極々親しくしていた。

三島は能を翻案した『近代能楽集』を出すほど能に傾倒しつうじていた。『眠れる美女』の主人公の名前が〝由夫〟ということだけでなく、〝江口〟という苗字も気にかかる。作者不詳の鬘物《かづらもの》（女をシテとする演目）の能に『江口』がある。江口（難波江の入り口）の里で一夜の宿を求める旅僧が遊女の霊と出会う話である。普賢菩薩に化して西方に去ろうとする遊女に対する旅僧が、『眠れる美女』では死んだように眠る娘の娼婦に対する江口老人となっているのではないか。第一章でふれたが、三島一八歳の一文に「夢野乃鹿」（『文藝文化』昭和一八年）がある。そこにつぎのくだりが見える。

女人の幻ゆえに古き世のすぐれた人々がことごとくそれを愛した。古都の僧は、ずっと遠くからみつめている王朝の女人の立姿をみた。かずかずの謡曲と、それが演ぜられた能楽とは、その殆どが、古くして不朽な女人への、久遠にたゆることない悼歌のしらべであった。（中略）夢の文字の系譜は亦、中世以降に雅びの神髄をなしてつたえられ、（中略）謡曲の中心をなす鬘能の、後ジテは多くワキなる僧の夢みるうちにあらわれる、（中略）（夢みるということの古事記以来の毅い悲劇精神を）私は何度でもあきもせずに言問うてみたい。

三島に能、とくに『江口』は身に沁みこんでいたのだ。長谷川泉は「江口老人の命名は能の江口を下敷きにしているともいえる」と『日本名作自選文学館［8］眠れる美女』（ほるぷ出版、昭和四七年）の解説に付している。これは『眠れる美女』の肉筆原稿の複製（カラーコピー）を匣に入れた仕様のものである。それを見てみたが、終り近くに一度だけ出てくる〝由夫〟の名のある原稿はなぜか欠落して収められていなかった。それにしてもどうして川端は死の直前にこの作品を〝自選〟したのだろう。

先に三島が川端に求められて、昭和三六年にノーベル賞の推薦状をアカデミーに書き送ったと記した。これに先立つ同年三月に三島は『宴のあと』（新潮社、昭和三五年）で訴えられ、日本ペンクラブ会長の川端に裁判への支援を求めていた。川端はそれに乗じて三島に推薦文を書かせたとも言われる。だとすれば、『眠れる美女』の連載中であることから、機に乗じてこれへの手助けも持ちかけていたことも考えられる。

三島は訴訟をかかえただけでなく『風流夢譚』事件のとばっちりで脅迫を受け、数カ月警察の警護がつく苦難もあじわった。満を持して世に問うた『鏡子の家』の不評も精神的にかなりこたえていた。映画に主演したのもそのウサ晴らしの面があった。変名で出したアングラ作品『愛の処刑』にも当時の鬱屈ぶりがうかがえる。

こうした状況が三島を川端の求めに応じさせた。それによって『眠れる美女』の特異な奇譚世界、凄艶のエロスが生まれたのかもしれない。あり得ない話ではない。

心にもないコメント

昭和四〇(一九六五)年、外電のAPが「日本の三島由紀夫が一九六五年度ノーベル文学賞の有力候補に擬せられている」と報じた。その後、三島は残った一九名の一人だという現地情報も流れた。しかし本章の冒頭に記したようにこの年、日本人作家の名は最終リストになかった。いい加減な情報だと知らず、多くの日本人は踊らされた。そのとき三島はストックホルムにいたので日本のマスコミはコメントをとれなかった。肝心の川端は非常に興味深い発言をしている。

ノーベル賞をもらうためには、まず翻訳がたくさん出ていなくてはならないでしょう。そういう点では、三島さんは『金閣寺』を代表として十分資格があるし、実力からいって、ノーベル賞をもらっていい人だと思います。今までにも何回かウワサにのぼり、三島さんにも〝あなたたちの時代にならないと日本にはノーベル賞はこないだろう〟といったくらいで、若すぎるとかいわれていましたが、カミュの例だってあるし、だいいち、いま、世界中にそれほど傑出した文学は出ていないじゃないですか。(中略)今回ならずとも、近い将来に、三島さんは受賞すると思うし、してもらいたいと思います。

『週刊新潮』昭和四〇年一〇月九日号

その四年前に三島に自分の推薦状を書かせた川端の発言とも思えない。そもそも当時の日本人作家の最有力候補は谷崎潤一郎だった。しかし四〇年夏に谷崎が逝ったことで、にわかに川端のみならず三島もトップランナーに踊り出たのだ。続く川端のこの世にいない谷崎への言葉は鹹《から》い。

谷崎さんも世界的に見て堂々たる作家で、たいへん有力でしたが、やはり谷崎さんの場合は、作品の内容からいって、ノーベル賞の性格に抵触したのだと思います。

(同)

死者に鞭打つとはこのことだろう。そして本音を放つ。

私も候補者にされているようですが、私は『雪国』と『千羽鶴』が翻訳されているだけで、そんなものでは話になりません。もっとも作家として死ぬ一年くらい前にはもらいたいとはおもいますね。

(同)

じっさいは死ぬ三年半前になった。

川端から三島家への長い手紙？

昭和四七（一九七二）年四月、三島の父・平岡梓は死の間際の川端から長い手紙を受け取っていたという。

ぼくは川端さんのおなくなりになる数日前に、長文のお手紙としてはおそらくこれはご絶筆ではないかと思われるような長い長いお手紙を頂戴しました。その内容についてはもちろん絶対にノーコメントですが、川端さんのご性格のまったく意外な点が実によく表れていて興味をひかれました。とまれ家宝として永く大切に保存してゆきたいと思っています。

平岡梓『伜・三島由紀夫（没後）』文藝春秋、昭和四七年

この川端からの手紙は〝封印〟されたまま、未だに公開されていない。『伜・三島由紀夫（没後）』は梓が『諸君！』に寄せた川端への追悼文に加筆して上梓されたものである。私はこの手紙に強い関心を持ったのだが、この手紙についてのくだりは後から書き加えられていた。梓がこれを追加したことは不思議との観が否めない。なぜなら、梓が追悼文を書いたのは締切時期からして、川端の死からせいぜい一週間かそこらだ。死ぬ直前の川端から来た手紙なら受取って半月も経っていなか

ったろう。手紙の中身に言及するかどうかを逡巡した可能性はあるが、本にする際にわざわざ挿入した一文はシニカルな物云いだけで、肝心な手紙の内容を明かしていない。本で言及するなら内容に触れなければ取りあげる意味がない。この手紙のことを当時『諸君！』編集長だった田中健五に訊くと、驚くことに「梓さんのことだからホラを吹いて大風呂敷をひろげたということはありうるだろう」と言う。

生真面目な大作家の息子とはずいぶん性格を異にする父親だったようだ。未だにこの手紙は誰の目にも触れず存在の有無すら確認されていない。梓はない手紙をあると書いたのだろうか。だとしたらそれはどういう意図からだったのだろう。川端から来た手紙のことを云々書いても本人は死んでしまっているからクレイムはつけられない。遺族から何か問い合わせがあってもおそれることはない。「その内容についてはもちろん絶対にノーコメントです」と宣言しているからだ。梓は川端の死後、川端から受けたクレイム（後述）への意趣返しをした可能性がある。そうなら、それぞれの親族がもう一方について書き残したことや発言はとくに慎重に吟味しなければならないことになる。もしほんとうにこの川端の手紙が実在しているなら、『眠れる美女』の三島代作説を明らかにする（カギとなる）可能性がある。

焼却された三島最後の手紙

一方、昭和四五年秋、自決直前の三島から川端にあてられた「最後の手紙」があったが破棄されたともいう。そこにも代作説の真偽のカギがあるかもしれない。それよりも、その内容が明らかにされれば、三島の川端への真の思いを解き明かせるかもしれない。それどころか三島の自死の謎が解けるかもしれない。

川端香男里　ところで（この昭和四五年）七月八日付の（註・三島からの）手紙は、最後の手紙ではないのです。この後にもう一通受け取っているのです。
佐伯彰一　えっ、そうでしたか。
香男里　鉛筆書きの非常に乱暴な手紙です。私も内容を忘れましたが、文章の乱れがあり、これをとっておくと本人の名誉にならないからと、すぐに焼却してしまったんです。
佐伯　残っていないわけですね。
香男里　残っていないんです。
佐伯　しかし本当は、もう一通あったと。
香男里　焼却された鉛筆書きの手紙。富士の演習場から出された手紙なんです。私は今でもとっておかなくてよかったと思っています。問題の（昭和四四年）八月四日付の手紙（註・三島が川端に、同年一一月三日の楯の会結成一周年記念パレードへの臨席を懇請したもの）をもらった時には、（川端は）それほど深刻に受け止めてはいなかったようですが、（この）鉛筆書きの手紙が来た時にはびっくりしたんです。これは大変なことになると……

『新潮』平成九年一〇月号

佐伯は初めて知ったというように驚いている。しかし香男里はこの対談より一三年前の昭和五九（一九八四）年、すでにこの手紙の存在と破棄したことを明らかにしていた。

三島からの最後の手紙は四十五年秋、自衛隊分屯地からのもので、内容は秘すが、万一の時は後のことをよろしくとした文面であった。字体は彼としては珍しく不揃いで誤字が多く、酔ったような文体だったと記憶している。康成は一読して三島君がおかしい、大変なことになりそうだ、と言い、この手紙を破棄した。

『川端康成全集補巻2』解題、新潮社、昭和五九年

三島は楯の会の隊員たちと自決直前の一一月四日、五日、六日の三日間、陸上自衛隊富士滝ヶ原分屯地で最後の訓練をしていた。そこからのものなら、事件の二〇日ほど前に出された手紙だったことになる。それにしてもなぜ「最後の手紙」は焼き捨てられたのだろう。それは「三島の名誉」だけではなく、「川端（家）の名誉」にもかかわる重大な内容のものだったのではないだろうか。だから受け取った側としてそのままにしておけなかった。思案に暮れた康成はこれを香男里に見せ、どうしたらいいか相談をした。香男里は康成に代わって三島に会うか電話をして対処した。「最後の手紙」とその三者間のやり取りに、三島の死につながる決定的なものがあった。そのせいで康成は事件後、「そこに三島がいる」と妄言するようにまでなり（後述）、一年五カ月を経て自らも死に到った。――以上は私の推測である。

川端夫人秀子は『川端康成とともに』（新潮社、昭和五八年）で、「（川端が）亡くなってからびっくりいたしました。とにかく人の手紙はよく残してあります。これはとっておいてはいけないと言って燃やした手紙は太宰治さんの手紙だけです」と書いている。川端の養子香男里は、三島からの最後の手紙のことを秀子に知らせず見せもせずに焼いたのだろう。妻、そして養母には見せられないものだったのだろう。

香男里は『川端全集』の解題に、「大変なことになりそうだ」から破棄したと書いている。しかし佐伯との対談では「本人の名誉にならないから」焼却したと言っている。「本人の名誉にならない」手紙が三島からあったと明かしてしまっては、焼却した本来の目的が十全に達せられないではないか。焼却した理由は他に（も）あったのだろう。「内容を忘れました」と言っているが、訊いてくれるなということだろう。

安藤武は『三島由紀夫「日録」』（平成八年）に「（昭和45年）11月5日（木）付川端康成宛書簡（中略）万一の時は後のことよろしくお願いします）」と記している。先述のとおり、三島が自衛隊の富士の演習場で最後の訓練をしたのは同月四日から六日にかけてである。『三島由紀夫「日録」』にある「一一月五日（木）付川端康成宛書簡」との記述は、翌年佐伯となされた香男里の「焼却された鉛筆書きの手紙。富士の演習場から出された手紙なんです」という発言と辻褄が合う。これが香男里の言う「焼却された鉛筆書きの手紙。富士の演習場から出された手紙」なのだろう。これについて三つのケースが考えられる。

一つはその手紙の控えを三島が遺していて、それをもとに安藤が記した可能性である。控えがあったのなら三島の遺族が持っているのだろう。梓が死ぬ間際の川端から受けとった長い手紙があると思わせぶりなことを書いたのも、川端の死によって、この息子の最後の手紙（の内容）が公表されるのを牽制したとも考えられる。控えが実在し、それが『川端康成・三島由紀夫往復書簡』（新潮社、平成九年）に収められなかったとしたら、両家と出版社の三者の間に深い事情があったのだろう。そうではなく、安藤が昭和五九年の『川端全集』の解題の記述に合わせて「五日」と推測して記した可能性もありうる。しかし私は安藤が、川端からこのことを伝えられた三島の親族から聞き知って書きいれたのだと推測する。安藤は三島家に出入りするつきあいをしていたからだ。

いずれにせよ、最後の手紙の内容も、焼却してしまった真意も、それを知る唯一の関係者が口を緘しているかぎり、確かなことはわからない。ここから、かつてうるわしくはじまった師弟関係に決定的な亀裂が生じていたことが察せられる。

「あつかましいお願い」

堤堯《つつみぎょう》は、三島と川端のあいだにノーベル賞をめぐってすさまじい確執があったと言っている（「ある編集者のオデッセイ」『ＷｉＬＬ』平成一九年一月号）。川端は受賞記念番組で、「まあ、運がいいんでしょう。拾いものみたいなものですからね」と謙遜していた。しかしこれはノーベル賞獲得への猛烈な執念を押し隠したものだった。それを知る三島はどんな気持ちで聞いていたのだろう。賞をめぐる確執について、もう少し考えてみたい。

両作家の死について瀬戸内寂聴は、「もしあのノーベル賞を三島さんがもらっていたら、三島さんも川端さんも、あのような死を遂げなかったのではないか、という意見をよく聞いたものである」と言っている。

川端の訃報に接した大岡昇平は、ドナルド・キーンに「川端さんはノーベル賞を貰っていなければ死なずに済んだ。三島君はノーベル賞を貰っていれば死なずに済んだ」と語っている。そうキーンに言った大岡は、この米国人がスウェーデンのノーベル賞選考委員会から秘かに、「日本人初の受賞者に誰がふさわしいのか評価してほしい」と依頼されていたことを薄々知っていたか勘付いていたのだろう。キーンは平成二七（二〇一五）年、そのことと、三島より川端、川端より谷崎を推していたことを初めておおやけにした。キーンに評価依頼が来たのは昭和三八（一九六三）年で、おそらく翌年、翌翌年と谷崎が亡くなるまで年功序列的な推薦をしていたのだろう。

ちなみに、いまはそうしたことはないが、当時は受賞候補に挙げられた時点で存命なら発表前に死去しても授賞することができた。谷崎が亡くなったのは昭和四〇（一九六五）年七月だから、まだその年に受賞する可能性はあった。ノーベル賞については本章の最後であらためて述べる。

三島や川端と近しかった文壇人たちは、おしなべて川端のノーベル賞受賞が三島だけでなく川端の死も誘ったと受け止めていたのだ。私も三島の死は、自らがノーベル賞を逸し、それを川端が獲ったことと連関していると思う。そして川端の死は、因果応報の業《ごう》（カルマ）の果てだったと受け止めている。ノーベル賞獲得と自らの命を引き換えにするようなことまでしていたからだ。

三島の父梓は、「ある日、鎌倉の川端邸から倅が帰って来て言うには、『川端さんから、僕（川端）をノーベル賞委員会に推薦しろと言われた、あんまりじゃないか』と倅が怒っている。僕もそれを聞いてカッとなりましたよ」と書いている（『倅・三島由紀夫』文藝春秋、昭和四七年）。梓はこのやり取りがいつのことなのか書いていないが、川端からの推薦要請は、受賞の七年も前にあったのだ。その証拠がある。昭和三六年五月二七日付の川端から三島への手紙だ。

さていつもいつも御煩わせするばかりで恐縮ですが例のおべる賞の問題　電報を一本打っただけではいろいろの方面ニ無責任か（見込みはないにしても）と思われますので極簡単で結構ですからすいせ

ん文をお書きいただきませんか　他の必要資料を添えて英訳か仏訳かしてもらいあかでみいへ送って貰います右あつかましいお願いまで

ある文芸評論家は、「こんな頼み事は、芸術家として、というより〝一個の自由人〟として絶対にすべきではない恥ずべき行為」だと厳しい。しかし当時の三島はこれに気軽に応じる返事を出していた。

さて、ノーベル賞の件、小生如きの拙文で却って御迷惑かとも存じますが、お言葉に甘え、僭越ながら一文を草し同封いたしました。少しでもお役に立てれば、この上の幸せはございません。

『川端康成・三島由紀夫往復書簡』新潮社、平成九年

さきに記したように書き下ろしの長編力作『鏡子の家』の世評が芳しくなく、三島がたいそう落ち込んでいたころだ。訴訟やトラブルもかかえていた。「努力で仕事の値打ちは決まるものではないが、努力が大きいと、それだけ失望も大きいので、あんまり大努力はせぬ方がよいかとも考えられます」と大いに落胆していた心境の三島にとって、ノーベル賞はまだ手の届くところにない遠い存在だったのだろう。

しかし別の見方もある。三島は川端の知遇を得て戦後文壇で出発する足がかりをつかんだ。そして折にふれ、一方ならず川端文学の独創性を称揚した。その熱い一貫した讃仰ぶりが後々の川端のノーベル賞受賞の布石となったともいわれている。ならばそれはある意味、三島という作家の運命だったとも言える。

それまで文壇での川端文学の評価はかなり曖昧なものだった。三島の登場で川端に思いもかけない光が

当てられ、新たな価値が発掘・創出され、三島の独自の強い支持が大きな力となった。

川端はこれを奇貨として三島に「のおべる賞」への推薦を半ば強要した。受賞のチャンスは師も弟子もない。おのずから公平で平等であるべきだ。なのに川端は臆面もなく師匠風を吹かせ三島に推薦状を書かせ有利な立場を確保した。日ごろの三島の態度から自分の頼みは断れないことを、川端は計算済みだった。三島は、本心は別として、私心を抑えて立派な推薦状を書いた――。このような見方もある。

ドナルド・キーン

本章の初めに「アカデミーへの推薦人としてこれらリストに載った日本人作家と親しくしていた外人文学者がいたことが近年判明した」と書いた。その外人文学者とは、さきに記したように三島を深く理解していたとされるドナルド・キーンである。キーンが、昭和三八（一九六三）年にノーベル賞の選考委員会から秘かに「日本人初の受賞者に誰がふさわしいのか評価してほしい」と依頼されていたこと、そして三島より川端、川端より谷崎潤一郎を推していたことを平成二七（二〇一五）年に初めておおやけにした。キーンは同年、ビデオ出演したテレビ番組「ニュースウオッチ9」（三月三一日）で「三島由紀夫が、最も優れた作家だと思っていた」と語った。

私は三島由紀夫が、最も優れた作家だと思っていた。三島はあのころ作家として絶頂期だった。書くものすべてが興味深く、選考委員会も同じように関心を寄せると考えた。

しかしキーンが選考委員会に送った実際の評価は違ったものだった。まず一番に推したのは当時七六歳の谷崎だった。

谷崎が一番有力であると思う。今までの実績をすべて考慮すると、やはり彼には価値があると思う。

次は六三歳の川端だった。

谷崎ほどの存在感はないが、川端が受賞したとしても日本の一般市民は受け入れるだろう。

三番手にあげたのが当時三八歳で最年少の三島だった。

現在の日本の文壇では、彼が一番抜きんでていると思う。しかし、谷崎や川端が、もし三島に先を越されたら、日本の一般市民は奇妙に感じるだろう。三島には、この先にもチャンスがある。

私はキーンがこのタイミングで秘事を打ち明けたのには、あるアヤがあったと思っている。先に、アカデミーは五〇年を経て請求があれば選考に関する情報を開示すると書いたが、キーンがテレビ番組で発言した前年の平成二六年、日本人研究者がスウェーデン・アカデミーの選考資料を閲覧し、「(同アカデミーが)「日本文学の専門家」2名に日本文学に対する評価を依頼していたこと」、「その2名とは、ドナルド・キーン教授（ニューヨーク・コロンビア大学／日本語学科教授）とエドワード・サイデンステッカー氏（三島／川端文学の翻訳者）であった」ことを初めて明らかにした（大木ひさえ「川端康成とノーベル文学賞―スウェーデンアカデミー所蔵の選考資料をめぐって―」仏教大学国語国文学会編『京都語文』第21号、二〇一四年一一月）。これを受けてキーンは、みずから詳細までを打ち明けたのだろう。

キーンは自らの半生記『私と20世紀のクロニクル』（中央公論新社、平成一八〔二〇〇六〕年読売新聞に連載したものを翌年出版）で「このこと（川端の受賞）が二人の死の一因となったかもしれない」と述べている。

ノーベル文学賞の順番が日本にまわってきたのは、一九六八年のことだった。しかし受賞者は川端康成で三島ではなかった。この最も権威ある文学賞を川端が受賞したことは、確かに喜ぶべきことであったに違いない。しかし、このことが二人の死の一因となったかもしれない。

しかしテレビでの初披露話から知れるのは、三島そして川端の死に影響を与えたのは、じつはキーン本人だったということだ。それを、世紀をまたいでようやく婉曲的に同書のなかで自ら認めていたことになる。

キーンはまた同書のなかで、「今もって私は、どういうわけでスウェーデン・アカデミーが三島でなく川端に賞を与えたのか不思議でしょうがない」と述べている。さらに、「私（キーン）が一九五七年の国際ペンクラブで会った人物」が「私が、川端に賞をとらせたのだ」と「一九七〇年五月」「コペンハーゲンの友人の家」で言ったことを「三島に話せずにはいられなかった。三島は笑わなかった」と書いてもいる。いまとなってこのくだりを読めば、平成一八年の時点でもキーンはまだ〝責任〟を曖昧にしたり、他人に転嫁していたように読み取れる。

同書には三島からの「最後の手紙は彼の死の二日後に届いた」ともある。

最後の手紙は彼の死の二日後に届いた。それは、三島と「楯の会」隊員が市ヶ谷へ出かけた後に、彼の机の上に残されていたものだった。三島夫人は、親切にもそれを投函してくれたのだった。たぶん、その手紙は本来なら警察に引き渡すべきものだった。

三島はこの手紙を、万一の場合、最後にならないかも知れないから、自分で投函せず書斎の机上に置いたまま市ヶ谷に向かったのだ（この詳細は第三章に記す）。当時キーンはニューヨークにいた。だからこの手紙はニューヨークのリバーサイドのキーン宅にあてられていた。エア・メールでも「死の二日後に届いた」はずはない。もう少し経ってから受け取ったのだろう。キーンが徳岡孝夫と共著した『悼友紀行』（中央公論社、昭和四八年）には「（その手紙は）彼の死から五日たってニューヨークに届いた」とある。

キーンさんとアイバン・モリス教授に宛てた三島の最後の手紙は、彼の死から五日たってニューヨークに届いた。ただ一つの心残りは、『豊饒の海』の（翻訳のことで）……と三島は書き、「何とかこの四巻を出してくれるよう、御查察いただきたく存じます、そうすれば世界のどこかから、きっと小生というものをわかってくれる読者が現われると信じます」と慫慂《しょうよう》している。

いや、もしかしたら三島の生前の信頼ぶりをおもんばかった遺族が電信で送ったのかもしれない。それなら「死の二日後に届いた」のだろう。しかし手紙の消印は三島の死の翌日（『決定版三島由紀夫全集』月報）だったというから、電信ではなく投函されたものだろう。だとすれば、五日後に届いたのだろう。

キーンは実際には、三島の自決を数時間後にニューヨーク駐在の日本人記者から知らされていた。しかし当日香港にいた村松剛のようにすぐに日本に飛んではいない。「すぐにも日本へ行きたかったが、私には金がなかった」と、三島の死から三〇年以上も経って同書で述べている。ようやく翌年一月、三島の葬儀の直前に日本に戻ったが、弔辞を読み上げるどころか出席さえしなかった。これについては、友人から右翼と見られるから止められたと同書で述べている。いずれも釈明の言葉と受け取れる。キーンは三島の死にノーベル賞との関連を思い、衝撃を受けてアメリカからすぐ駈けつけられなかったのではないか。葬儀にも出られなかったのではないか。弔辞を読み上げるどころではなかったのではないか。ようやく平成二七年に昭和三八年からノーベル賞の選考に関わっていたことを打ち明けた。それ以降の川端受賞までの経緯が明らかになれば、そこには驚くべき事実があるかもしれない。

自決の予告

三島と川端とのあいだでは公開されているだけで九四通の書簡が交わされた。先に記したように、川端家により破棄された三島からの一通と川端が死の直前に三島家あてに出した一通もあったようだが、前者は焼却され、後者はおおやけにされないままという。

二人のあいだでうるわしく、真摯に、熱く、緊密に交わされていた手紙のやり取りだが、川端がノーベル賞を得た翌年（昭和四四〔一九六九〕年）は、三島からの八月四日付の一通だけという状態になった。その一通は長文だった。前半は川端のノーベル賞受賞講演「美しい日本の私」を称賛し、「川端さんの文学の核心を、みごとな自意識で解説された御本で、世の川端論などは、みな、この小冊子の前に吹き飛んでしまうと思いました」と述べ、ハワイ大学での公開講演「美の存在と発見」についても、「冒頭のコップのすばらしい数頁は、源氏物語の話を拝聴しに来た聴衆を、まず感覚的体験の鮮やか（さ）で、ウットリとさせたことでしょう」と絶賛の麗句をつらねた。「冒頭のコップのすばらしい数頁」とは次のくだりである。川端が受賞の幸福にひたっているのがよくうかがえる箇所をわざわざほめている。


わたくし、カハラ・ヒルトン・ホテルに滞在して、二月近くなりますが、朝、浜に張り出した放ち出しのテラスの食堂で、片隅の長い板の台におきならべた、ガラスのコップの群れが朝の日光にかがやくのを、美しいと、幾度見たことでしょう。ガラスのコップがこんなにきらきら光るのを、わたくしはどこでも見たことがありません。

やはり日の光りが明るく、海の色があざやかであるという、南フランス海岸のニイスやカンヌでも、南イタリイのソレント半島の海べでも、見たことがありません。カハラ・ヒルトン・ホテルのテラス食堂の、朝のガラスのコップの光りは、常夏の楽園といわれるハワイ、あるいはホノルルの日のかがやき、空の光り、海の色、木々のみどりの、鮮明な象徴の一つとして、生涯、わたくしの心にあるだろうと思います。

　コップの群れは、まあ出動態勢の整列できちんと置きならべたさまなのですが、みな伏せてありまして、つまり、底を上にしてありまして、二重三重にかさねたのもありまして、大きいの小さいのもありまして、ガラスの肌が触れ合うほどのひとかたまりに揃へてあるのです。

　それらのコップのからだまるごとが、朝日にかがやいているのではありません。底を上にして伏せた、その底の丸い縁のひとところが、きらきら白光を放ち、ダイヤモンドのようにかがやいているのです。コップの数はいくつくらいでしょうか、二三百はあるでしょうか、そのすべてが底の縁の同じところを同じようにかがやかせているわけではありませんが、かなり多くのコップの群れが、底の縁の同じようなところに、かがやく星をつけているのです。コップの行列が光りきらめく点の列を、きれいにつくっているのです。


単なる印象記とも読めるが、そこをとらえて三島はわざわざ褒めている。そのあと演劇界やそれにまつわる「癩王のテラス」公演でのゴタゴタについて書いてから、ようやく本題に入る。ここまで来て、三島が冒頭のコップのくだりをほめたのは、自身の頼みごとのために〝ゴマをすっていた〟のだとわかってくる。「小生としては、こんなに真剣に実際運動に、体と頭と金をつぎ込んで来たことははじめてです。（中略）十一月三日のパレードには、ぜひ御臨席賜りたいと存じます」と楯の会の祝典への出席を請うたのだ。そして「ますますバカなことを言うとお笑いでしょうが、小生が怖れるのは死ではなくて、死後の家族の名誉です」と尋常と思えないことを述べだす。「生きている自分が笑われるのは平気ですが、死後、子供たちが笑われるのは耐えられません。それを護って下さるのは川端さんだけだと、今からひたすらたよりにさせていただいております」と死後の家族のことまで川端に託そうとするのだ。

まさに遺言状の様相を呈している。

最後の一行で、「では又、秋にお目にかかる機会が得られますように」と一一月三日の祝賀式典への参列を念押しするのだった。三島らしくない、いささか取り乱した執拗な文面である。これに川端は返事を出さなかったようだ。

この書簡は、(三島)事件から逆算してほぼ十五カ月前になるが、どう読んでも自決の予告としか読めない。師匠に苦衷を訴え、死後の処理をも依頼している。師匠は欠席をもってこれに応えた。

堤堯「ある編集者のオッデセイ」『ＷｉＬＬ』平成一九(二〇〇七)年一月号

三島は鎌倉の川端邸に出掛けて懇願もした。しかし「(川端の断り方は)にべもないんだよ」と村松剛にこぼすほど素っ気ないもので、三島の落胆ぶりは深かった。この書簡のなかで三島は自決をほのめかし、「わずか一〇％の確率であり得る」とした自分の死後、家族のことを護ってほしいと哀訴した。しかしそれらを川端は無返のまま黙殺し、懇請を拒絶し、一切応じなかった。

「裏側の傑作」の意味

佐伯彰一と川端香男里は先に引いた『新潮』平成九(一九九七)年一〇月号の対談で、(二人のあいだを)

往復する手紙の激減ぶりから、川端のノーベル賞受賞をさかいに三島の対応が一変したことを指摘している。

佐伯　（川端さんは）四十四年にも『豊饒の海・第一巻　春の雪』の推セン文をお書きになっていますしね。

香男里　四十三年十月十六日付の（三島宛の）手紙で「新潮社より百五十字の広告を書けとは無茶な注文」とこぼしています。この日は水曜日で翌日に実はノーベル賞の受賞通知があるんですよ。

佐伯　なるほど。

香男里　これを最後に書簡の意味が、がらりと違ってくるんです。

佐伯　四十三年十月十六日付の川端さんの手紙の次は、十カ月おいて例の四十四年八月四日付の（三島から川端宛ての）手紙になりますからね。

香男里　しかも、川端康成のノーベル賞受賞以降、三島さんの手紙はたった二通だけ。

じつは「たった二通」の手紙以外に、三島は川端あてに長文をしたためていた。それは「『眠れる美女』論」だった。これは私の解釈である。

三島は昭和四五年二月号の『国文学』に『眠れる美女』論を唐突に発表している。書いたのは川端に参列を峻拒された楯の会のパレードの直後のころだ。三島はなぜ一〇年近くも前の〝川端〟作品『眠れる美女』を奇妙な論法で〝絶賛〟する評論を、『暁の寺』のエンディングに格闘し、超多忙で死も決意しつつあったこの時期にわざわざ書いたのか、摩訶不思議である。しかもこれを書いた二年前には『眠れる美女』の文庫版向けに「解説」を寄せていたのだ。さきにこれをもとに裏面カバーに付された宣伝コピーをひいた。

この作品を文句なしに傑作と呼んでいる人は、私の他には、私の知るかぎり一人いる。それはエドワード・サイデンスティッカー氏である。（中略）『眠れる美女』は、形式的完成美を保ちつつ、熟れすぎた果実の腐臭に似た芳香を放つデカダンス文学の逸品である。

（中略）この作品は作品の本質上、きわめて困難な、きわめて皮肉な技法を用いて、六人の娘を描き分けている。六人とも眠っていて物も言わないのであるから、さまざまな寝癖や寝言のほかは、肉体描写しか残されていないわけである。その執拗綿密なネクロフィリー（死体愛好症）的描写は、およそ言語による観念的淫蕩の極致と云ってよい。

（中略）官能の閉塞状態は、人智の限りと云ってよいほど推し進められており、性が自由や解放の象徴として用いられることは絶無である。（中略）この作品は、これ以上はない閉塞状態をしつこく描くことによって、ついに没道徳的な虚無へ読者を連れ出す。私はかつてこれほど反人間主義の作品を読んだことがない。

（中略）老人と娘との交渉は、男の性欲の極致であって、（中略）相手が眠っていることは理想的な状態であり、自分の存在が相手に通じないことによって、性欲が純粋性欲に止《とどま》って、相互の感応を前提とする「愛」の浸潤を防ぐことができる。ローマ法王庁がもっとも嫌悪するところの邪悪はここにある。それは「愛」からもっとも遠い性欲の形だからである。

『眠れる美女』新潮文庫解説、昭和四二〔一九六七〕年

「解説」を書いたあとで作品の見方が変わり、改めて論考を寄せたのだろうか。いや、〃のおべる賞〃を獲った川端への思いが変ったのだろうと私は考える。昭和四四年夏以降の二人の確執を踏まえて四五年初めに発表されたこの評論を読むと、その奇妙な論法が自ずと理解されてくる。このなかで『眠れる美女』は、川端の「裏側の傑作」と位置づけられているのである。

裏側の傑作にこそ、作家のもっとも秘し隠された主題があらわれ、晴れやかさの代わりに息苦しさが支配し、純粋性の代わりに濃密性が特色となり、開かれた世界の代わりに密室が提示され、精神はあらゆる羞恥心をかなぐり捨てたもっとも大胆な姿を見せる。

『国文学』昭和四五年二月号

この作品には「作家のもっとも秘し隠された主題があらわれ」ていて、「晴れやかさ」のない、「息苦しさが支配し」、「純粋性」のない、「密室」が提示されていると論じる。作品の舞台は少女を集めた売春宿だ。当然「晴れやか」でなく、「純粋性」などない「密室」が描かれる。しかし「作家のもっとも秘し隠された主題」との言辞遣いはいかにも思わせぶりだ。「もっとも秘し隠された」ものは「主題」以外にも〃何か〃あるのだろう、と思わせる言い回しだ。「裏側」とは〃創作の裏事情〃という意味にも取れる。

「あらゆる羞恥心をかなぐり捨てた」精神とはだれの精神なのだろう。三島は「写真の陰画」、「偽善の総体」とも述べる。

『眠れる美女』は、読みようによっては、写真の陰画に似ている。この陰画を現像すると、今われわれの住んでいる昼間の社会の全体、その明るいプラスチック製の偽善の総体が、歴々とあらわれて来るであろう。

（同）

表の〝作者〟が「プラスチック製の偽善の総体」だと言っているようにも取れる。これに続けて「冷酷」「非人間的」「非人間性」と述べる。

川端氏の作品では、『眠れる美女』は例外的にすこぶる構成的な作品である。最後に黒い娘が死に、「この家の女」が、「娘もう一人おりますでしょう。」という冷酷なトドメの一句を言うとき、それまで緻密に組み立てられた色情の建築は、いうにいわれぬ非人間的な破局をあらわす。

しかしその破局は、偶然の破局に見えてそうではなく、安全堅固に、慎重に建てられていた色情の建築そのものが、内包していた非人間性を、「この家の女」のみでなく江口老人も共有していたところの非人間性の本質を、一挙に開顕した破局なのである。

（同）

川端らしくない「例外的にすこぶる構成的な作品である」と三島が副詞と形容詞を重ねて強調するのは、『娘ももう一人おりますでしょう』という冷酷なトドメの一句」にこの作品の結構が引き絞られていることが、三島にはよく見えているからだろう。いかにも三島的な作風だから、それがはっきり見えるのだろう。作者川端の「非人間性の本質」も「一挙に開顕」されていると言っているのだろう。

この批評には、これが書かれたわずか前か、もしくは最中にあった楯の会の式典をめぐる確執と、それによる二人の関係の決定的な破局が濃厚に反映されているように思われる。楯の会の隊員によると、三島は彼らの前で川端へのはげしい怒りを露わにしていたという。死ぬ、と決意しつつあったからこそ、自分の懇請にかたくなに応えようとしなかった川端への憤情を露わにしたのだろう。この『眠れる美女』論は川端への激憤を三島的に密やかにおおやけにしたものだったと思う。川端と二人の周辺者にしかわからない方法を三島はとったのだろう。いかにも三島流である。同論の最後はこう結ばれている。

ふつう、会話や性格描写によって登場人物を描き分ける小説家の技巧は、『眠れる美女』では少しも役に立たない。なぜなら娘たちは眠っているからである。寝姿だけで、かくも彼女たちの蠱惑的な生をいきいきと描き分けた手腕は、おそらく世界の小説でも稀有のものと思われる。（同）

三島の『眠れる美女』へのこの持ってまわった異様な〝絶賛〟ぶりは、当時の川端との確執に照らすとよく腑におちるのである。さらにこの論考を前にも引いた昭和三七年の座談会での『眠れる美女』についてのやり取りと比べてみる。

川端　サイデンスティッカーは「『眠れる美女』は、珍しく構想を立てていたのだろう。あれは終わるべきところで終わっている」というのです。僕は構想を別に立てていたわけではないのですが。

三島　僕もそう思います。「眠れる美女」については。

川端　一回、一夜きりで終わる短編のつもりだったのですよ。そうしたら、新潮の編集が一冊になるまで書いてくれというので、まだ本にならないのか、まだ足りないかと、編集に聞きながら書きのばしていましたから。（笑）

ここで川端は『眠れる美女』の話題をみずから持ち出し、あれこれ述べている。「『眠れる美女』は、珍しく構想を立てていたのだろう」というサイデンステッカーの見立てを川端は否定する。構想を立てて書いたかどうかは創作した本人だけが知っているものなのに、三島はあっさり「僕もそう思います」と川端に同意している。

サイデンステッカーは川端文学への造詣が深い文学者だ。このときすでに『雪国』と『千羽鶴』を英訳し上梓していた。サイデンステッカーの見立てをこのときの三島はあっさり否定するが、昭和四五年の「『眠れる美女』論」では「川端氏の作品では、『眠れる美女』は例外的にすこぶる構成的な作品である」と逆に肯定する立場をとっている。さきに私は、このことに対する疑念を述べたが、この作品は川端らしくない構成的なものであり、例外的に構想を立てて書かれたと見る方が得心できる。作品が発表された直後の三島の態度は解せない。しかし三島がこの作品の創作に関わり、構想にあずかっていたなら、川端が

「構想を別に立てていたわけではない」事情があったのなら、このやり取りにウソはないことになる。創作過程の真相を知りうるのは、川端と三島（そして出版社）にかぎられる。

三島は『眠れる美女』を「裏側の傑作」と評した直後の昭和四五年二月、『太陽と鉄』の英訳者のジョン・ベスターを相手にそのパブのための対談をしていた（『読売新聞』平成二九年一月一二日）。それは『新潮』に連載していた「暁の寺」を早朝擱筆した二月一九日だった。そこでは巻三を書き終えた不快感（第四章で詳述）など曖《おくび》にも出していない。そして三島はめずらしく自分の作品の欠点をあげつらい、川端を持ちあげている。

僕の文学の欠点っていうのは、あんまり小説の構成が劇的過ぎることだと思うんです。現実がそのまま小説に流れ込んできて、作者が及ばないほどにね、人物が変貌していくと。そういう方が小説として理想的かもしれませんけどね、私そういうこと出来ないんです。川端さんの文章は、そりゃ怖いようなジャンプするんですよ。ベーンと次のラインに飛ぶ。僕、ああいう文章書けないな、怖くて。

これは海外の読者向けになされた発言だ。本音が『眠れる美女』論にあるのはあきらかだろう。

文体を持たぬ小説家

三島はかつて川端の『舞姫』新潮文庫解説（昭和二九年）を担当した。そこで文体論を展開している。

川端氏の息切れの早い、ほっと息をつきながら、何度も足をとめるような文体は、底に固い岩盤を隠していて、「俺にはこういう風にしかみえないのだぞ」という作者の注釈が、いたるところについてまわり、無縁の読者はたえず隔靴掻痒の感を抱かせられるのも、つまり作者がおのれに忠実なリアリストだからであろう。(中略)

登場人物を作者のリアリズムに強引に結合させて、何とか辻褄を合せてしまうやり方においては、氏は一そう微妙なリアリストであろう。(中略)

川端氏のリアリズムを、ここに戯れに、「隔靴掻痒のリアリズム」と名付けると、その隔靴掻痒がもっとも成功している。(中略)

矢木は異様なリアリティを以て活きている。(中略)もっとも失敗しているのは竹原で、(中略)どこから見ても魅力のない(略)

なんと皮肉っぽい評言を並べたものであろう。三島はその二年後、川端を「文体を持たぬ小説家である」と断じた。

川端さんがついに文体を持たぬ小説家であるというのは、私の意見である。なぜなら小説家における文体とは、世界解釈の意志であり鍵なのである。混沌と不安に対処して、世界を整理し、区画し、せまい造型の枠内へ持ち込んで来るためには、作家の道具としては文体しかない。川端さんが文体を持たない作家であるということは氏の宿命であり、世界解釈の意志の欠如は、おそらくただの欠如ではなくて、自身が積極的に放棄したものなのである。

「永遠の旅人」『別冊文藝春秋』昭和三一年四月号

三島はこれを書いた数カ月あと、自己の文体を論ずるのである。これとあわせると川端への底意が浮かび上がってくる。

作家にとっての文体は、作家のザインを現わすものではなく、常にゾルレンを現わすものだという考えが、終始一貫、私の頭を離れない。つまり一つの作品において、作家が採用している文体が、ただ彼のザインの表示であるならば、それは彼の感性と肉体を表現するだけであって、いかに個性的に見えようともそれは文体とはいえない。

「自己改造の試み」『文学界』昭和三一年八月号

つまり三島は川端文学の全否定をしているのである。「自己改造の試み」はそのために書かれたといってもよい。『金閣寺』をほぼ書き上げつつある時期で、自信に満ちていたのだろう。

文体の特徴は、精神や知性のめざす特徴とひとしく、個性的であるよりも普遍的であろうとすることである。ある作品で採用される文体は、彼のゾルレンの表現であり、本来未到達なものへの知的努力の表現であるが故に、その作品の主題と関わりを持つことができるのだ。何故なら文学作品の主題とは、常に未到達なものだからだ。

（私の）文体そのものが、私の意志や憧れや、自己改造の試みから出ている。

（同）

田中美代子の言うとおり、「文学は文体によってしか伝達され得ない、というのが」「（三島由紀夫の）頑固な信念なのであって」、「（三島の）文体の魔力」によって「確固たる現実が、その実在性をはく奪されて幻と化してしまう」、「平凡な街の風景がことごとく幽鬼の街と化する」、「日本の貧しい漁村が時空を絶した別世界に変貌する」のである（『獣の戯れ』新潮文庫解説、昭和四一年）。

文体は、それ自身、現実を蚕食してやまない、危険な視線そのものでなければならないのだ。

田中美代子『午後の曳航』新潮文庫解説、昭和四三年

三島は、川端あての書信では〝師〟への敬意をそのままにたもっていた。しかし、川端はこれらの書きつけをどう受けとっていたろう。慇懃無礼な〝弟子〟ととらえていたかもしれない。たとえば、川端入院時の三島家のおもんばかりの篤さは心憎いまで行き届いていた。川端はこれを有り難いと受けとっていたろうか。退院できないと思ってここまでしているのだろうか、と疑心を持ったかもしれない。川端はこの三年後、三島にノーベル委員会への推薦状を書かせるのだ。

生卵

川端は大学を卒業した大正一三（一九二四）年の二四歳のとき郷里で徴兵検査を受けた。しかし体重が十貫八百三十匁（約四〇・六キロ）で不合格になった。検査前の毎回の食事に生卵を三個飲んでいたにもかかわらず、「郡役所の広間で恥をかいた」。

五月は風の目方を計ろう。—と云うのはおかしい。五月は健康を計る月である。—と云ったほうがよさそうだ。とにかく、なぜ五月には目方や健康が計りたくなるか。自分で計られたからだ。—それが五月のにがい記憶である。徴兵検査。「体重、十貫八百三十。」検査の二日前に、故郷の郡役所のある町に着いた。宿屋で食事毎に生卵を三個飲んだ。その前一月、伊豆の温泉に行っていた。にもかかわらず、郡役所の広間で恥をかいた。

「五月の手帳」『新潮』大正一八年五月号

巷間、ひと月生卵を飲んでいたとかなり喧伝されひろく流布しているエピソードだ。しかしそうではないのだ。たった二日間の数回だけだ。いずれにしても川端にとり「恥をかいた」、「にがい記憶である」。

さて三島は連載中の「暁の寺」（『新潮』昭和四四年六月号）で生卵をのみ込む老婆を描いている。昭和二〇年六月、本多繁邦は大空襲で「焼け爛れた」帝都を所用で歩いている。ふと、焼け跡に人の姿をみとめる。「枯死したかのようにうつむいている」老婆だ。よく見ると昔の知り合いである。「さるにしても」、

「老いは凄じかった！」。「老いの苔が全身にはびこり、しかもこまかい非人間的な理知は、死者の懐で時を刻みつづける懐中時計のよう」である。本多はその老婆に「卵を二つばかり」「頒けて」やる。老婆は「実に無邪気な喜びと感謝をあらわし」、「まあ、お玉。まあ今どき、お玉とはめずらしい！　何年も見ないようでございます。お玉とは、まあ！」と浮かれ叫ぶ。老婆は「自分の腰かけた石のへりで卵を割った。中身を落とすまいとして、慎重に口の前へ持って来て、徐々に仰向いて、夕空へひろげた口から、しらじらと光る総入歯の歯列のあいだへ流し込んだ」。「お玉」は〝のおべる賞〟で「老婆」はその〝受賞者〟の謂いなのだ。じつに、じつに、じつに、鹹《から》い描写である。

刃のような書きつけ

さきに引いた、昭和四二年の後半に数回に分けて行った中村光夫との対談で、三島は川端文学と川端について次のように語っている。

ぼくは正直言って川端さんの文学にチャームされたわけではない。川端さんの作家としての運命、芸術家としての運命、その象徴性、それが川端さんを好きな理由ですね。（若いときから）文学技術的に川端さんに影響されたこともなければシンパサイザーだったこともない。

醒めた、突き放した川端（文学）へのもの言いである。これがノーベル賞を川端と競っていた三島のホンネだったのではないか。「裏側の傑作」と評した『眠れる美女』論を書いたと同時期、三島はオブラートに包みきれない川端への憤懣を、親友である堤清二に皮肉をこめた屈折したもの言いで洩らしている。

堤清二　ところで三島さん、「楯の会」というようなものをやってると、ノーベル賞とは縁が切れるでしょう。何度もノミネートされてるが、あれは柔構造の世界のことですからね。（笑）

三島　そうですね。その点、川端康成さんは「楯の会」をやる心配はないですからね。（笑）だから、会員の若いのが、「先生、資金に困っているなら、早くノーベル賞をとって、『楯の会』に回してくださいよ」というから、「なにを言う、おまえらがくっついているうちは絶対にとれないよ」と答えるんです。（笑）

『財界』昭和四五年一月号

同じ時期にこれらとはまた別に、川端の「末期の眼」を論じて「他人の死によって川端氏は時代に耐えて来たのではあるまいか」と書いている。

「末期の眼」は、昭和八年という、昭和史のもっとも危機感にあふれた時代に書かれた。しかもそれが狂死の画家古賀春江や、芥川龍之介の死の直前の文章などに関わっていることで、一種の鬼気を帯びている。（中略）この文章をあの時代の中に置くと、黒い水のおもてにうかんだ油の一滴が虹を放っているように見える。他人の死によって川端氏は時代に耐えて来たのではあるまいか。

『川端康成全集第13巻』月報、新潮社、昭和四五年三月

この三島の一文こそ「鬼気を帯びている」ではないか。川端の一文「末期の眼」を、いや川端自身を「黒い水のおもてにうかんだ油の一滴が虹を放っている」と評している。しかもこれを記したのは川端の全集の月報である。川端に直接、刃を突きつけているようなものだと私には思える。

川端夫人の回想記

平成二〇（二〇〇八）年春、私は鎌倉にとある講演を聴きに出かけた。その日は、ある何か見えないものに謀られたかのような出来事が続いた。まず、鎌倉に行く前に父にそのことを話すと、川端夫妻に関すると思われることを調べてほしいと言われた。そこそこ梵語を解し仏典研究に余念のない父からの依頼は、それに関連したものだった。父からの依頼の顚末は後で述べる。当日、浄妙寺にある林房雄の墓参りもしたのだが、ちょうどそこに林の子息が顔を出した。子息は川端が鎌倉に住むようになったのは、自分の父が熱心に誘ったからだと言った。二人はたいへん親しくつき合い、終生仲を違えなかったという。

川端夫人が書き残した回想記を見ると、林と川端の交遊が詳しく書かれている。その回想記とは、川端秀子（本名ヒデ）著『川端康成とともに』である。昭和五五年から新潮社が刊行を始めた『川端康成全集』各巻の附録として「未亡人の思いで」のタイトルで書いたエセーを、五八年、一冊にまとめたのだ。これによると、高円寺、大森、谷中と都内を転々としていた川端夫妻が鎌倉に移り住んだのは、「林房雄さんの強引なおすすめによるもの」だった。

家探しはずっとやっていましたが、鎌倉に移っていた林房雄さんが、鎌倉に来い来い、来なけりゃ火をつけるぞ、なんて例の調子で言いますので、実際にその家を見ないで林さんの隣り、鎌倉浄妙寺宅間ヶ谷の家を借りました。（昭和十年）十一月のことです。

今テレビの司会者をしている小泉博さんのお父さんにあたる小泉三申さんの持家が三軒ならんでありまして、その一軒に長田幹彦さんが、もう一軒に林さんが住んでいて、一軒空家になっていたのです。鎌倉へ引っ越したのは健康のためですし、林房雄さんの強引なおすすめによるものです。

『川端康成とともに』

その家屋はまだ現存していた。墓参りの後、浄妙寺の門前に立った子息は、「そこに見えるのが鎌倉で最初に川端氏が住まわれていた家です」と指し示しながら説明してくれた。秀子のエセーに林はたびたび登場する。しかし一方三島についてはじつにそっけない。三島の想い出は文学と関係のない雑事のようなことで、たった一度描かれているだけだ。

戦後（昭和三十二、三年でしょうか）三島由紀夫さんから、お願いしたいことがありますので、鹿島さんの次女の方（平泉渉さんの奥様になっています）を連れて行きます、という電話がありました。鹿島家で私たちの土地をぜひ譲ってほしい（鹿島の森ロッジを建てるためでしょう）ということでした。それなら電話で話はわかりましたから、別に御挨拶にいらっしゃらなくても結構ですと、三島さんに御返事しました。

（同）

これを書く数年前に、秀子は同じエピソードを雑誌のインタビューでもっと事細かにしゃべっている。

昭和十三年の改造社の選集で、一二五〇〇円というお金が入って、主人は、「このお金、君にはずいぶん苦労かけているから、みんなあげるよ」というので、五〇〇〇円だけ別にし、一二〇〇〇円は銀行へあずけました。そのあと、今の軽井沢の鹿島の森ロッジの一部にあたる土地を九九〇〇円で、買っておきましたが、戦後鹿島さんに懇望されて、二〇〇万円ほどで手放し、七〇万円の税金をとられました。残った一三〇万円も、主人が使って、結局、私にはなにも残らない。

「夫・川端康成の生と死」『現代』昭和五二年一一月号

これは編集者が秀子に五時間インタビューし、まとめたものだというから、夫人は細かい数字まで諳んじていたのだろう。それにしても記事のタイトルにふさわしい内容とは思われない話題である。しかし、これは秀子にとってたわいのない、どうでもいいエピソードではなかった。三島にまったく悪意はなかったのだが、秀子にとってはなはだ不愉快な出来事だったのだ。軽井沢の土地は昭和一五年頃、川端が秀子に、「大変今まで世話をかけたからみな君にあげるよ」と言って渡してくれた、改造社から出した選集の印税で買ったものだった。登記上は康成名義だったろうが、秀子にとって自分の土地だったのだ。それを川端は三島の依頼を受けてあっさり売ってしまい、しかもその売却金は骨董買いにすべて使ってしまった。つまり秀子に一文も残らなかったのだ。それを秀子は亡き夫の『全集』の附録に三島にからめて描いたのだ。
このエピソードの他には、「三島」の名だけが回想記の終わりの方に登場する。昭和二一年の川端の手帳からスケジュールを引き写したなかに、「三月二十五日（月）――田中英光　三島由紀夫原稿文芸春秋へ」とある。それともう一箇所、「（長谷の川端邸に）三島由紀夫さんや北條誠さんから始まって外国の方まで泊まりましたし、お客の数はひきもきらず、三島さんが呆れるほどでした」とあるのみだ。いずれにしても秀子は三島をよく思っていなかったことがうかがえる。それをもっとはっきり示す、同書には収められていない書きつけがある。

林房雄さんの最初の奥様（繁子さん）の亡くなった時のことですが、御通夜の席で三島さんから私に、それとなく娘との結婚話が出されましたので、私もさりげなく、しかし、きっぱりとお断りしたことがあります。

このくだりは、『川端康成全集』補巻二の附録として秀子が書いた「続・川端康成の思い出（二）」のなかにある。『全集』の附録にはあるが、回想記には収められていない。補巻は三五巻の全集が出た後、あいだを置いて出された。秀子が『全集』附録に書きついだものを一冊にしたのが『川端康成とともに』だが、その発行年は昭和五八年で、補巻はその翌年出たから本には入れようがなかったのだ。いったん『全集』は完結し、それまで附録に書いたことは本になった。しかしその後で補巻が出て、その附録に秀子がこれを書いていたのだ。不躾な三島のふるまいについては意図的に本から外したのではないが、逆に附録だけならとぶちまけたのかもしれない。補巻が二巻追加されたことで、『川端康成全集』はめでたく(旧)『三島由紀夫全集』を一巻上回ることとなった。

秀子が川端との思い出をつづっているのは、なぜか戦前から終戦頃までで、その期間にほぼ限定されている。だから川端との交際が昭和二〇年にスタートした三島が不思議なくらい登場しないのは当然とも思える。それに三島が川端と親しくしていても、夫人とはそれほどでもなかったということはありうる。それにしても、障子戸の反対側に遠く離れて置かれた蠟燭の炎のように、まことに淡いもののようにしかあらわれない三島。淡いというより冷淡な扱いである。夫唱婦随を絵に描いたような川端夫人。その三島への無いに等しい言及の乏しさは、夫の三島への〝愛情〟の淡さを物語っているとも思える。この回想本の最も不可思議なのは、秀子が川端と出会った当時について何も書いていないことだ。本の出だしに次のようにある。

私が川端といっしょに暮らすようになりましたのが大正十五年の四月頃ですから、初めて会いましてから一年ほど後のことになります。その一年間どんなことがありましたか、びっくりするほど記憶に残っていません。

びっくりするのは読者の方であろう。女性は夫となる男性と出会ってから結婚するまでのこと、スタートした新しい生活のことを、夫からしたら執念に近いくらい事細かに憶えているものだ。最初に煙幕を張って〝言わザル〟を決め込んだとしか思えない。なぜそんなことをしたのだろう。触れずにおきたいことが、少なからずあったのだろうと思わざるを得ない。「私たちの戦後で一番大きな事件ということになりますと、やはりノーベル賞受賞でしょうか」と回想記の終わりで書いている。やはり秀子の大事は夫のノーベル賞受賞だった。そう思って期待させるが、最後のたった一ページを割いただけで筆を擱《お》いてしまっている。にわかに華やかになり、もてはやされるようになった戦後の夫。日本文壇の大御所となり、日本ペンクラブ会長として大いに活躍し、誉れある文化勲章を得、国際ペンクラブ副会長の要職に就いて世界を駆け巡った。そうした夫の妻として、自慢したい楽しい思い出が山とあったはずだ。書きたくないこと、書いては不都合なことが川端の後半生にもあったのだろうか。

川端夫人は夫の不眠症やその治療に使った薬物の中毒についてもまるで触れていない。つまり書かれていないことに〝川端康成〟を解くカギがあるような本なのだ。回想記に書かれていて当然と思われる一族の主要人物の生年、嫁ぎ先などの姻戚関係、戦後川端に生起した重要なことごとが巧妙と思えるほどすり抜け省かれている。しかしおそらくそれが川端の〝心〟だったのだろう。タイトル『川端康成とともに』が示すように泉下の川端の〝心〟に寄り添ってそれを忠実にくんで、秀子は夫が〝許した〟ことのみを書いている。妻としての役目を果たそうとしたのだ。

恐るべき文壇政治家

臼井吉見の作品に、川端が自殺した事情をテーマにした実録小説『事故のてんまつ』がある。『展望』(昭和五二年五月号)に掲載された後、増補されて筑摩書房から出版された。川端家は出版に抗議し、臼井と版元を相手に販売差止めの民事訴訟を起こした。『事故のてんまつ』は、川端の孤独な生い立ちから死の背景までを描いた作品だが、川端の家系が、とある出であるかのような記述をしたことに秀子が怒り、訴訟沙汰になった。臼井の住まいには活動家たちが押しかけた。結局臼井が謝罪し、和解が成立して本は絶版となった。

主人公は「先生」と呼ばれるが、それが川端その人だ。本編のなかで川端以外の作家や川端の作品を含めた作品は実名で登場するから、それは容易に知れる。単行本に付された「あとがき」で臼井は、「川端さんの自殺のひきがねになったと思われる（原因ではない）資料を入手した」ことが書く動機になったと記している。資料の由来や内容は明らかにしていないが、本編を読むと察しがつく仕かけになっている。

あらすじは、先生（川端）同様、両親を幼くして失くし庭師の養女になった縫子という年若い娘が、庭木を買いに来た先生に見初められて、その家のお手伝いになり、先生の死から数年後、そのことを厭な思い出として回想するというものだ。先生に気に入られた縫子に、「半年でいいから来てくれないか」と一度先生の電話があってからは、連日、猛烈な電話攻めだった。奥さまからも、かかって来た」。根負けした縫子は、先生の家のお手伝い兼お抱え運転手役を引き受けることになる。数人いるお手伝いのなかで、自分だけが方々に同伴させられ、姪であるという嘘の経歴で紹介されることに苦痛を感じて、早く辞めたいと思うようになる。

先生は縫子にセクシャルな関係を迫るようなことはしないのだが、約束の期限の半年が過ぎても辞めずに留まってほしいという。夫人も一緒になって縫子に切願する。先生夫妻は縫子の実家に次々に高価な庭木を注文する。それと引き換えに、今ならハラスメントとして犯罪になるような行為を重ねるのだ。縫子への異常といいもいえる執着ぶりから、先生の深い孤独がうかがわれ、先生の望みを叶えようとする「奥さま」の異様さも見てとれる。
川端のノーベル賞記念対談で司会役の伊藤整は川端に鞠躬如《きっきゅうじょ》と対応していたが、臼井は『事故のてんまつ』に、その伊藤の本心を次のように書き込んでいる。

伊藤整という小説家が、先生を語った批評文の一節だった。
……文芸評論家が、もしこの人の存在を否定でもしようものなら、その事自体がその評論家の存在を否定してしまう働きをする。（中略）読みようによっては、あの人の文学は、凡らく批評家なんかには、手のとどきそうもない高さ、深さをもってでもいるかのように受けとられかねない。また、そこをねらった伊藤整という人の、用心に用心をかさねたもの言いなんだ。このたった数行に、伊藤整は千万の思いをこめているんだよ。文壇随一の温厚で、賢者のほまれ高い伊藤整が、ありったけのワサビをきかせた、こわい、すごい批評なんだよ。僕ァ、それがわかるんだ。

この「僕」というのは伊藤整の大学の後輩で、縫子が学んだ高校の教師という設定になっている。縫子がこの教師から聞いた話として、臼井は次のように書いている。

要するに、先生は、日ごろ雲の上を歩いてるみたいな風貌姿勢に似合わず、あの目玉をぎょろつかせて、絶えず文壇の形勢をうかがいながら、必要な手を打つことにぬかりがない。恐るべき文壇政治家だ。だから、先生の作品をまともに批評する勇気ある批評家は一人もいない。こわくて手が出ないのだ。先生が、徐々に文壇的地歩をかためて、いつのまにか鬱然たる大家になった秘密はそこにある、というのだ。伊藤整がそんなことを話したとすれば、彼こそこわい批評家ではないかしら？　何やら、わたし（縫子）には見当もつかないことだった。

「伊藤からこの教師が直接聞いた話に基づくものであることは、明らかだった」と臼井は断定している。本章冒頭に引いたＴＶ座談での川端に対する鞠躬如とした仕草の裏には、大作家への畏怖とともに剣呑な感情が隠れていた。それが本心だったのだ。ただし川端の親族は、これは臼井の創作だろうと言っている。伊藤はこの受賞記念座談の一年余り後、三島、川端より先に没した。

書かれなかった絶筆

さて、臼井は「先生」の自殺の方法について、第一発見者の縫子の気持ちとして次のように記している。

沢野久雄の『小説 川端康成』に、ガス管を口にくわえていたことについての作者の不審の思いが書かれているくだりがある。当然だと思う。普通のガス自殺ではなくて、むしろ睡眠薬の方にかなりのウエイトのおかれた自殺ではなかったかと思うという沢野氏の考え方は、疑う余地はないと、わたし（縫子）は思う。

沢野や北條誠は川端の作品作りの下働きをしていたと言われている。秀子は川端の死の原因について、回想記に次のように記すのみだ。

本当の絶筆は、『新潮』に連載していた『志賀直哉』で、このときも志賀さんの岩波の小型本全集を丹念に読んでいました。おまけに太宰さんの死についてのところで原稿がきれていまして、死んだ人にぐんぐん引きつけられるという主人の不思議な性質は、この時にもはっきり表れていたと思います。そこに、従兄の死、自分の盲腸の手術ということがあって、本当に気がめいっていたのでしょう。

『川端康成とともに』

川端の絶筆は『岡本かの子全集』の推薦文であったとも言われている。これをひろめたのは林房雄だが、秀子は同書のなかで否定している。しかし秀子の「主人はかの子さんのことを書いていました」という発言を記しているものがある。

あのときね。主人はかの子さんのことを書いていましたのよ。書きかけだったんです。原稿が。それを見ましたときにね、私はすぐわかりましたよ。あっ、かの子さんに連れていかれたって。かの子さんって、そういう方でした。主人はかの子さんが連れていったんです。

工藤美代子『もしもノンフィクション作家がお化けに出会ったら』メディアファクトリー、平成二三年

秀子の夫の死因に絡む〝絶筆発言〟はぶれている。これは何か別に本当の死因がある（とかんづいてい

た）からではないか。それは臼井吉見が『事故のてんまつ』に書いた、安曇野の若い女性への執心が成就しない苦しみではない。あるいは、かつて芥川賞がほしいと毛筆でフンドシのような長い巻き紙の女々しい手紙を寄こした太宰治を顧みなかったことへの悔悟でもない。本当の死の原因は、書かれなかった絶筆にあったと私は考える。〝書かれなかった絶筆〟とは語義矛盾だが、書こうとしても一行どころか一字も置けなかったのだ。

それはＮＨＫ記者伊達宗克から頼まれた三島事件の裁判記録本、『裁判記録「三島由紀夫事件」』（講談社、昭和四七年）への序文である。三島事件の裁判は川端が他界する前月に結審していた。記録本はその判決を受けて翌月刊行する段取りだった。しかし序文を書こうとすると、三島の亡霊が目の前に立ち現われたのではなかったか。

川端は、三島の死後明らかに変調をきたしていた。しばしば「さっき三島君が来てね」などと言って周囲を驚かせていた。川端が死去した当日は序文の締切日だった。秀子の言うとおり、「死んだ人にぐんぐん引きつけられるという主人の不思議な性質」だから、三島の霊にぐんぐん引きつけられ、苦しみのあまり睡眠薬を大量に嚥《の》み、錯乱に陥り、朦朧としたなかで、何か分からずガス管を咥え、そのまま絶命してしまったのではなかったか。専門家に言わせると、ひどい臭気のある都市ガスではとうてい死ねないものなのだ。伊達が、〝自分が川端を死なせた〟とさらりと〝告白〟している一文がある。

死者の心をあれこれ忖度することはやめなければならないけれども、もしそれが許されるとするならば、多分心の中にあの『三島由紀夫裁判』の序文のこと──つまりは、三島由紀夫の死に対する鎮魂の思いが定まることなく激しながら、心にかかっていて、そしてそれがやはりどうにもならない川端氏の自殺への行動をかり立てていったのではないだろうか。

『中央公論』昭和六一年新年号

伊達は川端が苦しむのを承知で序文を依頼したのだろうか。伊達は三島に、川端がノーベル賞をとったときも当人が（川端も）イヤなのを承知でTV対談番組を組んだ。戦国時代からの殿さまの家系のせいか強引で酷薄なところがあるように思う。それにしても不思議なのは、三島の亡霊におののいていた川端が序文の執筆を引き受けたことだ。私には、断れない事情があったとしか思えない。伊達には、川端の〝あの時点での死〟について、法律では裁かれない〝未必の故意〟があったのではないだろうか。

川端の「奇行」

三島の父梓も晩年の川端を苦しめ、共謀なき共犯者のようなことをしていた。梓は『諸君！』に息子についての手稿の連載を自決の一年後に始めた。それは次のような成り行きだったという。

どこの社の編集者も、三島について何か書いてもらおうと、母親の倭文重にばかりアプローチしていた。当時『諸君！』編集長だった田中健五は、彼女には以前から知っている編集者がいて、自分たちはかなわないと思った。父親はと見ると、部屋の隅でぽつんとしている。そこで田中と編集員東真史（東の親族に一〇代の三島が親しくした東文彦がいた）はターゲットを梓にして、何度か頼み込んだ。すると半年くらい経って、梓から三越の特別食堂で会いたいと田中に電話があった。会うと藁《わら》半紙のような紙に書いた原稿を見せられ、目がさめるほど驚いた。これほどのものが書けるのかと意外だったのだ。梓自身もそれで目ざめ、三島由紀夫の父だと自信を持ったようだったという。その梓は「伜・三島由紀夫」の連載初回で、川端の「奇行」ぶりをこう書いている。

面白かったのは川端葬儀委員長でした。どういうおつもりかトランジスターラジオを式場にぶらさげてお見えになったのです。なんでも、もし式場のまわりの群衆が騒ぎだしたらラジオで放送するでしょうから、そのときは逃げ出すつもりだったということです。そのためのトランジスターラジオだったのです。

さきごろ、東京都知事選の応援で、秦野さんとスクラムを組んで都大路を踊り歩かれたことと相俟って、この奇行は後世の語り草になることでしょう。

『諸君!』昭和四六年一二月号

葬儀場所にラジオを持ち込むことも、持ち込んだ理由もそれほど変わっているとは思えないが、「奇行」の文言は揶揄を越えた強烈な響きをもつ。このくだりを『週刊文春』が引いた。田中健五によると、月刊誌と週刊誌のダブルパンチに怒った川端は、みずから社長の池島信平に電話をかけてきたという。だが、川端が怒ったのはそのことだけだったのだろうか。ラジオを持ち込んでいなかったのに、あんなふうに書かれたとしたら川端の怒りは相当なものだったはずだ。

実際に持ち込まれたのは録音機で、弔辞を録るためだったとも言われるが、それも腑におちない。数多の葬儀をしきった川端が、わざわざ録音機を携えていたという話を聞かないからだ。それに当時のラジオはかなり小型化されていたが、カセットテープは販売されていても、録音機はまだオープンリールが主流で、ラジオに比べかさばる代物だった。それを梓が見誤るというのもヘンである。会場で村松剛から森田必勝の兄や川端を紹介されたという関係者から、「そのときラジオはありませんでした」という証言を私は得た。会場の外回りの警備は、民族派組織の学生を中心に五〇人ほどが動員され、「左翼の襲撃なんぞはじめから目ではなく、あの葬儀会場で、後追い切腹がでないよう、それが警備の第一目的だった」とその関係者は言うのだ。「場内整備には、楯の会の一部と、警備会社からも何人も来ていた記憶がある」とも言っている。

川端から激怒の電話を受けた社長の池島は、川端邸に駈けつけ平謝りし、「奇行」のくだりは本にする際に削除することにした。しかし、それで一件落着とはならなかった。田中健五は文春と川端のあいだにちょっとした波乱があったと私に語った。

文春はコンペンセーション（償い）として、創立記念の社の内輪の新年会に川端さんを招待したんだ。そうしたら川端さん、恒例でもないスピーチをどうしてもしたいというからやってもらったら、記憶にも残らないどうでもいいような話だった。

たしかに「どうでもいいような話」だった。それに、この講演時の写真を見るとおかしな動作もしている。

ここで手品をお見せしましょう。例えば、この時計ですが、（カバンの中からとりだしてみせる）ちょっとしゃれてる。でも私が使うわけじゃなくて、女の子にやるためにもってる。（笑声）これ、たいへんきれいでしょう。女の子はすぐだまされちゃう。それから（カバンの中から十五センチくらいのビンをとりだす）これはサントリーと書いてある角びんです。でもボールペンなんです。これ、ちゃあんとボールペンになっている。よく書けます。これ、二、三百円。私自身は、そう安いものばっかり使ってるわけではないんですよ。（としめているネクタイを両手でひっぱってみせる）（笑声）

『諸君！』昭和四七年六月号

その死の百日前の、「記憶にも残らないどうでもいいような話」は一転してプレシャスなものになったのだ。「最後の講演」と銘打って掲載すれば『諸君！』の販売部数はまちがいなく大きく伸びる。東真史は締切を数日後にひかえたなかで、ちゃらんぽらんな話の文字起こしに苦心惨憺したという。数々の奇矯な振る舞いをしていた川端の晩年はかなり異様なものだったのだ。

没後の両家の確執

『伜・三島由紀夫』には『伜・三島由紀夫（没後）』という続編がある。前篇の『伜・三島由紀夫』には三島についてその生い立ちからあれこれ書かれ、続編の『伜・三島由紀夫（没後）』はその死後の裁判についても多くのページが割かれている。その意味合いからして、続編のタイトルにある「没後」とは三島の没後のことなのだろう。だがそれだけでなく、多分に川端の「没後」の意も重ねた、梓一流のシニカルなダブル・ミーニングと思われるのだ。続編の最後の方に川端の想い出をつづった一章が挿し込まれている。そこに梓は川端への悪口を並べた。

いよいよお仲人のご挨拶になりますと、川端さんはまず嫁の父が画家なので、初めから絵の話ばかり延々としゃべられて、かんじんの新郎やぼくら両親の紹介はいっこうになく、ある客は「三島さんの両親はどうして来なかったのか、ああ、あれがそうだったのか、代理のおじさんとおばさんかと思った」と笑ったそうです。ぼくもびっくりしました。

或る日のこと川端さんの突然のご来訪を受けて恐縮いたしましたが、伜の家を社用で訪ねてきたある出版社の美しい女の子がちょっと顔を出しましたら、川端さんはぼくとの話なんか中断して、そわそわしながらさっそく「さあ、上がりたまえ、忙しいかい。さあ、お茶でものみたまえ。これからどっちのほうへ帰るの？　ぼくが送ってあげよう。ふとんしいたらどう」と、この家の主人公はお茶を出しているぼくなのかそれとも川端さんなのかわからなくなり、もうぼくなんかには目もくれず一言もお言葉はなくなりました。

傍若無人ぶりというか天衣無縫ぶりというかまったくその止まるところを知らずで、その感情の帰趨はぼくら凡人にはとても睥睨《へいげい》すべからざるものでした。むくつけき男性であるぼくはただ美人と同乗して走り去る車を唖然として見送るだけのことでした。

この続編は、梓が『諸君！』昭和四七年六月号に寄せた「伜の大恩人 川端康成さんのこと」という追悼文がベースになっている。仲人の川端がスピーチで平岡家に触れなかった部分は、雑誌にあるものだ。しかし若い女性に執着したさまについては、ペンを持った手によりをかけ、本にするときに書き足したものだった。梓は川端が死んだ後も辛辣のムチを打ち、毒を放ちつづけたことになる。三島と川端の生前の確執相克は、両者の死後は両家の隠微な泥仕合代理戦の様相を呈していたと言えよう。私が実見した次のような出来事もあった。

平成二二（二〇一〇）年、鎌倉文学館開館二五周年を記念するイベントが鎌倉駅前のホールでもよおされた。同館長川端香男里と三島由紀夫文学館館長がそれぞれ講演し、その二人が対談もした。しかしその対談はまったくかみ合わず、そして盛り上がらないものだった。香男里の講演は、三島が生前悔しがったことが二つあるという話だった。その一つはノーベル賞が川端にいってしまったこと、もう一つは「やんごとなき女性」と見合いをしたがふられたことだと言うのだ。後者については、それを三島の母倭文重から聞かされた女優演出家の長岡輝子から取材したという作家が書いている。しかし、その作家は長岡が故人となってからソースを明かしているので確かめようがない。かりに香男里の言うとおり見合いをし断られたとしても、三島がどう受け止めたかはさらに確かめようがない。

次に香男里がしゃべったのは、「やんごとなき女性」と見合いをしたとき、三島には付き合っていた女性がいた、それは鹿島一族の娘で、二人が一緒に川端邸に来て、軽井沢の川端の所有地を鹿島に売ってほしいと頼んできたというエピソードだった。見合いをする男に女友だちがいてはいけない、という口ぶりだった。三島文学とどんな関係があるのだろうと聴いていたら、ただそれだけの話だった。

香男里の話を聞いているかぎり、三島にまつわるたわいない二題噺としか思えなかった。だが、軽井沢の土地についての一件は先に触れたように、香男里の養母秀子が自分のものと思っていた土地なのだ。それを養父は彼女に相談なく売り払い、売却金は骨董買いに全部使ってしまい、彼女の手元には一文も残らなかったという顚末にいたった。秀子はこの憤懣、怒りを三島に向けた。香男里は秀子からこのことを聞いていたのだろう。しかし鎌倉文学館開館二五周年記念の講演会でする話としては、内輪話に過ぎる。香男里は秀子からこのことだけでなく自分の妻となった政子に三島がアプローチしていた（川端全集の附録に書かれた以外の）ことも聞かされていたのだろう。そんな香男里は三島に好感情を持てなくなっていたのだろう。

香男里の不実

さて、香男里についてこんなことも知った。それは私の知り合いの文学研究者からのメールでの依頼からだった。それをかいつまむ。

私の知人の小説家○○さんがその父君を通じての縁で、川端の全集未収録エッセイの自筆原稿を入手しました。○○さんの父君は川端康成記念会に原稿を寄贈しようとしたのですが、ケンモホロロの応対で送り返されてきました。そこで、私が○○さんの依頼を受けて、知りあいの新聞記者に話をもちかけたところ、北條誠を川端家は疎んでおり、その関連で書かれた原稿ということで、川端香男里が取りあわないとの判断を下したことがわかりました。記者は、記念会がコメントを出してくれた記事にしたかったようなのですが、川端家の態度がこういうアンバイである以上、コトを荒立てたくなかったようで取材は見あわせるとの通知をよこしました。私は、川端記念会サイドのリアクションが、文学研究者としてどうにも許せない。仮に、「気にくわない相手に対する義理で書いた駄文」であったとしても、川端の自筆原稿らしきものが出てきたならば、真偽を鑑定し、ホンモノであることがわかったら然るべく保存するのが「記念会」の義務のはず。「北條誠」憎しのあまり、川端香男里は、川端康成の作品を―小さなエッセイとはいえ―ひとつ、闇に葬ろうとしたことになります。これは、どう考えても「不正義」です。川端の自筆原稿のコピーと、○○さんがお書きになった「原稿の来歴説明書」をお見せします。「記念館との闘い方」について、アドヴァイスをいただけると幸いです。川端クラスの作家となると、小さなエッセイであってもきちんとしたかたちで残しておくべきだと私は思うのです。

私はとある学芸関係の施設にこの原稿を鑑定してもらった。まちがいなく川端の直筆だという。北条誠の息子がフォークソング系のミュージシャンで、晩年の川端はそのコンサートに通っていたという。その川端は、昭和四一年の秋、日比公会堂での彼が出るコンサートのパンフレットに一文を寄せていたのだ。これ自体川端の知られざる一面といえる。その筆致はまだいきおいのあるものだった。「○○さんの父君」は北条誠の息子の音楽仲間でいままで川端の原稿を共同で所有していたという。研究的価値のあるものといえる。川端記念会が「関係性がわからない」「義理で書かれた、なんら個性のないエッセイ」と断じた態度は、たしかに「不正義」で不実なものだ。

歓喜天にすがる

話を私が鎌倉に行ったときのことに向けたい。私が父から託された調べごとは、ある本に出てくる「H寺」と川端夫妻にまつわることだった。

私が直接取材した話だが、鎌倉のH寺には近来稀な因縁譚がある。或る日の夕刻、未知の女性からの電話で、聖天さんを祀ってくれないかと聞く。

それで、目下のところ浴油供《よくゆく》などは休んでいるが、確かに本堂に秘仏として安置していると答えた。相手は大いに驚き、早速、女中を同道して中年の婦人が参詣に来た。

彼女の言うには、自分は若い頃からの聖天信者だけれど、先年来、さる行者の予言によると、どうもこの方角に霊験いやちこな聖天さんがおわすはずだ。それを尋ね当てて供養すれば大願成就すると言われた。だから、どうかお姿を拝ませて欲しい、などと熱心に物語ったという。

しかし、同寺では厳格な秘仏なので開帳はできず、しかも今は前立の十一面観音が居られないので、正式の修法が困難である旨を告げた。にもかかわらず婦人は日参して、とうとう十一面観音は自分が寄進するからと言い出した。

住職も流石《さすが》にそれではと気持ちが動き始めた頃、仏縁なのか、近くの古刹S寺へ住職の子息が入山した。そこには何と十一面観音が数体安置されている。うち二体は重文である。

かくして、十一面観音菩薩を譲り受け、略式ながらH寺では聖天供が再び修せられるようになった。

そして程無く、当の婦人のご主人は世界的な文学賞を受賞した。

けれど、その後、天下周知のごとく同氏は、突然悲劇的な死を遂げてしまった。未亡人が、今なお聖天信仰を続けておられるかどうか、私は知らない。

村岡空『愛の神仏　密教と民間信仰』大蔵出版、昭和五〇年

私の父は同書に「当の婦人のご主人は世界的な文学賞を受賞した。けれど、その後、天下周知のごとく同氏は、突然悲劇的な死を遂げてしまった」とあるので、呪法を懇願した「中年の婦人」とは川端夫人秀子だろうと言うのだ。狂おしいほどノーベル賞獲得に憑かれていた川端は、その心中を痛いほど知っている夫に忠実な妻を遣って、H寺の住職に「どうか（聖天さまの）お姿を拝ませてほしい」と「日参して」熱心に頼み込ませ、大枚をかけてまで「十一面観音は自分が寄進するから」と申し出たのだろうか。

川端夫妻は縫子を自宅に連れてきたら、いつまでも引き留めようとしたときと同じアプローチを住職にしていたのだろうか。私はその解明におのずからめり込んでいった。「お聖天」とは歓喜天のことだ。その呪力は野放図なほど強力で、これに一心に祈れば、他の神が見放すような無理な願いを聞き届けてくれる。しかしその願いが成就したあともあつく帰依しないと怖いことが起こるのだという。「聖天さんは怖い。子孫七代までの福を一代に取る」と言い伝えられている。歓喜天の尊像は、「直接拝むと眼がつぶれる」と怖がられるほどだ。像形は「夫婦二身を相抱き立たしむ」もので、「象頭人身」に造られる。動物のゾウの頭をした人間の男女が「愛惜の相」、つまり性の恍惚の境地の表情を浮かべて抱き合っているのが歓喜天だ。ずいぶんエロティックなのだ。

もともと単身の聖天がいつなぜ双身になったのか？　インドではリンガ（男根）とヨーニ（女陰）、チベットでは歓喜仏をヤブ・ユムと称して、ヤブ（父、男性）とユム（母、女性）の二大原理が和合することによって物事が成就すると考えられ、そのような性力信仰から双身になったのだと説かれている。象頭にしたのは、大胆奔放な裸形彫刻で名高い古代のインド人もあまりにリアルな交接の姿を避けたからのようだ。歓喜天は二人で一つの神で、牙の折れた女神が主神で、十一面観音菩薩の化身とされている。片方は神でなく毘那夜迦王《びなやか》という魔王のような存在だ。毘那夜迦王が疫病をはやらせているのを見た十一面観音が、王の前にそれと同じ姿に化けてあらわれ、自分に惚れさせて抱擁する。その合体している二体を、仏法を守護する歓喜天としているのだ。十一面観音は毘那夜迦王のよこしまな欲望を自分との抱擁で鎮め、仏法の信仰にみちびくのだ。

ところで、なぜそんなエロティックな「聖天さんは怖い」のだろう。それは他の神が見放すような無理な願いを聞きとどけてくれるからだ。歓喜天の呪力は野放図なほど強力で、それが怖い神の本質なのだ。歓喜天は日本に象がいなかったせいか、めずらしく神仏習合していない。呪法は空海が請来、つまり唐から持ち帰った『大聖天歓喜双身毘那夜迦法』以来、真言宗では秘法とされている。

霊験に富むことは、「さてこの（歓喜）天に三品《さんぽん》の供養あり。世の人大願あらばこの供養をなすべし。『歓喜天使呪法経』に曰く、上品《じょうぼん》に我を持《たも》たん者は我れ人の中の王を与えん。中品に我を持つ者は我帝師となすことを与えん。下品に我を持つ者は富貴無窮なり」（大木食大僧正以空上人『窃誓伝』）とある。『歓喜天使呪法経』が、「上品に我を持たん者は我れ人の中の王たるを与えん」と説く上品の修法（供養法）が浴油供法だ。これは秘法とされ、阿闍梨職の僧に願わなくてはならない（『宝山寺』昭和五三年）。

『愛の神仏』によると、浴油供法とは次のようなものだ。まず寺院に「聖天壇」を設ける。そして「白月一日」というから毎月十六日に「多羅《たら》」と称する金属製（黄金が一番善いとするのは俗説）の鍋に清浄な胡麻油を一升入れる。そのなかへ白檀丁子などの妙香を投じ香油をつくってあたため、それに歓喜天像を立て二股大根などを供養して銅の杓で真言「オンキリギャクウンソワカ」などを百八遍ずつ七日間唱えながら「入我我入」の境地で尊像に油をそそぐ。じつはこのときの油の温度が肝心で、心願が成就するかどうかは一にかかって当の秘伝によるものという。

H寺とS寺

朝早く鎌倉駅に着いた私はまず、父が「H寺」と推定した宝戒寺に向かった。天台宗の宝戒寺は歓喜天像を秘仏として祀っている鎌倉唯一の寺である。風の強い日だったが、境内に入ると季節柄この寺名物の枝垂れ梅が美しく咲き匂っていた。

寺男から「住職は土曜日で法事が立て込んでいて忙しく、これからすぐに外出してしまう。事前に電話で予約をして出直した方がいい」と言われた。残念ながら会うことも話を聞くこともできなかった。仕方なく秘仏の蔵された歓喜天堂の前を巡って、林房雄の墓のある浄妙寺に向うことにした。川沿いの狭い金沢街道を歩いていると、道の左側に長い急な石の階段が見えてきた。杉本寺という寺の参道だった。入口で拝観料を徴収していた女性に訊くと、その寺の本尊は十一面観音菩薩像で、住職は宝戒寺の住職が兼ねているという。ならば杉本寺は『愛の神仏』に出ている、H寺の近くにある十一面観音が安置された「古刹S寺」に違いない。『杉本寺縁起』によると、天平六（七三四）年僧行基《ぎょうき》が自刻の十一面観音を安置して開創された寺だという。数日後、宝戒寺に電話を入れ、住職を呼び出してもらった。そして川端夫妻に呪法を頼まれたか訊いてみた。住職の答えは次のようなものだった。

確かにしました。しかしその時私は杉本寺に出ていて、先代の住職だった父が川端さんとやり取りしていましたから、詳しいことは知らないのです。

「近くの古刹S寺へ住職の子息が入山した」という、『愛の神仏』にある先代住職の話と一致する。この後現住職に手紙を出し、再度電話もして面会を申し入れた。しかしお彼岸のある三月は法事で忙しい、四月はお花まつりで慌ただしいと応じてもらえなかった。供養法は秘法だ。訊かれても明らかにできないのだろうし、川端夫妻が何を祈願したかは当人たちの秘密だ。先代住職の父から聞いていても赤の他人には教えられないものなのだろう。利生記（霊験譚）が後世にほとんど伝えられていないのは、聖天信仰こそ〝愛の呪文〟そのもので、個人の秘密に属する心願であり、おのずと厳重に秘し守られているからなのだ。ならば四〇年前の本だが『愛の神仏』の著者に訊いてみようと思い立ち、出版社に電話をした。残念ながら数年前に他界したとのことだった。

三〇年ほど前の大晦日も押し迫ったころ、父を誘って奈良に遊んだことがあった。そのとき父は、生駒山の宝山寺に詣でたいと言い出した。一緒に山の上まで登って境内に足を踏み入れると、その偉観というより奇観にびっくりした。そこには「お聖天さま」と呼ばれる秘仏大聖歓喜自在天が安置されていた。父の宝山寺に参詣したい目的は「お聖天さま」を拝むためだったのだ。三島は佐伯彰一、山本健吉との座談

「原型と現代小説」(『批評』昭和四三年一二月号)のなかで、「仏教に詳しくなると、もう死ぬのが近いのだそうだ」とおどけてみせていた。

やはり密教系統の歓喜天信仰なんかで、性欲だけが人間を救済するというあれは立川流まで残っている。あれはヒンズーですね。カジュラホの彫刻ね、あれなどは、やはり一種の密儀で、エロスのみが人間を救済するというのがありますね。そのときだけ即身成仏するのですね。

「エロスのみが人間を救済する」と歓喜天信仰について語るとは三島らしい。こう述べている三島は、川端が秘かにこれにのめり込んでいることを、どこからか聞き知っていたかのようだ。座談のタイミングは川端のノーベル賞受賞の直後にあたる。「性欲だけが人間を救済する」歓喜天信仰に男として無能力な者がはまっていると、まるで川端をヤユしているような発言だと私には思えてしまう。うがち過ぎだろうか。『愛の神仏』には、「未亡人が、今なお聖天信仰を続けておられるかどうか、私は知らない」とある。この本の著者は先代の住職から、川端が修法のおかげでめでたくノーベル賞を受賞し大願が成就してから、「自分は若い頃からの聖天信者だ」と言っていた秀子が寺に来なくなったことを聞いていたのだろう。秀子が『川端康成とともに』で聖天信仰に触れている箇所はない。ノーベル賞に魅入られ歓喜天にすがった川端は、受章後の信仰をおこたった。入り難い〝魔界〟に入り込んだすえに、歓喜天の怒りにふれたかのように受賞から二年後、愛弟子だった三島を失った。さらにその一年五カ月後みずからも落命したのだ。

「どこにもおられなんだ」

終戦の年の三島と川端の結縁は、「中世」への熱い関心を共有していたことにあった。そうして始まった師弟関係に、後年、ノーベル賞を競うことで罅《ひび》が入り、それはしだいにひろがり、ついに修復不能な大きな亀裂になってしまった。一般的にはそのように見られている。しかし『眠れる美女』という昭和三六年の作品にかかわる「秘められた」いきさつが二人の間に長く伏在し、それも亀裂をうがっていたとしたら……。そしてノーベル賞をめぐる確執と、そこから生じた軋轢や確執や相克もあいまって、ついに亀裂は深い大きな暗渠になってしまった。そのように私には思えるのだ。

三島は川端との篤い交誼を表面上は御破算にしなかった。もしそうしていたら、それこそ三島（文学）の敗北になっていただろう。しかし『豊饒の海』の大団円は、川端への、冷たい氷の矢のような三島の本心を密やかにしたためていた。綾倉聡子の無常の科白《せりふ》である。

いいえ、本多さん、私は俗世で受けた恩愛は何一つ忘れてはいません。しかし松枝清顕さんという方は、お名をきいたこともありません。そんなお方は、もともとあらしやらなかったのと違いますか？
何やら本多さんが、あるように思うてあらしやって、実ははじめから、どこにもおられなんだ、ということではありませんか？

「天人五衰」『新潮』昭和四六年一月号

本多は川端である。松枝清顕は三島だ。川端はこれを自分に向けられた言葉と受け止めたことだろう。三島はそのつもりで書いたはずだ。川端は自死するよりほかはなかった。

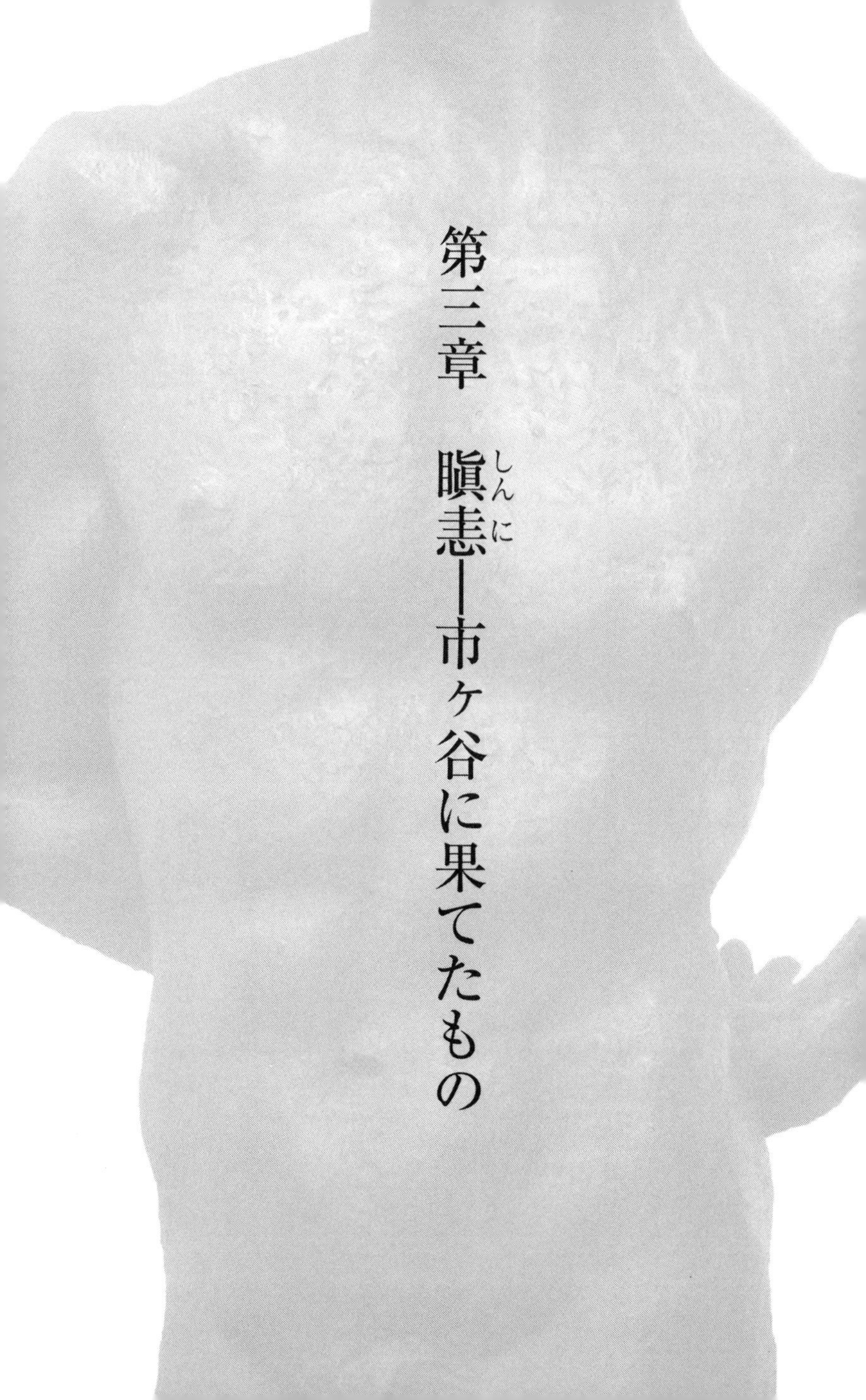

第三章　瞋恚《しんに》——市ヶ谷に果てたもの

「三島事件」に立ち会った私

徳岡孝夫

三島由紀夫さんが東京・市ヶ谷にあった陸上自衛隊東部方面総監部の総監室で割腹自殺し、楯の会の森田必勝氏も続いて自決した。三島さん四十五歳、森田氏二十五歳だった。いま、これを書いている時から数えて四十七年前の出来事である。

切腹は日本の武人が用いた自殺法で、長年の間に洗練されて儀式化した。それは例えば「仮名手本忠臣蔵」の四段目で、塩谷判官が演じて歌舞伎座の観客に広く知られた。ただ実際の切腹は、芝居とは少し違い、刀を握って腹を刺す前に、まず大音声を発し腹中の空気を吐き出してしまう。割腹の途中で見苦しいことのないようとの用心からである。私は、三島さんのその声を聞かなかった。彼が自決に先立ち自衛隊員に向かって演説した、そのバルコニー前の地面に立っていたからである。

その日（昭和四十五年十一月二十五日）午前十時、私は三島さんの電話を受け、彼の指示に従って自衛隊駐屯地の隣の市ヶ谷会館（現在は高層ビルになっている）に行き、そこで楯の会隊員から三島さんの私宛の手紙と自衛隊員に配ったのと同じ「檄」、決起に参加した五人の写真七葉を受け取った。手紙には、自らの行動は狂気の沙汰に見えようとも国を思う一念に出たものであること、「檄」を無事に市ヶ谷から持ち出し、その全文をノーカットで発表してくれとあった。

二階の総監室に行こうと思えば、廊下に充満する機動隊に阻まれ、体を捜索されれば靴下の中に隠した手紙や「檄」は見つかり、参考物件として押収されるだろう。私は敢えてバルコニー前に留まり、生き残った楯の会の三人がパトカーで連行されるのを見た後、駈けつけた各社記者の混雑に紛れて静かに市ヶ谷を後にした。だから流血の切腹そのものは見ていない。

私は三島さんとの約束を守り、彼の「檄」をノーカットで「サンデー毎日」誌上に発表した。しかし週刊誌デスクは多忙だから、私はいわゆる「三島裁判」の取材を編集部員たちに任せた。新聞紙上で見る限り、裁判はヘンな方向に進み、ヤケに日本刀に詳しい裁判官が事件の本筋とは無関係な質問を被告に浴びせるなど、意外な展開を見せた後に終った。

その間、自衛隊の三島事件に関する態度はどうだったか。私の見るところでは、彼らは今日まるで三島事件がなかったかのように振舞ってきた。一例が事件現場の展示方法である。それは今も市ヶ谷に移った防衛省の構内に保存されているが、元の総監室は展示品が並ぶ廊下の一部分であるかのように扱われ、訪問客がそれと気付かぬうちに通り過ぎるよう仕組まれている。

三島さんの死の意味を考えれば、誰しも「憲法」と「天皇」を考えずにおれない。それなのに日本の体制（右も左も）は、国民にそれを考えさせないように仕向けてきた。

この憂うべき状態を打ち破る方法の一つは、三島事件裁判資料の精査である。生き残った楯の会の三人が三島さんからどんな教育を受け、どんな点に共鳴したかを知れば、三島・森田を駆って切腹にまで持っていった思想を、もっと深く理解できるだろう。

西法太郎氏は、そのテーマを抱いて裁判資料の山に挑戦した。裁判から四十年余を経て、一部は参考資料になっていたというが、私は挑戦した西氏の意気と持久力に敬服する。

時の偶然か、日本は三島事件後初めて「天皇」を元首と定義し、自衛隊を国軍にしようとする政治指導者を持った。長らく平和主義、反戦主義のやさしい海に浸ってきた言論界にも、北京やソウルの主張にベタ負けしてはいられないという思想が生まれつつある。

三島事件裁判資料は、これまでのように古文書扱いでは済まされなくなっている。三被告人の法廷での陳述、上申書その他は今日の、これからの日本を知るために欠かせない「考える材料」になるだろう。

「三島事件」裁判記録

私は「三島事件」の裁判記録を閲覧した。もう六年から七年前のことである。個人的にこの事件に対して素朴な疑問をいくつも持ったからである。その疑問を解くには事件の詳細を記録したものに当たるのが一番だと思いいたったからだ。しかし事は容易ではなかった。行政、法律上の高いバーがいくつも立ちはだかったからだ。それをひとつひとつ乗り越えた。そして閲覧できたのだが、コピー機やデジカメでの複写は禁じられた。丹念に書きうつすしかなかった。パソコンの持ちこみは許可されたのでそこに入力する作業を一年余り続けた。しかしそれは疑問を解消する起点に過ぎなかった。それをもとに関係者にあたり、ほかの資料にあたり、徐々に厚いベールをひらいていった。

「三島事件」判決主文

昭和四五年刑（わ）第七六四八号

判決

本籍　[redacted]（註・黒塗りされ判読できない箇所。以下同じ）

住居　[redacted]

[redacted]（元楯の会会員）

昭和四七年六月一六日確定　小賀正義

未決定拘留日数　一八〇日[redacted]

本籍　[redacted]
住居　[redacted]
[redacted]（元楯の会会員）
昭和四七年六月一六日確定　　小川正洋
未決定拘留日数　一八〇日[redacted]

本籍　[redacted]
住居　[redacted]
[redacted]（元楯の会会員）
昭和四七年六月一六日確定　　古賀浩靖
未決定拘留日数　一八〇日[redacted]

右三名に対する各監禁致傷、暴力行為等処罰ニ関スル法律違反、傷害、職務強要、嘱託殺被告事件において当裁判所は、検察官石井和雄、同小山利男、同沢新、弁護人草鹿浅之介、同野村佐太男、同酒井亨、同大越譲各出席のうえ審理し、次のとおり判決する。

主文

被告人小賀正義、小川正洋、古賀浩靖をそれぞれ懲役四年に処する。

被告人三名に対し、各未決拘留日数中各一八〇日を、それぞれの刑に算入する。
訴訟費用は、被告人三名の連帯負担とする。

楯の会

三島由紀夫は昭和四二（一九六七）年以降、にわかに政治論文（「『道義的革命の論理』――磯部浅一主計の遺稿について――」、「文化防衛論」、「自由と権力の状況」、「反革命宣言」など）を次々に発表した。三島曰《いわ》く、「『英霊の聲』を書いた後に、こうした種類の文章を書くことは私にとって予定されていた」。「英霊の聲」が発表されたのは、昭和四一年（『文藝』六月号）だった。と同時に政治対談・討議（「政治行為の象徴性について」や学生との数々のティーチ・イン）を始めたが、政治行動も実際に展開し出した。これは〝文武両道〟の思想に発していた。昭和四四年の秋、楯の会一周年パレードが挙行された。その会場で招待客に、この組織についてのハンドアウトが配布された。

私が組織した「楯の会」は、会員が百名に満たない、そして武器も持たない、世界で一等小さな軍隊である。毎年補充しながら、百名でとどめておくつもりであるから、私はまず百人隊長以上に出世することはあるまい。
「楯の会」はつねにStand byの軍隊である。いつLet's goになるかわからない。永久にLet's goは来ないかもしれない。しかし明日にも来るかもしれない。

それまで「楯の会」は、表立って何もしない。街頭のDemonstrationもやらない。プラカードも持たない。モロトフ・カクテル（註・火炎瓶）も投げない。石も投げない。何かへの反対運動もやらない。講演会もひらかない。最後のギリギリの戦い以外の何ものにも参加しない。

それは武器なき、鍛え上げられた筋肉を持った、世界最小の、怠け者の、精神的な軍隊である。人々はわれわれを「玩具の兵隊さん」と呼んで嗤《わら》っている。

日本では、十九世紀の近代化以来、不正規軍という考えが完全に消失し、正規軍思想が軍の主流を占め、この伝統は戦後の自衛隊にまで及んでいる。

日本人は十九世紀以来、民兵の構想を持ったことがなく、あの第二次世界大戦に於いてすら、国民義勇兵法案が議会を通過したのは降伏わずか二ヶ月前であった。日本人は不正規戦という二十世紀の新しい戦争形態に対して、ほとんど正規戦の戦術しか持たなかった。

しかし私の民兵の構想は、話をする人毎に嗤われた。日本ではそんなものはできっこないというのである。そこで私は自分一人で作ってみせると広言した。それが「楯の会」である。

「〈楯の会〉のこと」

これを記した前年の一〇月、楯の会は結成された。楯の会の「思想的許容度は、右は水戸学から、左は民社党まで」と幅が広かった。〝皇統〟（いわゆる天皇制）を容認尊重しさえすれば、それ以外の信条まで縛らなかった。

私（三島）は「楯の会」というものは、学生を入れるときに天皇というものを認めるかどうかというところから入ったのですよ。天皇を否定するとか、天皇というものはあんなものいらんものというやつはいれないのですよ。

伊沢甲子麿との「対談・〝菊と刀〟を論ずる」『時の話題』日本短波放送、昭和四五年二月号

入隊した学生のなかに、熊本の神風連（明治政府の欧化政策をよしとせず大砲と鉄砲をそなえた洋式武装の熊本鎮台に対して刀と槍だけで蜂起した神官たち）の首領である大田黒伴雄の曾孫もいた。「既成右翼団体に属さず、又、政府与党に属さない」ことも条件だったという。楯の会には民族系の宗教団体や学生組織から入隊した者がかなりいた。入隊した者の何人かはそれら組織から離脱した。仕方のないことだが、組織側は脱会した者たちを三島たちが引き抜いて行ったとみた。一方、それら組織の仲間で三島に声をかけられなかった者、あるいは入隊を願っても叶わなかった者たちは、いまもなお屈折した思いを残しているという。伊沢甲子麿によると、脱退した森田を、彼が属していた学生組織は「共産主義者に魂を売った」と批判して除名処分にし、その旨機関紙にかかげたという。

日学同（註・民族派の学生組織・日本学生同盟）の新聞（註・日本学生新聞）に、森田君の顔写真がのってですねえ、この男は、共産党に魂を売った云々てな事が書かれて、それが現在でも元楯の会の連中と、日学同の諸君とが仲良くならない原因になっています。

『歴史への証言』恒友出版、昭和四六年

楯の会が反共組織なのを知っていてこんな除名理由にするとは信じがたい。学生運動というもののゆがみは左陣営だけではなかったのだ。毎年三島と森田を追悼している集会を行っているなかに、森田の脱退を認めず除名にし、その旨機関紙で告知した者（たち）がいる。森田が三島とともに自死した背景には、信じていた仲間への複雑な思いがあったといわれる。

当時の日本共産党は堤清二や安部公房を除名処分にした。民族派も組織の団結保持のために処分したのだ。右も左もそういう時代だった。

森田必勝の夢

三島と森田必勝の出会いは昭和四三年三月、富士の裾野の自衛隊廠舎《しょう》でだった。三島が試みに学生をつのった富士の自衛隊滝ヶ原分屯地での体験入隊に、人数あわせに早大生の森田は遅れて参加したのだ。昭和四一年六月に早大国防部が北恵庭駐屯地での体験入隊を三島に依頼したときに森田も同席していたようだが、実質的にはこのときだった。森田は体験入隊後すぐ「先生のためには、自分はいつでも命を捨てます」と書き送ったという。これが二年半後ともに切腹する運命の起点となった。

三島は昭和四四年一一月三日の朝日新聞（夕刊）に国防論を寄稿した。それは楯の会の一周年記念パレードを国立劇場で挙行した当日だった。寄稿は、同紙が企画した、毎回論客が入れ替わるリレー連載で、三島は「『国を守る』とは何か　七〇年安保　第3部」の〈3〉を担当した。そこには〝仮面はがれる時代幻滅の後に真の選択〟の見出しがつけられた。三島はその掉尾で「一人の学生」との問答にふれ、人を殺したら自らも死ななければならない、と諄々と説いた。

最近私は一人の学生にこんな質問をした。「君がもし、米軍基地闘争で日本人学生が米兵に殺される現場に居合わせたらどうするか？」

青年はしばらく考えたのち答えたが、それは透徹した答えであった。「ただちに米兵を殺し、自分はその場で自刃します」

これはきわめて比喩的問答であるから、そのつもりできいてもらいたい。この簡潔な答えは、複雑な論理の組み合わせから成立っている。

すなわち、第一に、彼が米兵を殺すのは、日本人としてのナショナルな衝動からである。

第二に、しかし、彼は、いかにナショナルな殺人といえども、殺人の責任は直ちに引受けて、自刃すべきだ、と考える。これは法秩序を重んずる人間的論理による決断である。

第三に、この自刃は、拒否による自己証明の意味を持っている。なぜなら、基地反対闘争に参加している群衆は、まず彼の殺人に喝采し、かれらのイデオロギーの勝利を叫び、彼の殺人行為をかれらのイデオロギーに包みこもうとするであろう。

しかし彼はただちに自刃することによって、自分は全学連学生の思想に共鳴して米兵を殺したのではなく、日本人としてそうしたのだ、ということを、かれら群衆の保護を拒否しつつ、自己証明するのである。

第四に、この自刃は、包括的な命名判断（ペネンヌンクスウルタイル）を成立させる。すなわちその場のデモの群衆すべてを、ただの日本人と名付ける他はないものへ転換させるであろうからである。いかに比喩とはいいながら、私は過激な比喩を使いすぎたであろうか。しかし私が、精神の戦いにのみ剣を使うとはそういう意味である。

じつに激越な言い立てである。三島が問答した「一人の学生」とはおそらく森田必勝であろう。まだ時期は決まっていなかったが、早晩決起し、自決してその責めを負う覚悟を三島は、そのときすでに固めていたのだろう。森田は、それを逸《はや》く、逸く、と三島に強く迫っていたようだ。森田は隊員仲間に「ここまできて三島が何もしなければオレが三島をやる」と言っていたという。堤堯も森田から「ぼくはぜったいに三島先生を逃がしません」と聞いている。三島事件の裁判記録のなかの小賀の供述調書に森田について次の陳述がある。

昭和四四年一〇月ころのことでした。この年の一一月三日に楯の会一周年記念パレードが国立劇場で行われましたが、その打ち合わせのため一〇月ころのある夜、先生方の書斎に楯の会の班長が集りました。

当時は大混乱が起こると予想された一〇・二一統一行動が終了した直後でした。先生は、この一〇・二一闘争において革命勢力が機動隊に完全に抑えられてしまい、自衛隊出動の機会もなくなったばかりか、これで左翼の革命は今後ありえないであろうと状況分析されました。

そして先生は集った班長に対して、「今後の楯の会の運動方針をどうしたらよいと思うか」と質問されました。

私はどう言ったらよいか判らず、黙っておりますと、当時第一班班長であった森田必勝さんが一人だけ、「無謀かもしれないが、楯の会の会員で国会を占拠し、憲法を改正したらどうか」と発言しました。そのころ私はまだ、そこまでは考えておらず、ずい分思い切ったことを考えるなと思い、驚きました。先生はその話を聞かれ、「面白い案だ。しかし武器や人員の確保、国会会期中に入れるかどうかなどに問題があり、まずムリだろう」と云っておられました。

この時の森田さんの案は、そのまま立消えになってしまいましたが、今年（昭和四五年）の夏ごろ、どこで話されたか忘れましたが、先生が私に「あの時の森田の発言が今度の計画の一つの動機になったことは確かだ」と云っておられたことがありました。

ですから先生の気持のうえで、ひとつのきっかけにはなっていたようでした。


川戸志津夫（元楯の会隊員）は当時を回想して、「天皇制と暴力を是認する民族派の学生軍事団体と森田必勝の夢を具現化する集団との二重構造になっている感が否めない」（『決定版三島由紀夫全集』月報）と述べている。「森田必勝の夢」とは、即ち、逸く死することであった。森田はこの三島の寄稿が書かれた前年の昭和四三年夏、学生として北方領土復帰運動にどうかかわってゆくべきかを模索していた。現地に出かけて一般市民、漁民、市長らとまじわった。そこで感得した想いを直截に、清爽感のある一文にしたためている。当時の国際状況に確かな視線を向け、日本の進むべき道を透徹している同文をかいつまんでみたい。

森田必勝の寄稿

【はじめに】

この（昭和四三年）八月上旬に、私達は新民族主義の学生運動の一環として、現地根室を訪れ、色々な人達と懇談したり、さまざまな活動を行ったりして来た。ノサップ岬には数回足を伸ばし、ガスの晴れ間から水晶島にソ連の監視兵が動いているのさえ観ることが出来た。還らぬ北方の島々への関心はさすがに高く、私達の使命感はより一層高まった。現地の漁民はただもくもくとして働き、涙さえ浮かべようとしない。子供たちは、寒い烈風がふきつけるノサップの突端から、じっと肉親が漁業に励む光景を見ていた。

私たちもノサップ岬での演説会とビラ配布の作業の手をしばしば休め、強い潮の匂いのかがれる海と、荒涼とした風景の中で考えたものだった。――一体、北方の島々は何時、還ってくるのだろうか。

【現地との食い違い】

私達は根室行きの前から、運動を進めてゆく上でのスローガンの強弱は、漁民と学生との理解の仕方で、微妙なギャップの存在を痛感した。たとえば私達の「全千島、南樺太奪還」というスローガンと、当事者の「国後、択捉、歯舞、色丹返還」、さらに根室市の「島よ還れ」という抽象的な呼びかけには明らかにニュアンスの相違がある。

しかしながら、運動とは、学生も、漁民も、市民も一丸となって行う複合形態にこそ意義があるのであり、学生だけが先走り、浮きあがった行為をしても意味がないのだ。

全学連が暴徒だといかに罵られようとも、尚且つ強靭な戦線を張って戦い得るのは、後方からの支援体制がしっかりしているからである。デモのときは、官憲との間に反戦青年委員会がわり込み、カンパには各種組合と文化人組織が応じ、裁判では左翼弁護団が頼みもしないのに助けてくれる。

民族派戦線では、何故それが出来ないのか。とくに北方領土に関しては、結束が可能となる唯一の運動目標であるのに――。

学生運動は社会的起爆剤としての役割を持っている。学生及び青年の行動が、連鎖反応的に運動の輪を拡げ、大きな力へと成長させてゆく。その歴史的自覚を持ったときこそ、新しい学生運動の明るい展望は開けてくるのである。

とするならば、北方問題に関しても、政府も漁民も立場上言えないような主張を代弁するのが学生ではないのだろうか。民族の悲願として、全千島、南樺太をあらゆる条約や障害をのりこえて取り戻すこと。この正当な主張も、政府及び根室市がソ連と交渉するときには、歯舞、色丹、国後、択捉だけが対象となっている。

千島列島はサンフランシスコ条約で放棄したから、可能ならば日本に復帰させて頂きたいと及び腰である。外交のベテランソ連に対し、はじめから下手で臨むものだから、馬鹿にされて相手にされないのも当然だと言えるかも知れない。

私達は学生運動で、過激ではあるが理想的な主張を高くかかげて闘ってゆく。すると、そうした流れは、やがて実際の交渉段階や官僚機構の中で、妥協的な中間的なものへ転化してゆくであろうしそれが政治であると位置づけている。つまり、交渉へ入るきっかけを作る起爆剤的な運動をすれば良いわけである。

【何のための戦いなのか】

私達は一体何のために「北方領土復帰運動」を行うのだろうか。ただ単に魚の獲れる漁場がほしいとか、領土的野心からとかでは決してない。根室市で、私達と関係者との懇談会の席上、ある一人の老人は絶叫調でこう言った。「たとえ、ソ連が何十年居座ろうとも、われわれは日本民族の闘いとして、この運動を続ける」と。この老人の一言に、恐らく私達すべての立場は代表されるのではないだろうかと思う。

今日全学連に対抗してぞくぞくと起上がる新しい学生運動の組織は、どれもその運動目標の一つに、「北方領土復帰」を加えている。北海道札幌市では、民族派学生たちが「北方領土復帰全道学生実行委員会」を結成させ、六月下旬には大々的な集会を持った。そしてここでは

(一) 北方領土復帰を全道学生のみならず全日本学生にも広く呼びかける。
(二) 北方領土復帰を実現し、更に日ソ友好を深める。
(三) 北方領土の現在の状況をより発展させるために理論強化に努める。

という大会決議を採択している。

全国の大学の領土問題研究会などのサークルを総結集し、〝北方領土回復促進学生会議〟結成の動きも表面化している。

八月二十四日、ソ連軍がチェコに侵入して三日目に私達はソ連大使館へ抗議デモをかけた。二時間にわたって大使館前に座り込み抗議したが、問題はチェコなんぞよりも、日本の固有の領土が、既に二十

三年も前からソ連軍によって一方的に侵略されていることを強調し、北方領土返還要求に重きを置いて訴えた。

チェコ情勢がマスコミでかまびすしく取沙汰されたときでもあり、この機会を北方領土復帰運動拡大の突破口として位置付けるために、私達は出来る限りの努力をした。夏休み中とはいえ予想以上の学友が参加したのもそのためである。


【北方問題、世界の動きと照応】


よく考えてみれば、北方領土返還運動の過去、現在及び将来は、世界情勢の過去、現在、将来に、微妙に照応していることが判る。その場かぎりの安全操業の保障や、一部の島々だけでもとりあえず返してもらおうとする動きは、民族主義としての運動に亀裂を生じさせ、運動を鈍化させるものでしかない。

戦後二十三年間、世界は米ソの支配体制の中で揺れ動いた。今、そうしたヤルタ体制に世界のあちこちでほころびが出始めていると見てよいのではないか。

第二次世界大戦後欧州からの米軍の撤兵は東欧の共産化を生み、トルーマン・ドクトリンによって西欧は反共で連帯する。米ソの軍備競争は激しさを増し、軍拡のエスカレーションは「ダモクレスの剣の上の平和」（ケネディ）という極めて不安定な状況を形作っていた。

米ソ共通の利益のために核戦争も避け、武力を背景とした両国は、他の列国を系列化させる「パックス・ルッソ・アメリカーナ体制」を現出させた。米ソ二大国を基軸に、押しつけられた「秩序」によって戦後の歴史はあったとするならば、各地、各国で起きた局地戦や内紛、政変もこの二大国体制の中でのささやかな事件でしかなかった。

日本に再び国粋主義の過熱が起こらないようにと、米占領軍は歴史上実験的な「平和憲法」を押しつけ、あたかも日本国民合意の上に成立したと宣伝した。武装解除と歴史教育の禁止、民族意識の歪曲化と共産党の育成は、しかしやがて米国支配に反発する「異形のナショナリズム」として再登場するのだ。日本独立後の国家的危機――六十年安保はまさに、アメリカ支配への反抗として、土壌のナショナリズムと攘夷的な心情に裏打ちされて暴発した。

日本は海洋国家という地理的条件と、単一民族という歴史的条件を殆ど自己認識せずに歩んできた。国境を接しているわけでもなく、侵略をしたり、されたりする事件もないため、「民族」を自己認識する必要さえ日本人にはなかったのである。

いっぽうソ連側は、赤軍戦略五十年の伝統である南下膨張政策と「新しい帝国主義」（ワトソン）の方針に従って、終戦の混乱に乗じた。北方領土の掠奪は、ソ連が長年望んだ東洋での不凍港の獲得であり、対米軍事戦略上不可欠の土地であった。住民を強制的に日本本土へ送還し、一切をヴェールに包んでしまった。この作戦は明らかに、ソ連を有利な地位にたたせた。

米国は沖縄の潜在主権を認め、住民もそのまま基地と同居のかたちで住んでいる。そして安保条約の一環としての軍事使用が、大衆に明らかにされた。しかしそれは戦後の平均的な日本人の「平和の理想」に反するとして、左翼から反米ナショナリズムが巧みに投影され、基地反対、沖縄返還運動は繰り広げられている。

ところが北方領土には、日本人が誰一人居らず、全ては謎に隠されたままである。つい最近（昭和四十三年七月一日）の米軍機強制着陸事件で、ようやく択捉島に（ソ連の）大飛行場の存在が判明したくらいだ。

日本には虚構の平和論と非武装中立論が満ち溢れたが、経済的な回復と、工業力の驚異の発展は、日本人にナショナリズムを新たな形で誕生させた。確かにある時期までは、反米、平和運動の渦中にナショナリズムは吸収されたと理解してよいであろう。が、この冷厳な国際環境の中で、果たして「平和論」だけで日本は生きてゆけるのだろうか。

民族として、国家として当然の不安が、やがて眠っていた心を揺り動かし、新しい学生運動が台頭しはじめたのである。新しい民族主義の興隆は必然的帰結として、反米反ソ感情を刺激し、米ソの支配体制に反発する。かくして、下火だった「北方領土復帰運動」に、民族運動のホープである学生運動が介入し、急速に火は燃え広がってゆくのだと思う。

北方領土復帰運動の将来は、こうした歴史的事実を踏まえて把えなければならない問題なのである。

「民族運動の起爆剤を志向」『日本及び日本人』昭和四三年一一月号

三人の自筆の上申書

事件後に警察が公開した、三島から小賀あての命令書には、「君の任務は同志古賀浩靖君と共に人質を護送してこれを安全に引き渡したるのちいさぎよく縛につき、楯の会の精神を堂々と、法廷において陳述することである」とあった。古賀に渡された命令書も同じだとの元隊員の証言がある。いっぽう小川にあてたものについての情報はない。小賀と古賀はともに「生長の家」とかかわりがあり、大学が同じで、楯の会に入る前からの知り合いで、隊員として同じ班の班長と副班長、さらに憲法草案の研究会にもそろって入っていた。

いっぽう小川は、二人とは別の大学にいて、これから引く上申書から特異な性格を有していることがわかる。そこからすると二人とは多少異なる命令書だったかもしれない。いずれにしても三人は「楯の会の精神を堂々と、法廷において陳述」し、命令書の「任務」を忠実に果たした。

法廷にはそれぞれの手書きの上申書も提出された。これらは昭和四六年七月五日の第七回公判で朗読された。しかし傍聴席のだれもそれを書きとめず埋もれてしまった。さいわいなことに、それらは私が閲覧を許された裁判記録にふくまれていた。三人が自身で書いた上申書には、取調官が書きとめ、検事がまとめた調書と異なり、当局の恣意はまったく入らない。よって資料としての価値が高い。直筆で書かれているので、筆跡・筆勢に性格や当時のそれぞれの情感もよくうかがえた。

現在彼らは六〇代後半の年齢になっているが、法廷で陳述したあと、事件や三島について一切口をつぐんだままだ。命令書には「森田の精神を後世に向かって恢弘せよ」とあるが、その責務を十全に果たしていると言えるだろうか。その意味でも〝憂国三銃士〟の上申書は貴重であろう。それぞれの全文は本書に収めきれない。ここではそれらの興味深い、重要と思われる箇所を引く。まず小川正洋のものである。

Ⅰ　小川正洋の上申書

中学二年生の時、同級生が「天皇は税金泥棒だ」と言ったことに腹がたち、その同級生を思わず殴ってしまったことがありました。思想的にも政治的にも目覚めているはずがなく、自分の行為に自分でも驚きました。

その頃は、山口少年の浅沼社会党委員長刺殺事件、中央公論の小森事件（註・中央公論社長宅が山口少年と同年（一七歳）の小森少年に襲われ死傷者がでた）等を通じ、右翼＝暴力団というイメージと、右翼というと何か陰気な感じがして嫌いでした。

高校二年生の時、教室にビートルズの写真が貼ってあったのを私が破ったことから（別にビートルズが嫌いであった訳ではなく教室に貼ることに不満だった）どこでどう問題がこじれたのか、天皇と自衛隊についてクラス討論が行われました。

自衛隊については「憲法を改正して軍隊にすべきだ」という私の意見と「自衛隊も必要ない、非武装中立になるべきだ」という意見にわかれ、討論しましたが、私の意見に賛成する者はいませんでした。

私は「俺は天皇を崇拝している。自分でも何故だか判らない。日本人としての血がそうさせるのだろう。日本は一民族一国家一言語だ。建国以来延々と続いてきた神秘こそ、我々日本民族の宝で精神のよりどころだ。天皇を一個の人間としかとらえることができないのは心が貧しいからだ。天皇に類するものが他の国にあるだろうか」と答えられる程度でした。

同年五月八王子の大学セミナーハウスで理論合宿があり、全国から五十〜六十名位の学生が集まり、天皇、憲法、国防、教科書裁判等について話し合いがあり、三島由紀夫、林房雄、村松剛の三先生を招いての話し合いもありました。三島先生の「右翼は理論ではなく心情だ」という言葉はとてもうれしいものでした。

自分は他の人から比べれば勉強も足りないし活動経験も少ない。しかし日本を想う気持ちだけは誰にも負けないつもりだ。

三島先生は如何なる時でも学生の先頭に立たれ、訓練を共に受けました。共に泥にまみれ、汗を流し、雪の上をほふくし、その姿に感激せずにはおられませんでした。

これは世間でいう三島の道楽でもなんでもない。又、文学者としての三島由紀夫でもない。日本をこよなく愛している本当の日本人に違いないと思い、三島先生こそ信頼し尊敬できる御方だ、先生についていけば必ず日本の為に働ける時がくるだろうと考えました。

三島先生は

「楯の会の目的は間接侵略に対する民間防衛である。間接侵略に対するには武器でなく魂というが、行動しない魂は魂でない。一九七〇年に新左翼の力が強大となり、警察力では押えられなくなった時に、自衛隊の治安出動が考えられるが、簡単にはいくまい。非常に難しい。出動するにしても何時間か何日間の空白ができる。その間に共産党側の平和勢力の名においての行動がおこるはずだ。その時こそ楯の会の働く時である。憲法を改正しなければならないことはいうまでもない。自民党政府が最大の護憲勢力となった今、改正できる唯一のチャンスは治安出動しかない。その治安出動を行わせる為に、我々は捨て石になるのだ。民兵というものは正規軍に利用されることは昔からだ。しかしそれを承知でやらねばならない。左翼のチャンスの時こそ、我々のチャンスでもある」

と明らかにされました。

共産主義に何故に反対するかということについては、「国体即ち日本の文化、歴史、伝統と絶対に相容れず、論理的に天皇の御存在に相容れることはなく、しかも天皇は、われわれの歴史的連続性、文化的統一性、民族的同一性の他にかけがえのない唯一の象徴だからである」ということばで表わせます。

このことは楯の会会員である以上、互いに口に出さなくても判りきっていることでした。

天皇観そのものについては水戸学から民社党までと言われる様に、絶対神とする者や現人神とする者様々でした。私自身それは各人で追及する問題であると思っておりました。

憲法の問題にしても明治憲法の復活を唱える者、あるいは新たに創ることを唱える者もおりました。水戸学を学んだ者、生長の家の谷口先生の教えを受けた者、皇學館大學の平泉澄先生の理論を追求した者、あるいは私のように系統だった理論はなく、自分で求めた者のようにいろいろでした。

三島先生は
「軍隊は政治的な体制とかかわりのないところで国民と直結する方法はない。統帥権独立というのは問題がある。軍がイニシアチブをとって内閣ができるようになるし、統帥権の問題では、旧憲法での徴兵制度との関係、そして軍閥と関係している。天皇をそのような政治的責任を負う立場にもってきてはいけない。天皇は栄誉の中心であられ栄誉大権という形で勲章や軍旗を授与する形に、最高指揮権はやはり総理大臣に置いておいたほうが無難だろう。徴兵制度も復活してはいけない。その点でも旧憲法の復活には反対なんだ」と答えて下さいました。

三島先生は
「徴兵制度はいかん。一朝事ある時は、一市民でも立たなければいけないが、そのためには国民が自発的に訓練をうける。それが防衛の基本だ」

とよく言われておりました。

三島先生の

「天皇をただ政治概念としての天皇に戻して戦前のように天皇制を利用した軍閥政治を復活するということではなく、天皇を文化的概念の中心として考えなければいけないのだ。天皇は権力ではない。だから何ものも拒絶しない。これを象徴するのが八咫鏡《やたのかがみ》だ。だから共産主義者も鏡にうつる。映っていいのだ。ただし共産主義者と行政権を結びつけてはいけない。共産主義は行政権と結びつかなければ恐ろしくないが、もし共産党が一党独裁になりそうな情勢となり、それを天皇がやすやすと容認できるような鏡である場合は、我々は立ち上がって排除する。一党独裁は終極的に天皇を否定するものだから、その否定するものを排除するのが忠義なのだ。又、いまの週刊誌天皇制もいかん。あれは小泉信三の大失敗だ。文化の全体を映す鏡としての大きな高いディグニティと誇りと崇高さが非常に失われてしまった。週刊誌をみて、まだ国民は皇室を愛しているなどとたわけているような宮内庁の役人の頭も切りかえなければいけない」

「（先生の）言論の自由を守るには議会制民主主義を守らなければならない。何故なら言論の自由、文化的天皇制の政治的基礎としては、複数政党制による民主主義の政治形態が最適だ」

との考えは理解できました。

先生は

「左翼と右翼との違いは、〝天皇と死〟しかないのだ」

とよく説明されました。

「（先生は）左翼は積み重ね方式だが我々は違う。我々はぎりぎりの戦いをするしかない。後世は信じても未来は信じるな。未来のための行動は文化の成熟を否定するし、伝統の高貴を否定する。自分自らを歴史の精華を具現する最後の者とせよ。それが神風特攻隊の行動原理〝あとに続く者あるを信ず〟の思想だ。有効性は問題ではない。政治は結果責任を負わねばならないが、我々は結果責任を負わなくてもよい。そのかわり行動責任だけは負わなければならない。武士道とは死ぬことと見つけたりとは、朝起きたらその日が最後だと思うことだ。だから歴史の精華を具現するのは自分が最後だと思うことが武士道なのだ」

と教えて下さいました。

先生は

「我々には誠しかない」

というのも口ぐせでした。

私は組織としても個人としても行動は一回限りでなければならないと考えていました。一回であるからこそ命を賭けたぎりぎりの行動であり純粋になるのであって、最初の行動がスタートであるとしたら自分自身の未来を信ずることにもなる。もしたとえ行動して生きたとしても人生一回限りの行動をしたのだから、その後は一切の活動、発言はしてはならない。行動の純粋性を保つ意味でも、かつ、自分自身の純粋性を保つうえでも沈黙を守るのが生き残った者の唯一の道であるからです。

〝知ハ行ノ始メニテ行ハ知ノ成ナリ〟この陽明学の知行合一を説いた言葉は常に頭の中にありました。

〝知ハ行ノ始メニテ行ハ知ノ成ナリ〟を自分なりに、「我々は天下国家を論じ、日本の改革を願っている。自分の身を安全な場所において、現状を批判し改革を唱えるのは卑怯ではないか。日本の改革を願うなら、まず自ら行動することである。行動してこそ思想は生きてくるのだ。体制を批判し、左翼を批判し、これではいけない、これではいけないのだからなんとかしなければと、その苦しみのようななんともやりきれない気持ちは行動していないからだ。そうだ、自分の考えを行動で示さないからだ」と思いました。

認識と行動の一致こそ、自らの論理に責任を持つことです。行動の伴わない認識は認識ではありません。

軍は国体を守るのです。国体を守るべき軍を、政体を守るものとし、現状維持という点では自民党も共産党もどこもかしこも手を結んでいる。

戦後二十数年、偽善の中に経済大国と化した日本が、国の大本をとりもどす為には、まず憲法を改正することです。九条にこだわるのではなく、又、政治概念としての天皇を復活するのでもありません。天皇の御存在は共和制とか君主制とか、全てを超越しているもので、多数決とか国民の総意とかで決めるものではありません。文化・伝統・歴史の象徴であられる天皇が御存在することは、日本の誇りであり倖《さいわい》であります。

天皇を文化概念の象徴としてとらえ、文化・歴史・伝統を守るには、そして国家独立の根本である国防を明らかにし、日本に日本をとり戻すには、現憲法を改正し、あくまで西欧化して侵されてゆく日本を守らねばなりません。

あとに続く者が五十年先か百年先か、いつになるのか、そんなことは大事ではありません。自分が今ここで日本を守らねば駄目だという使命感です。それが日本人としての信義であり誠であり真心だと信じました。

私たちが行動したからといって、自衛隊が蹶起するとは考えませんでしたし、世の中が急に変ることもあろうはずがありませんが、それでも尚誰かがやらねばならなかったのです。

恋闕《れんけつ》の恋とは、裏切られたと恨むものではありませんし、天皇に対する恋とは永遠の片恋で、片恋を承知して恋するのが忠義と信じました。

明治の文明開化期に於ける西欧絶対の思想が未だはびこり、民族の主体性を圧殺された。いいかえるなら、日本人が日本人たることを忘れ、日本人の魂を失くし、名誉白人になることを押しつけられた屈辱以外の何ものでもない現憲法、その憲法は民主主義という単なる政治の一手段にすぎないものを絶対のものとし、政体はかわることがあっても絶対にかわることのない国体を蝕《むしば》んでいます。

その国体を守るべき軍隊（自衛隊）は、憲法で保障されず、米軍の一部隊としての位置しか与えられず、かつ、建軍の本義である天皇を中心とした日本の文化・歴史・伝統を守ること、即ち、忠誠の対象も与えられることなく、ただ、四次防、五次防と装備を与えられているにすぎません。


これほどのことをいまの大学生のどのくらいが言えるだろう。どのくらいが書けるだろう。昭和六〇年、六一年、山口二矢《おとや》と小森一孝はともに一七歳で社会的大事件を起こし、小説にもなった。六〇年安保の政治状況が当時一〇代の少年たちまでも強く揺さぶっていたのだ。七〇年安保に向けた時代状況も青年たちを烈しく揺さぶった。小川の心もそれに共振していたのだ。しかし「行動の純粋性を保つ意味でも、かつ、自分自身の純粋性を保つうえでも沈黙を守るのが生き残った者の唯一の道」と言っているが、はたしてそれでよいのだろうか。つぎは小賀の供述書だ。

Ⅱ　小賀正義の上申書

天皇は歴史によって共に証明され、また歴史・文化・伝統は天皇によって断絶することなく、伝えられ、継承されてきたのであります。そして吾々は天皇のこの永遠の連続性の中に回帰し帰一するとき、吾々の過去から未来に向っての永遠性もまた見い出し得るのです。

日本民族の、民族的統一の唯一の中心としての御存在として、天皇以外にはありようがないので、祖先から受け継いできた日本の変らざる理念として吾々も子孫に伝えていく責任があり、日本を守るとは、最終的に天皇を守らねばならないのだと考えるのです。

現行憲法はその第一条に「天皇は日本国の象徴であり、日本国民統合の象徴であって、この地位は主権の存する日本国民の総意に基づく」とあります。天皇の地位は天皇が御存在するが故に、歴史的に天皇なのであって、大統領や議員を選ぶように多数決で決まるものではないのです。菊は菊であるからこそ菊なのであって、どのようにしてもバラにすることはできないのと同様に、天皇を選挙やそれに類するもので否定することはできないのです。もしや、それができたとしても、それは歴史を抹殺することに等しく、日本の終焉を意味し、正常な人間のするべき技ではないと考えます。それなのに「総意に基づく」とあるのは、現行憲法が西洋の君主概念を誤って天皇に当てはめ、天皇が国民と対立する、あたかもヨーロッパの暴君のように描き出したアメリカ占領軍の日本弱体化の企みで、この第一条に代表せられるように、日本の本質を欧米式思考方法で判断し、歴史を分断し、心のよりどころを無くし、日本を精神的に再起不能にしようとする意志の下に起草された草案を翻訳して作られた占領憲法であって、それ故現行憲法を真に日本人と自覚するならば黙って見過ごすわけにはいかないはずです。

戦争がないのが理想だからといって、これに備えないのは自己放棄以外のなにものでもないと思います。とりわけ日本にとっては、防衛力のない日本とは、何の防備もなく美女が犯罪の多い夜道を一人歩きするようなもので危なっかしい限りです。多くの日本人は永世中立のスイスを憧憬をもって語るけれども、スイス国人の日夜の軍事的努力を知っている人は少ないのではなかろうか。かの小国は、国民皆兵で瞬時も国防を忘れず、備えを怠ってはいない。

日本はヨーロッパや中国のように権力者の交替に断続してきたのではなく、万世一系の天皇の継承によって存続してきたのですから、正に日本の存在証明は天皇にのみあるのです。ですから自衛隊は最終的には「天皇国日本」という国体の護持に存在価値があって、シビリアンコントロールという制限は必要でしょうが、変遷していく政治権力にはないのであると考えます。

現行憲法では当然違憲であることは誰がみても明白で、その否定された憲法を自衛隊が就労としているのだから悲劇であります。それで苦情の拡大解釈によって合憲だとする政府の態度は欺瞞だと思うのです。しかし自衛隊を合憲だとする欺瞞性よりも、もっと悪魔的欺瞞なのは、米軍占領中に制定され占領基本法の性格をもつ現行憲法が、サンフランシスコ平和条約締結後も存在していることであります。つまり自衛隊が「悪」なのではなくて、当然あるべき自衛力さえも否定している現行憲法が存在することこそ「悪」なのであり、正にそれは戦後の元凶であると言うべきだと思います。

憲法前文は自国の生存を他国のお情けにすがっていくということであり、まったく独立国の憲法にいう言葉ではなく、隷属国のような態度で、そのお情けすらも完全にうけられるという保障すらどこにもないのであって、極言すればこの言葉こそ被占領の承諾文なのだと言えます。そう考えれば自衛権を持つことは占領軍に対する戦闘行為を示すから、第九条も納得がいくのではないかと思います。つまりもし他国によって我が国が生存を保持できるとしたらそれは隷属か被占領かにおいてでありましょうから、現憲法が存在しているということは、世界に向かって占領されることを挑発していると同様のことであるはずです。

かつて「美女」だった日本は老い弱り、強大化した近隣国に無防備同然の南方の島々を狙われる危機にある。さいごは古賀浩靖のものだ。

Ⅲ　古賀浩靖の上申書

占領軍にとっては「日本弱体化のため」に〝改正の必要〟があったかもしれないが、日本国の憲法を定める当事者たる日本国民には改正の必要などなかったと思われます。

自由意思の存在を必須要件とする憲法制定において、普遍妥当的な理法を欠き、「意思に重大且つ明白なる瑕疵《かし》」が認められれば、その法的効力は無効あるいは取り消されるのが法の建前ではないのかと考えられるわけです。第二次大戦後の西ドイツは、占領軍による新憲法制定の指令にもかかわらず、占領中は憲法制定の必須要件たるべき自由意思を欠如する故をもって、憲法制定を拒否し、その代わりに、「基本法」を制定し、しかもそれが占領中の暫定法に過ぎざることを、その前文に明記し、更に「将来ドイツ国民が自由な決意によって制定すべき」憲法の発効と同時に失効すべき旨を本文の末条に明記しているのである。

フランス第四共和国憲法においては、占領中の憲法改正を禁断せることを明文化している（中略）。それにもかかわらず、ひとり日本のみが、占領憲法たるも内容が美しければ、自然法に合致しておればよいではないかと、無気力に甘んじ、その「成立」の態様が、自然法に合致しておるか否かの問題に触れることなく、それを受け入れているのである。

個人の尊厳性は大いに謳《うた》うが、共同社会としての民族共同体・祖国・国家といったものの尊厳性はどこにも認められず、ただただ文化・伝統といったものを崩壊せる方向へ現憲法は導いているのであり、このような中から、真の憲法の権威は生まれようはずもなく、遵法の精神を国民から喚起させることもできないものと思います。

一連の欺瞞・虚偽のうえに、戦後の社会は上積みされてきたのである。そして事実的規律力よりも美辞麗句に飾られた形式的効力が優先するという幻影・迷信を内包してその欺瞞を隠蔽し、また、隠蔽し続けようとしているのである。その欺瞞の根元となっている現憲法、即ちポツダム宣言受諾以来の戦後体制の桎梏下より、精神的に脱却・克服することなくして日本の主体性と解放独立を回復する道はないと痛感するわけであります。

日本の国を愛し、世を憂い、日本の健全な発展を慮るものにとっては、日本の国を自縄自縛せる現憲法の荒縄を解き、真の主体性と権威と実力を備えた日本に回復させるためにも、憲法の改定を願わざるを得ないのである。

自衛隊は、己を日蔭者扱いにしている九条の根底をなし、戦後日本における占領体制の欺瞞の根源である現憲法を、又日本の歴史の連続性を否定し、文化・伝統の高貴を否定し、これらを骨抜きにした現憲法をこそ決然と衝くべきではなかったのか。そして戦後の汚辱を払拭し去って、そこに道義の支配する国家を回復すべきではなかったか。

自分の思想・信念において、一大変革ともいえる衝撃を与えられたのは、先日検事調書でも述べてありました通り、私が高校時代、生長の家高校生練成会を受けることによってでありました。そこには小中学校時代の学校教育を通じて教わることのなかった真の人間の存在なるものの価値、肉体人間の深い奥に確固として実在している生命そのものが自分であるという人間観に触れることによって私の価値観（人生観といいますか）、そういったものが自分の内で変化していくのを感じたのです。ここではじめて今まで知ることのなかった、大東亜戦争開戦時における天皇の御心、あるいは終戦時における天皇の御心等の事実を知り、利害打算、党利党略、私利私欲を超越して、一つには世界平和と国家・国民の繁栄・平和を願う一貫した無私の天皇の姿に触れ、胸打たれるものがあった。太古以来この一つの島の中に同民族が、同文化・同言語を使って連綿と続いてき、自らこの国を成してきたのだという誇り、そしてこの日本に生を享けた歓びを得たのです。

はなはだ概念的に云いますならば、日本の歴史の生命と自分の生命の一体化であり、祖国日本に流れている歴史的生命そのものが自分である。日本国家の生命が自分の生命なんだから、国家を生かすほかに自分を、生命を生かす道がない、祖国を生きることが自分が生きることなのだという確信を得たのです。そして人間はたとえ十年、二十年の短い人生でも、その人間の魂が歓べる生き方をすることこそ人間としての真の生き方ではないか。八十年、九十年生きたところで、魂が歓ぶことなく、自分の肉体に固執し執着して、なんら充実した人生を送らなかったならば、なんら人間としての価値がないのではないか。人間、肉体の滅ぶのを恐れることなく、魂の、精神の充実した歓びうる真剣な生き方をすることこそ、真の人間の価値ある人生ではないかと思ったのです。即ち、日本の国のために死ぬ、生命を捨てることは、生命が死ぬのではなく、生命が一層大きく生きることであり、永遠生命への回帰の扉を開くことになると思ったわけです。

また、国の存立の根本問題であるべき国防問題が、安保論議、憲法九条の解釈論議にすりかえられて、多くの疑問を内包しつつ、それらがなんら解決されないままに放置されて今日まできている。また、多くの日本人は欺瞞と虚偽との上ぬりを繰り返し、これらの事実を隠蔽し、天皇とともにタブー化し、無関心を装いつづけてきたことに、憤りをおぼえたわけです。そして、大学に入学し、「戦後の日本はこれでいいのか、このままでいいのか」という深刻な疑問とともに、日本の歴史と伝統に着目したところの、日本の建国の理念・精神を源泉とする歴史・文化・伝統を研究し、それを血肉化し体現して、新生日本の歴史を主体的に建設・創造していこうという主旨のもとに日本文化研究会を友人とともに結成し、ここで小賀正義君とも一緒に活動したわけです。

日本の現状を見るとき、自分はひたすら祖国の問題から逃避して、遊惰な自己満足にひたったり、勉学にいそしむか、政治的無関心の殻にとじこもっているというようなことはできなかったのです。

いざという時、日本の国を外敵の直接侵略・間接侵略から守る気概を持することは、この日本に生を享けたわれわれの義務であり、権利であることを痛感するとともに、肉体的訓練をとおして三島先生からその重要性を知らされたのです。

なぜなら国家は力なくして国家たり得ず、そして国家は国境の中にその存立の基礎を有している。領土を確保し、自己が国家であるとの保証は、一定の領土の不可侵性と主権の不可侵性を守ることであり、力の保持によって、それらを守らざるを得ないということであると思うからです。

お茶を飲み、お菓子を食べながら、いくら国防を論じ合ったところで、真の防衛の解釈にはならないのではないか。自分の体を駆使し、汗にまみれ、泥にまみれ、野山を駆け回り、自分自身で体得し経験する中においてしか、国防は語れないのではないかという三島先生に深い共鳴をおぼえた。

古賀の上申書は全体の体裁・文調が整っていなかった。いったん書き終え、署名し、さらに書き継いだ跡があった。他の二人に比べ、心の内は穏やかでなかったようだ。しかし主張は確固としている。改憲を強いた占領軍の横暴と日本の不甲斐なさを憤る。その一方、同じ敗戦国ドイツの毅然とした態度を讃している。西ドイツは占領軍の新憲法制定指令を拒み、「基本法」という名称で暫定法とした。そして独立してドイツ国民が自由意思で憲法を制定したらそれは失効すると定めたのだ。それに比べて日本は……と悲憤する。

古賀は小賀とともに楯の会の憲法研究の班に加わっていた。法廷での陳述と上申書の作成にその成果がフルに生かされている。刑期満了前に仮釈放され出所した古賀に、楯の会の仲間が、「何があなたに残ったんだ?」と訊いた。そうしたらゆっくり右の手のひらをただ上に向け、何かを持つようにしてその手をじっと見つめたまま一言もなかったという。古賀は自分が介錯し、斬り断った三島と森田の頭部を持ち上げ総監室の床に並べて安置した。その重さ、彼だけが知るその感覚を思い返していたのだろう。

裁判後ずっと沈黙を守り続けていた〝憂国三銃士〟だが、古賀（現在は荒地姓）が最近ジャーナリストの取材に応じた。手紙での取材に応じかけたことがあった古賀だが、直接取材に応じたのは初めてのことだろう。事件からの長い歳月が口を緘する覚悟を包む堅い殻を溶かしはじめているのだろうか。

あるジャーナリストは訊いた。

「三島と森田は、自分たちの死を誇れるのかもしれません。でも、生きていかねばならない三人は、どうすればいいのでしょう。その後の三人は、骸《むくろ》ではないですか」

古賀は、間をおかず「そうです、骸ですよ」と返したという。しかし骸のままでいてはいけない。刑期をおえた古賀は国学院大学で神道を学んだ。そして神主の資格をとるために関東のとある神社にしばらくいた。そのとき小賀や小川といっしょにそこで三島の御霊を弔った。元隊員の話によると、これがきっかけとなり楯の会の仲間たちが三島の祥月命日にその神社に集っているという。

佐々淳行への取材

三島事件を警察側はどうとらえていたのだろう。警察＝国家権力がこの事件に何がしか〝関与〟していたのではないかという私の疑問も含めて、それを探ってみたい。

自衛隊関係者と違い、取材に応じてくれる警察関係者はなかなかいなかった。事件や捜査について訊こうとしても、彼らには退職した後も公務員としての守秘義務がある。大手マスコミの記者でもこんな取材は難しいだろう。

だが幸いにも私は、事件現場に駆けつけていた警視庁人事課長・佐々淳行《あつゆき》（のちに初代内閣安全保障室長）に何度も会って話を聞くことができた。佐々はかねて三島と親交があったとされている。しかし多数の著書を物し、自分の体験を過剰と思えるほど綴っているのに、不思議にも三島にはほとんど言及していない。

香港領事館に出向勤務していたときの回想記『香港領事動乱日誌』（文藝春秋、平成九年）に、三島から民兵組織への協力を求められたこと、香港で便宜供与（観光案内や飲食接待）をしたこと、昭和四四年一月の東大安田講堂攻防戦を描いた『東大落城』（文藝春秋、平成五年）に「学生を飛び降りさせないよう、慎重にしてほしい、返事は要らない」という伝言があったこと、それくらいしか書いていないのだ。巷間伝わっているほど、三島と親しくなかったのだろうか。

だが実際には、佐々と三島のあいだにはこれまで秘められていた数々のやり取りがあった。三島や事件について今まで多くの関係者が語り、識者が書いてきた。しかしまだ沈黙を守り続けた人がいたのだ。おそらくその最後の一人が佐々淳行だろう。

最初の取材は平成二四（二〇一二）年一月、場所は青山通りから一本入った渋谷宮益坂近くの佐々の個人事務所だった。身体のあちこちに持病を抱えていると言いながら八〇歳を過ぎてなお意気軒昂だった。しかし翌年一二月末、体調を理由に事務所を閉じてしまった。同年一〇月まで計四回、事務所に足を運び、秘書を通してメールのやり取りもした。今から思うと取材はぎりぎりのタイミングだった。

事務所はかなり築年を経た三階建てビルの最上階にあった。入口を入った部屋にはスタッフの女性が二人いた。先客との打ち合わせが延びているというので、狭いスペースに置かれた椅子に体を押し込んで待っていた。しばらくすると先客が出てきたので、左奥の部屋に導かれた。そこに人なつっこい笑顔の佐々が坐っていた。きちんとネクタイとポケットチーフをしていたが、履いているのはマジックテープ付の黒の運動靴だった。脇に車椅子と杖があった。

東京・山の手生まれ

佐々は生まれた干支が昭和に入り初の午《うま》にあたる昭和五（一九三〇）年で、それにちなんで同年の仲間と「初午会」を結成した。粕谷一希、田久保忠衛、三宅久之、竹村健一、野坂昭如などがメンバーで、みんな今にも死にそうな持病を抱えているという。そのことを聞いた後三宅、粕谷、そして野坂が鬼籍に入った。佐々は間欠性跛行症で激痛が走ると歩けなくなる。白内障もある。糖尿もわずらっている。しかし胃瘻《ろう》などで延命治療されたくないと公正証書を作り、そうしないよう医者に言ってあるという。いまは都内の介護付き施設に入っているがその様子はわからない。

最初訪れたときに二人のあいだのテーブルにふと目を落とすと若い佐々の写真が置かれていた。いっしょに写っている人物に見覚えがある。佐々は、「その写真はあなたと入れ替わりに出ていったTVディレクターが若泉敬（佐藤栄作首相のもとで沖縄返還の秘密交渉にかかわった政治学者。その詳細をつづった原稿を編集者に渡して服毒死した）の特番に使って返してきたものです。私もコメンテーター役で出演するから見てください」と言う。写真は佐々夫妻と若泉を写したのだった。佐々の披露宴の司会をしたのが若泉だった。もう一枚吉田茂と佐々それに若泉他二名が一緒に写っている写真があった。警察にはいり海外赴任前に吉田元首相に離日の挨拶を申し入れると、将来有望な若者をいっしょに連れてくるように言われたのだという。

佐々の父弘雄は吉田と昵懇《じっこん》で何度も入閣を要請された。世田谷の自宅での弘雄の葬儀に袴に白足袋姿の吉田があらわれた。写真の他の二人は岩崎寛彌（岩崎彌太郎の孫）と新居光（大阪府知事新居善太郎の息子）で佐々とは東大土曜会の仲間だという。土曜会は左翼の六〇年安保闘争に対抗しようとした保守系の大学生やそのＯＢの集まりだった。三島はそんなバックグラウンドも持つ佐々に着目し民兵組織結成への助力を熱くつよく求めていたのだ。

平岡（三島）家と佐々家はともに東京山の手というハイソな地域にあった。両者の父親はともに東京帝国大学法学部卒で片や帝大教授（佐々弘雄は九州帝大教授で後に新聞記者を経て政治家）片や高級官僚（平岡梓は農商務省キャリア）で自身を含めそれぞれの兄弟姉妹の出身校はそろって男は東大法で女は聖心。家庭環境のレベルと知的親和性が高く両家の交流は自然に深まっていった。

佐々は物腰柔らかく誠意を持して対応してくれたが、質問したことにしか答えてくれない。つまり的確な質問をしなければ何も引き出せない。しかしそれは、三島由紀夫を知り過ぎているがゆえに持した態度だった。もうしゃべっていいと思ったのか、佐々は三島について秘めていた事々を少しずつ明かしていった。三島の肉声はレコードなどで残っており、インターネットで聞くこともできる。じかに聞く佐々の語り口はテレビなどでコメントしているときとはおもむきが異なり、かつての山の手言葉なのだろう、言葉遣い、語彙、イントネーションが三島とおどろくほど似ていた。

三島由紀夫の手紙

――佐々さんには四〇冊以上の御著書がありますが、いろいろやり取りがあったといわれている三島氏についてほとんど触れていません。世間では親しいと言われながら不思議なほど三島氏について語っていませんね。

佐々　武士の情けです。書けばいろいろさしさわりがある。こうやって訊かれれば答えます。瑤子夫人や弟の千之《ちゆき》が亡くなって二〇年近くになります。そろそろ話してもいいかなと思ったのです。

――三島氏との最初の出会いはどのようなものだったのですか。

佐々　私の姉が三島さんの妹と聖心で同級だった。その関係で姉が三島家に出入りしていて三島さんと知り合ったのです。昭和二〇年代前半の東大五月祭だったと思うが、三島さんが姉たちといっしょにいて紹介された。三島さんの弟の千之もいっしょだったかもしれない。千之は私と東大法学部で同期だった。三島さんは似合わない背広姿で、小柄で、瘦せで、貧弱な体格で、色白く、目立たない、シャイで人と眼を合わせようとしない、頭でっかちな、いかにも東大から大蔵省といった印象だった。そのとき話したのは、私の兄の克明が三島さんと法学部の同期だというようなことだった。

――佐々さんのお姉さんとは紀平悌子氏ですね。三島氏と三つ違いでそれぞれまだ学生の時からデートしていたのですね。手紙のやり取りもしていた。

佐々　それを姉が週刊誌に書くと、三島家から告訴するとすごい抗議を受けた。

――三島未亡人の瑤子さんからですね。悌子氏は昭和四九年の暮、三島氏から受取った何通もの手紙文をはじめて公表する「三島由紀夫の手紙」という連載手記を『週刊朝日』で始めました。それが瑤子夫人の逆鱗にふれ、四回目以降は手紙の一部引用にとどめられましたが一八回続きました。

佐々　姉あての三島さんの手紙は瑤子夫人から返却要求されて全部返した。

――私が連載から受けた印象は、二〇代そこそこの男女とは思えない、じつに哲学的で、シュールで、しゃれた粋なつき合いだったということです。悌子氏は三島氏の男性としての魅力のなさを述べ、恋心はなかったと語りながら、ある種の親しみ、敬慕の情は持っていた。三島氏からの手紙を今か今かと待ち受けていたと自らの心情を素直に述べています。御父上弘雄氏の葬儀に三島氏があらわれたこと、一家の大黒柱を失って生活が苦しくなったこと、学費をかせごうと渋谷で焼き鳥の屋台を出そうとしたこと、そうしたら裏の世界ともつながりができたこと。それらを自身の三島氏への想いとともにあるがままに記しています。

佐々の姉（紀平）悌子《ていこ》は昭和一九年から二三年にかけ、三島と交際していた。三島の妹美津子は終戦の年の秋に病没するが、二人の交際は戦後悌子が結婚するまで続いた。悌子の週刊誌への「三島由紀夫の手紙」という連載だが、売名行為と見る向きもあった。「三島を利用して名を売った女」という不本意なレッテルを貼られた。この企画が悌子に持ち込まれたのは、彼女が出馬し落選した参院選挙の前だったという。選挙後なら売名にならないと連載を始めたと言うが、世間の目はきびしかったのだ。この連載で悌子は、三島からの手紙をいまかいまかと待ち受けていた、と自らの心情を素直に述べている。

するどい感性がはりつめている手紙と会ったときに感じる「やさしさ」だけで私は満足であった。

「三島由紀夫の手紙」『週刊朝日』昭和四九年

「私、美津子の〝代用品〟かしら」。三島にとって自分は亡くなった妹・美津子の代わりだろうかと自問し、悩んでいたことも正直につづられている。悌子にとって三島への想いはプラトニックなものだった。

私が彼に愛情を持ったとすれば、青白い肉体でもなければ、ピアニストのような手でもない。「テコちゃん、ぼくの胸毛は濃いんだよ」と語っていた男っぽさでもないし、ロシア人が喜びそうな、あの黒いヒトミでもない。公威さんの「知性」だけが、私の愛の対象である。

しかし辛辣なことも述べている。

公威さんは、自信ありげにダンスに誘ったくせに、なんてヘタなんだろう。からだがコチコチになっている。とくに肩と腕に力が入り過ぎ、棒を飲み込んだみたいである。悪いけど、公威さんとはどうしてもチークダンスを踊る気になれない。それよりも公威さんとダンスをし、肉体が触れても「牡」を感じないのはどういうことなのだろう。

三島邸で「事件」があったと記している。ぼかして書かれているが、三島が悌子に迫ったようだ。しかし二人は一線を踏み越えなかった。

結末はついに来た。「バリケードがあるよ。どこを通るんだい」と、イスの間に立った彼。一瞬困惑。

だが、危険を感じない。もし、もしかになったら私は普通の女になってしまうのだ。私の愛は、そんな型でないし、彼に対して別の愛を持っている。私は、彼に兄のような愛情は持っている。私を理解している人として、どんなに貴重に思っていることか。断っておくが、この〝事件〟以来、公威さんを嫌いになったわけでも、不潔に思ったわけでもない。彼がなぜ、ああした行動にでたのか、しばらくわからなかったくらいである。彼と私の〝愛の表現〟の仕方、愛の認識そのものが、食い違っていたのかもしれない。

その悌子は平成二七（二〇一五）年逝った。享年八七。

『豊饒の海』に協力

――佐々さんの三島氏との付き合いはどうだったのでしょうか。

佐々　三島さんと出会ってから私は大学を卒業するといまの警察庁の前身組織に入った。一方、彼はどんどん文学作品を発表していった。だから私には縁のない人だと思っていた。しばらくは特段の交流はなく、パーティなどで見かけても挨拶するていどだった。そのうち三島さんは長髪を五分刈りにして、ボディビルや剣道を始めた。雑誌のグラビアなどに裸になった写真が出たりするのを見ると、見違えるように男らしくなっていった。一所懸命、男らしくなろうとしていたのでしょう。昭和三五年の第一次安保の頃、都内愛宕にある三島さんが好んでいた精進料理の醍醐で食事をしました。今はビルに入っているが、当時は木造の建屋だった。そのとなりにある青松寺は平岡家の菩提寺です。当時三島さんは、

「全学連はけしからん」というようなことを言っていた。

――三島氏の様子に変化があったのはいつ頃からですか。

佐々　突然三島さんから『喜びの琴』（昭和三九年）のサイン本が贈られてきた。それは金庫に入れて大切に蔵ってある。武士道に凝りだした時期から、私に急に接近してきた。しかし頭のなかが民族主義、愛国者になってきているとは知らなかった。

――『喜びの琴』の主人公は公安刑事です。それで佐々さんに献本したのでしょう。

佐々　いや、それにはワケがあったのです。ずっと秘密にしていたのですが、私はあの作品の取材に全面的に協力して職場のことを話した。三島さんは夜電話をかけてきて、一時間でも二時間でも切らない。脚本原稿を送ってきて、それも見てあげた。

――それなら献本は突然ではないですね。（笑）

佐々　『豊饒の海』にも協力した。当時宮城前は〝青カン〟のメッカで、覗き屋の生態についていろいろ話した。公園で抱き合っているカップルを覗き見するのは犯罪になるかと訊くから、公園で抱き合うのはすでにプライバシーを放棄している、だからそれを覗き見ても犯罪にはならないと言った。三島さんはそれを聞いて筋立てを変えたのです。

――それは第四巻『天人五衰』に活かされています。四巻通して登場する本多繁邦が覗き見をしていたアベックの殺傷沙汰に巻き込まれて誤認逮捕される筋立てです。場所は神宮外苑になっています。

香港での三島との密会

――佐々さんは昭和四〇年から四三年まで香港に赴任しておられましたが『香港領事動乱日誌 危機管理の原点』に現地で便宜供与した人たちの名前が列記されています。そのなかに三島氏の名がありません。しかし三島氏が香港に出かけた記録はありません。

私がここで質問した「便宜供与」だが、これは在外公館がやっている、平たく言えば旅行案内を主とするＶＩＰへの接待業務のことだ。香港は一九九七年に英国から中国に返還されるまで、日本人の行きたい海外観光地のベストテンに入る人気スポットだった。そんな香港領事館には霞が関の外務省から、公務出張の役人や政治家、学者、評論家、作家、さらに相撲取り、俳優、芸能人まで、各界著名人を接応するようひっきりなしに交信公電が入った。香港に用事がなくても他国の行き来の途中に立ち寄る要人もかなりいたのだ。佐々はそれらの名前を挙げている。

領事として香港で経験したことは危機管理や情報収集ばかりではない。いやむしろ、それ以外のことで忙殺されることが多かった。フィリピン大統領就任式出席の途中立ち寄った岸信介元首相一行、ジャカルタを訪れる川島正次郎代議士一行、小坂善太郎外相一行など政界の大物、桜田武氏ら財界人、衛藤瀋吉、高坂正堯氏ら学者たち、三島由紀夫、兼高かおる、新珠三千代、各氏のような作家や芸能人、大森実らジャーナリスト、三輪良雄防衛次官や小倉護前警視総監、後藤田正晴警察庁次長に秦野章警務局長ら官界の大先輩たち、などなど千客万来、……。

『香港領事動乱日誌』文藝春秋、平成九年

「それ以外のことで忙殺され」とはまさに便宜供与のことだ。これは公務だが香港政庁などとのアポ取りからホテルの予約、観光、買い物ガイド、食事までの世話がふくまれた。商社マンならまさにそれが仕事だが、警察官僚としては辛いものがあっただろう。佐々は、私の質問に答えて次のように語った。

佐々　三島さんから「ホンコンニテメンダンイタシタシ　ミシマユキヲ」という電報があったのです。搭乗機はトランジットで香港に降り立ったので啓徳空港の中でだけ会いました。

――正確な日付を確認できますか？

佐々　私の手帳の昭和四二年九月二六日（火）の欄に「三島由紀夫　BOAC915-AI105 stop-over」というメモがあります。その横に16：05と18：10という時間が書いてあります。これが飛行機の到着と出発の時間です。

――詳細な年譜によると、三島氏はその日にインド政府の招きで羽田から日本を飛び立っています。香港でのトランジットのわずかな時間をとらえまでして佐々さんにコンタクトしたのですね。その旅に瑤子夫人も同行していたのですが、いっしょでしたか？

佐々　いや、三島さんだけでした。

――三島氏は飛行機が落ちることを心配して、夫婦で同じフライトに乗ることを避けていたと言われています。瑤子夫人は別便だったのかもしれませんね。同乗していたのなら密談のときは空港内の免税店に行かされていたのでしょう。

佐々　啓徳空港に迎えに行った。機体に横付けしたタラップから降りてきた三島さんはまったく別人になっていた。これが細く、色白だったあの三島さんか！　と思った。猛獣狩りをするようなヘルメットをかぶり、半そで・短パンツに白い靴下のサファリ・ルックで、日焼けし、眼はするどく、精悍で、颯爽としていた。あれにはビックリした。リビングストンの探検隊のような、あるいはまるでマンガ『冒険ダン吉』の中に出てくる、ティピカル（典型的）な南洋行きといった姿だった。三島さんは「このままでは日本はダメになる。ソ連にやられる。極左に天下をとられる。自衛隊ではダメだ。警察もダメだ。闘う愛国グループをつくらなければいけない。自分は国軍をつくりたい。日本に戻ったら一緒に手を組んでやろう」と訴えていた。私は私兵創設よりもオピニオン・リーダーとして警備体制強化に協力してほしいと諌《いさ》めて別れた。

――佐々さんの同じ手帳の昭和四二年七月三日（月）に「5：30　帝国ホテル新館ロビー　三島由紀夫　民兵問題　彼もふみ切る」とありますね。このときはまだ香港だったはずですが。

佐々　その時はホーム・リーブ（帰国休暇制度）を利用して一時帰国していた。不健康地だと二年に一回、健康地だと三年に一回帰国できた。しかしその帰国は特別なミッションを背負っていた。中共の人民解放軍が香港に襲来したとき、在留邦人三千人をどう保護するか、日航も日本郵船もダメなら海上自衛隊が保護救助できるかについてだった。佐藤総理にも会った。私の帰国をどこかから聞きつけたのでしょう、三島さんから香港に電報が来て、都内で会いたいと言ってきたんです。

――そのときよりも香港での三島氏の姿と申し出の印象が強烈だったのですね。昭和四二年の夏というと、三島氏が〝平岡公威〟として、はじめて延べひと月半の自衛隊への体験入隊をしたすぐ後です。国防問題に気持ちを昂ぶらせ、民兵組織の立ち上げに協力してもらえる信頼できる自衛隊幹部を探していた時期です。それよりさきに警察関係では佐々さんにその構想を打ち明け協力を求めていたのですね。

佐々　しかし警察のだれもそんな話を受けつけなかった。彼の話を聞いていたのは私くらいです。

裏取り

香港領事館勤務となった佐々に「香港に立ち寄りたい。至急の話がある」と三島から電報が入ったのだが、佐々は当初次のように語っていた。

三島さんが泊まったのは九龍サイドのフラマホテルだったと思う。そこの金田中だったかで会食をした。そうしたら「このままでは日本はダメになる。ソ連にやられる。極左に天下をとられる。自衛隊ではダメだ。警察もダメだ。闘う愛国グループをつくらなければいけない。自分は国軍をつくりたい。日本に戻ったら一緒に手を組んでやろう」そう言うんですよ。

佐々にその日時を訊くと、「日本に帰国するちょっと前だったから、昭和四三年の春ごろだった」と言う。しかし三島はその時期に海外渡航をしていない。隠密で出かけたこともありうるが。

これは裏取りしなければいけないと思い、飯倉の外務省外交資料館に出かけた。しかし便宜供与の訓電などの事務的な書類はすでに処分されて残っていなかった。三島が佐々に協力を持ちかけたことは事実だろうと思ったが、その日時は重要だ。

私は佐々に以下の趣旨の手紙を出した。

三島氏が香港を訪れた時期ですが、年譜によりますと三島氏は昭和四二年九月二六日から一〇月二三日まで、インド、タイ、ラオスを訪れています。ここから推しますと、三島氏がサファリ・ルックで香港の佐々先生の前に颯爽と現れたのは昭和四三年春ではなく、前年の九月から一〇月にかけてだった可能性があります。行きは瑤子夫人同伴ですが、夫人はインドから一足早く帰国していますから、帰りに一人で香港に立ち寄ったと思われます。その月日が分る記録かメモがあれば助かります。三島氏の詳細な年譜は二つありますが、どちらも香港に立ち寄った旨記していませんので、香港への立ち寄りは微行だったのでしょう。先生と三島氏との会話の中身からすれば頷けます。

手紙を出し、メールをして待っていると、半月ほどして次のような返信メールが佐々の秘書からあった。

（略）本日、佐々立ち会いの下、佐々の当時の手帳を調べさせてもらいました。その結果、一九六七年九月二六日（火）の欄に「三島由紀夫　BOAC915-AI105 stop-over」という記述がありました。その横には「16：05と18：10」という時間が書いてありますので、これが飛行機の時間かもしれません。佐々の記憶では、三島氏と香港で会ったのは一度きりで、そのとき彼は帽子に半ズボン、白い靴下のサファリ・ルックだったと申しており、よく考えると、ホテルや領事館でお会いするならばそのようなカジュアルな格好ではないだろうということで、たぶん空港内で会談したのだろうとのことでした。

これで三島が香港の啓徳空港で佐々と会い、民兵組織の立ち上げについて強く熱心に協力を求めていたことが確かになった。さらにこのメールにはそれ以前に三島が佐々と「民兵問題」でひそかに会っていたことも記されていた。

また、ご参考までに、この年の七月三日（月）、佐々は日本に一時帰国中だったのですがこの日の欄にも、「5：30　帝国ホテル新館ロビー　三島由紀夫」との記述がありました。同じ手帳のノート欄に、「7／3　三島由紀夫　民兵問題　彼もふみ切る」ということも書いてありました。以上が、佐々が当時つけていた手帳にあった三島氏関連の記録です。

三島が楯の会を結成したのはこの翌年一〇月である。三島はその一年以上も前に、それに向けて「ふみ切」っていたことがわかった。佐々に民兵組織結成の構想を打ち明け、警察サイドにも積極的にはたらきかけていたことが明らかになった。じつはこのとき、早稲田大学国防部の森田必勝たちは、三島の仲介で自衛隊北恵庭戦車部隊に体験入隊しているさなかだった。民兵組織の核となる青年同志を得る目算もたち、「ふみ切る」決意をかためたのだろう。三島は香港の佐々に、昭和四二年二月に安部公房、川端康成、石川淳とともに中国文化大革命への抗議アピールを発表した記事なども送っていたという。そうやって日本から香港の佐々に緊密にコンタクトしていた。それだけでなく、佐々が一時帰国するとの情報をどうやってか入手してひそかに会ってもいたのだ。三島の詳細な年譜にある当日の行動はＴＶ番組への出演だけだ。

七〇年安保

——佐々さんは翌年の六月末に帰国しましたが、日本はどういう状況でしたか。

佐々　第二次安保（七〇年安保）要員として秦野章警視総監に呼びもどされたのです。休暇はたった一日だけで、警視庁公安部外事第一課長に就いた。そしてその年の一一月、機動隊を指揮する警備部警備第一課長になった。前任者（若田末人）は、前年の佐藤首相ベトナム訪問阻止と訪米阻止の二つの羽田事件やその年の10・21新宿騒擾事件で指揮をとったあと、ノイローゼになり失踪してしまった。当時の機動隊は専守防衛で大楯もなく、投石やゲバ棒で千人以上の重軽傷者を出していた。

私は香港の暴動を鎮めた英治安当局の攻撃的な対応を現地でつぶさに見ていた。警視庁も防戦一方ではなく催涙ガス弾を使用すべしと強く献策した。理解してくれそうな上司の土田国保さん、同期の富田朝彦、十八年組の川島廣守などに激烈な手紙を出した。それまで催涙ガス弾の使用は、警職法七条の「正当防衛のための武器使用」にあたると制限的に解釈されていた。しかし世界中の警察は催涙ガスを使っている、日本の警察もこれを使い、デモ隊の鎮圧に威力をもってあたり、警官・機動隊員の負傷を減らせるよう、同五条の「用具」とする解釈に移すことを強力に訴えた。それを言い出しっぺにやらせようと帰国させられた。そして翌年一月の東大安田講堂事件の修羅場に臨むことになった。

これはいままで話せなかったが、安田講堂で催涙ガスを撃ち尽くしてしまい、神田カルチェラタン騒動で自衛隊のガス弾を借用した。それは色も形も違う。マスコミに知られたらたいへんだから、夜が明ける前に東部方面隊情報部の平城《ひらじょう》弘通部長と二人で回収した。平城部長には、実戦部隊をデモ隊に入り込ませるのはやめろと言ったが、治安出動する気でいるから聞かない。デモに紛れ込んだ自衛官が何人か警察に捕まった。それが公になったらたいへんだから、刑事訴訟法を無視した〝佐々・平城協定〟で釈放した。めちゃくちゃな時代だった。

――当時の秘話ですね。情報将校の平城氏はそうやって警察とデモ隊の勢力状況をつぶさにして自衛隊の治安出動の機会を探っていたと言っています。佐々さんはその厳しい国内状況、難局に打ってつけと見込まれたのですね。帰国してから三島氏とはどうでしたか。

佐々　楯の会の打ち合わせに呼ばれて、制服のデザインや生地を見せられたことがあった。私兵づくりに協力するわけにいかないから、大したアドバイスはしなかった。機動隊を管轄する警備課長の時期、二回三島邸に招かれた。都内で毎日ドンパチやっているのに、三島邸で優雅にお茶をするのもはばかられたんだがね。

まず昭和四三年の年末、三島邸で楯の会の制服姿の隊員たちに引きあわされた。制服姿がマネキンのように見えて苦笑してしまった。三島さんは隊員を紹介して「防大の集団マスゲームで小銃担いで鍛えたんだ。いざという時はいつでも出動するぞ」と言った。私は「そういう精神は高く評価するが、それは機動隊の仕事です。サポートしてもらいたいが、制服を着て実際に参加することはあり得ない」と答えた。二回目の訪問時、「立派ないいデザインの制服ですけど、おもちゃの兵隊ですね」と言ったら三島さんはかなり怒ってしまった。

――それはドゴールの制服をデザインした五十嵐九十九《つくも》氏と三島氏の合作です。黄褐色の透明感のあるコハク色の地、赤いヒモがしつらえられたサイド・ベンツ、緑のハイ・カラーのえり、白のヘリにかこまれ浮き出された袖の後ろ側の縁、ズボンには一本線が入った上等なものです。

10・21国際反戦デー

――ところで三島邸以外ではどうでしたか。

佐々　東大の林健太郎文学部長が学生たちに軟禁されたとき、早く救出するよう電話をもらいました。安田講堂攻防の現場にも電話があって、学生を死なすなと。

――警察力が潰えて自衛隊が出動する状況がやがて訪れるだろう。そのとき民兵組織・楯の会が打って出て、自衛隊の出動まで暴徒を抑える。そこで死ぬか生き残っても直ちにいさぎよく自決して行動の責めを負う。出動した自衛隊は暴徒を鎮圧したあと、国会での憲法改正を求め国軍化を実現する。三島氏はそういうスキームを描いていたと言われています。それが昭和四四年の10・21国際反戦デーで完全にダメになった。

佐々　その10・21で三島さんから「おれたち楯の会隊員はどこで何をやったらいいんだ。配置場所を決めろ」と言ってきた。三島さんなりに一所懸命やっているし、ムゲに無用とも言えない。しかし民兵組織を現場に出すわけにはいかない。三島さんの申し出を秦野総監まで上げた。天皇を護るといったら納得するだろうと、「皇居前に配置せよ」と指示した。ところが逆に三島さんの怒りを買ってしまった。

あのとき新左翼は集会を新宿でやっていたから、皇居にはだれもいない。三島さんは「侮辱だ！　僕らは本気でやっているんだぞ！」とえらく怒ってしまった。仕方ないので新宿の警備本部にオブザーバーとして入ることを許可した。この日機動隊はあっさり暴動を鎮圧した。

そうしたら真夜中、三島さんから電話があった。「あなたは、とうとう我々に出番をくれなかった。あなたを恨みますよ。しかし機動隊は役に立たないと思っていたが、残念ながらよくやっている。現場の機動隊員は白い歯を見せ、笑いながらゲバを制圧処理した。僕の認識不足だった。これで出番がなくなった」と言っていた。三島さんは警察力を過小評価していた。

私は「あなたは文学というすばらしい世界にいる。機動隊がちゃんとやっているのを見たでしょう。治安・警備は僕らに任せなさい。あなたは『豊饒の海』に戻りなさい。それでノーベル賞をおとりなさい」と答えた。三島さんは「それはそうだけど……」と黙り込んでしまった。もう警察の協力は期待できないと思ったんでしょう。

――その直後の一一月三日、三島氏は楯の会結成一周年記念パレードを国立劇場の屋上でやりました。佐々さんも招かれましたね。

佐々　閲兵してほしいと三島さんから招待状が来た。現役の警備課長ですから上司にうかがいをたてると、警視総監に「困ったことだ。友だちとしてほどほどにあしらっておけ」と言われた。出かけて行って教練の成果をチェックする査閲官をやった。

その二日後、記念パレードを挙行した同じ建物の舞台で『椿説弓張月』の上演がスタートした。

英雄為朝はつねに挫折し、つねに決戦の機を逸し、つねに死へ、「故忠への回帰」に心を誘われる。彼がのぞんだ平家征伐の花々しい合戦の機会は、ついに彼を訪れないのである。為朝のその挫折、その花々しい運命からの疎外、その「未完の英雄」のイメージは、そしてその清澄高邁な性格は、私の理想の姿……。

プログラムの作者のことば

英雄為朝は英雄たることを熱望している作者自身である。一周年パレードの時点で、三島は自身の近未来を正確に覚っていた。

事件当日

――一周年記念パレードの観閲者は元陸上自衛隊富士学校長・碇井準三氏、演奏は同校音楽隊、招待者には作家、評論家、ジャーナリストはもちろんとして、浅丘ルリ子、市川染五郎、北大路欣也、佐久間良子、越路吹雪、中村晃子、内藤洋子、ミッキー・安川、村松英子、若尾文子、勝新太郎夫妻、倍賞美津子といった芸能人から横尾忠則まで名簿に刷り込んだのですね。週刊誌に取材を願うには、芸能人も招待しなければという三島の深謀遠慮だった。そうNHK記者の伊達宗克氏は事件直後に雑誌で述べています。伊達氏は三島氏から楯の会のマスコミ対策の相談を受けていたとも言っています。

佐々　我々は伊達を楯の会の一味、徒党と見ていた。

――そうだったのですか。伊達氏は事件の時三島氏に呼ばれて市ヶ谷にいました。しかしすぐ現場を立ち去り局にもどりました。警視庁から局に、事件関係者として伊達氏の居場所を訊いてきたからのようですね。

佐々　事件のあと、人づてに「佐々が協力していたら三島さんを死なすことは無かった」とはげしい調子で私を詰っていたと聞いた。檀一雄の『夕日と拳銃』の主人公伊予伊達家の一族らしいと思った。

伊達は警視庁での取り調べ時、佐々をそのように詰《なじ》っていたようだ。

――事件当日についてお話しください。あのとき佐々さんは桜田門の警視庁舎にいたのですね。

佐々　私は事件の四カ月前に機動隊の警備課から離れて、あのときは人事課長で土田国保さんの下にいた。土田さんから「君は三島の親友だからすぐ行って説得してやめさせろ」と言われた。私は「ムリですよ。もうすでに何人か斬られている。いくら友人だからといって止めると思いますか」と答えた。命令は絶対ですが、組織系統の違う私が現場へ行ったって何もできない。そういう命令は困るのです。秦野章さん、後藤田正晴さんからも、そういう場面によく駆り出された。それにしても凶悪な事件だった。三島さんは覚悟をしてやっていると思った。

――警察への第一報は一一〇番通報だったようです。

佐々　一一〇番通報は、警視庁の通信指令センターに直に入るようになっている。第一報は、「三島と自称する酔っ払いが市ヶ谷基地内で暴れている」というものだった。私はそれを部下から聞いた。

――伊達宗克氏の『裁判記録「三島由紀夫事件」』に「警察措置 事件発生直後とみられる午前一一時一二分、自衛隊からの一一〇番通報によって事件発生を認知、当庁では直ちに機動隊二コ中隊と私服一五〇名を現場に急行させ……」とあります。取材の結果、通報したのは、当時総監室と同じ階の別の部屋で会議をしていた業務畑の士官級の自衛官だったことがわかりました。

佐々 私は幹部でも自衛官でもない、事務員か門衛あたりだと思っていた。

――そうでしょうね。その自衛官は警察と通じていたかもしれません。上司の了解・指示を経ずに勝手に一一〇番をしたのは異常な行動です。上官、同僚たちが次々に総監室に突っ込んで行って日本刀で斬られるのを、ただ後ろで見ていたそうです。

佐々 突っ込んでいった者のケガには後ろキズもあって問題になり、批判された。

――私は三島事件の裁判記録の閲覧を東京地検に申請し許可を得ました。一一〇番通報の部分を確認しようと担当官に出してほしいと頼んだのですが、「記録の中にない。伊達氏が独自に警視庁に取材して入手したものではないか」と言うのです。たしかにそれは伊達本に「警視庁の捜査報告書」と書かれています。「事実認定は裁判で重要なはずだから、記録にないわけはないでしょう」と食い下がったのですが、担当官は「ないものはないし、必ずしも裁判に必要なものではない」と言いました。

佐々 警察は出さないでしょうね。だって、第一報が「三島と自称する酔っ払いが市ヶ谷基地内で暴れている」ですから。(笑)

――その第一報だけで、「直ちに機動隊二コ中隊(約百名)と私服一五〇名を現場に急行」させたのですか。手際がよすぎる、早すぎると思いますが。当時東部方面隊と警視庁のあいだで、基地内の問題に警察は関与しないとの取り決めがあったと、佐々さんのカウンターパートだった平城氏から聞きました。どうしてすぐ機動隊を出動させたのですか。

佐々　私が警備課長のときに東部方面とそういう取り決めがあったことは承知している。だが、その後どうなったか知りません。当日私は指揮をしていない。私は人事課長だった。その車でサイレンを鳴らさず現場に向かった。車中で警備無線を聴いていたら「三島由紀夫割腹し、介錯を受け、首が千切れている。生死は不明」と流れた。ああ、もう、終っちまったか。でも生死は不明、ひょっとすると重傷なのかと思った。無線に割り込んで「救命措置を優先！」と入れた。

その無線をある新聞社（註・毎日新聞）が盗聴していたようです。特ダネだと思って「三島を乗せた救急車が三宿の自衛隊中央病院に向う」という大誤報を打った。誤りに気づいて、すぐ改版して次の版から消したが、私はいまもそれを持っている。

現場に着くと「脈はあるのか、体温は？」と、牛込署の三沢由之署長に訊いた。すると、「ちょっと課長、来てください。これで息があると思いますか」と言う。宇田川信一管理官の「三島由紀夫の首と胴体の距離、約一メートル」という現場からの無線連絡が最も的確だった。すさまじい現場だった。赤絨毯の上を遺体近くにすすむと、靴の下がジュクッとした。血を吸い込んでいたんだ。遺体には楯の会の制服がかけられていた。まだ現場検証前だったが、それを外して見た。三島さんはものすごい精神力と鍛えた腕力で、脇腹まで切りまわしていた。日本刀の関の孫六は介錯で前へ流れて床を叩いたのか、ひん曲がっていた。床に三島さんと森田の首が並べられていた。三島さんはすごい形相だった。舌が歯の間から出ていた。首の後頭部が斬り込まれ、切り口はギザギザとして、支えるものがないと転んでしまう状態だった。

自決した三島の首は目を見開いていた。しかし現場にいた自衛官が写真を撮られる前に瞑目させた(『文藝春秋』平成一三年一月号)。川端康成は当日昼、青山葬儀所にいた。そこで三島の変事を聞き、タクシーを飛ばして市ヶ谷駐屯地に駆けつけたのは一時半すぎだった。遺体となった三島のいる本館二階の踊り場まであがったところで、現場検証中の牛込署の署員によってそれ以上の立ち入りを阻まれた。

――益田総監の様子はどうでしたか。

佐々　現場から救出された益田さんの顔は真っ青だった。三島さんたちは総監にひどい屈辱を与えた。総監にあんな恥をかかせてはいけない。生き残った総監は気の毒だった。斬っちまったらよかった。そうしていれば、五・一五事件、二・二六事件になっていた。総監が猿轡され縛られた写真があるが、(その写真が)あること自体を秘密にした。三島さんの生首は出てしまったが、これは絶対に出さない。出したら息子(後に同じ東部方面総監に就いた)には屈辱だろう。

――しかし縛られた総監の写真はインターネット上に流れていますし、もう週刊誌のグラビアに出てしまっています。三島氏たちは決起の四日前まで32連隊長を人質にするつもりでいました。その連隊長が当日不在だとわかったので、急きょ人質を益田総監に変更しました。しかしその扱いを変更する猶予はなかったのでしょう。当初から総監が人質にする標的だったら、違った段取りだったかもしれません。総監は事件から三年後に五九歳で亡くなっています。元自衛官たちに会って直接訊いたのですが、総監は憤死したとも医療事故死だったとも言っていました。私は息子さんにインタビューを申し込んだのですが、「事件のことはよく知らない。父からも事件のことは何も聞いたことがない。私は何も語れないと思う」と断られました。

佐々　警察は益田さんを心配して、しばらく様子を注視していた。もし自決だとしたら、（事件から）三年後は遅いだろうが、自死に近いかたちだったと思われる。

東部方面隊で益田の直属の部下だった平城は私に総監の死は無念の憤死だったと言った。告別式がなく弔うことができなかったのだ。一方三島に断られた寺尾克己は私に、医療事故が死因で告別式に出たと言った。それはいつどこであったか訊くと、しどろもどろになった。私は総監の死に疑念を持っている。子息の人事も親が事件の責任をとらされて辞職したほかに、その死因を隠ぺいするためだったのかもしれない。新聞は腸閉塞により病院で死亡したと報じているが、特段のことがないかぎり遺族の発表のまま書くという。病院もまきこんで組織ぐるみで隠ぺいしたらどうしようもないが。

警務隊が出動していたら……

――なぜ、自衛隊は武器使用が許される基地内の警務隊を使わなかったのでしょう。

佐々　それは実戦経験のない自衛隊はひ弱で、自分でやる度胸がなかったのでしょう。剣道五段が日本刀をふりまわしていたら、拳銃の使用は許されるのですが。

――非常時にのぞんで当時の警察力は戦後最強だったと思います。日大夜間部卒で警視総監に就いた秦野章氏をはじめ、学歴にとらわれない能力・人物本位で警察幹部が登用されていました。昭和四四年一一月、大菩薩峠事件がありました。警視庁と山梨県警の部隊が赤軍派アジトを急襲して五三名のメンバーを凶器準備集合罪で現行犯逮捕し、刃物・鉄パイプ・爆弾・火炎瓶などの兇器・武器を押収しました。警察公安は面目躍如の大殊勲を挙げました。

佐々　そういうことですが、自衛隊が警務隊を出さず警察に頼ってきたのは、相手が三島さんだったせいもあったろう。あれは戦後の歪みが出た異様な事件です。

――三島事件は主にノーベル文学賞級作家の自害という面から語られてきました。しかし国家の危機管理体制という面から見たとき、これほど危ういことはないと思います。民間人に基地に入られ、曲がりなりにもクーデターを起こされてしまったわけです。

佐々　東部方面総監部が数人の私設軍隊に占拠され、そこのトップが人質にされ、しかも警察に出動を要請した。本来は警務隊が拳銃を使ってでも鎮圧すべきだった。しかしもし警務隊が出て行って三島さんをやっていたら、政治的にたいへんな問題になっていた。いずれにしても当時の陸幕は腰抜けです。滑稽きわまりない軍隊です。虎がネズミに襲われて猫を呼んだようなものですから。いまもこの状態は変わっていない。歪んだままです。警察にしても、相手が三島さんではイヤです。手を出せません。

楯の会、いや、三島の存在そのものが、自衛隊と警察力という二つの公権力の行使の隙間を生み出してしまったということか。この大逆説を、切腹に向かいながら三島はすばやく察知したのだろう。腹に突き立てた刃の先が深く体内に押し込められ、それが膝から上の半身に痙攣《けいれん》によるはげしい上下前後動をもたらし、介錯に四太刀も要した所以だろう。しかもそれは床に残った血の飛沫の跡、そして介錯した古賀が血を浴びていないことからして、押し切りだったと思われる。

楯の会をマーク

――警察も銃器を使わず、ただ取り巻いて見ていただけなのは、そういうことだったのですか。ところで、ある楯の会の隊員が事件直後、警察の公安担当から「大学一年の時から知っとった。日本学生同盟（民族派学生組織）の頃から、十二社《じゅうにそう》グループのことを記録つけておった」と言われたそうです。そこに楯の会学生長・森田必勝が住んでいました。公安は必然的に三島氏の行動もマークすることになったはずですね。

佐々　楯の会はマークしていた。しかし三島さんは、まさかそんなバカなことはしないと思ってしていなかった。

――三島氏と決起行動を共にした森田氏と小川氏は十二社グループの中心人物です。三島氏は森田氏たち楯の会隊員たちとの決起の打ち合わせや予行演習を、主として都内ホテルの個室をとってやっていました。ですから公安は三島氏の動きを容易に察知できたはずです。事前に盗聴マイクを部屋に仕掛けるとか、壁越しに傍聴するとかしていたのではないですか。

佐々　盗聴や通信傍受は、当時警察庁長官承認事項です。やろうとしても、止めとけと言われるに決まっていた。楯の会に虞犯性《ぐはん》（註・犯罪をする可能性）はあったが、そこまでする離反団体と見てはいなかった。

――当時の自民党は三島氏を参議院選挙や都知事選挙に熱心に誘っていました。三島氏は自決の二年前から前年にかけて、保利茂官房長官としばしば会っています。昭和四四年の五月か六月頃、三島氏は自衛隊で信頼していた山本舜勝氏を伴って都内の料亭で保利氏と会食しました。その後、保利氏はわざわざ山本氏を官邸に呼び出し、三島氏にただならぬものを感じたと言い、厳しい口調でその動静を質したそうです。そうなら保利氏は警視総監か警察庁長官にそれを伝え、警視庁の公安三課（右翼担当）に三島氏を内偵するよう指示していたのではありませんか。

佐々　それはないでしょう。三島さんの盗聴、尾行はしていなかった。それほど警察は三島さんを重視していなかった。

――事件直後の東京新聞（昭和四五年一一月三日）に、次のような公安三課長のコメントが載っています。「そりゃあ、楯の会は一応マークしてましたが、ああいう立派な人のことだから、まさかバカなマネをすることはあるまいと（中略）まあそこが手抜かりで大いに反省しています」とあります。椅子に座り、頭をかく反省のポーズをとる写真入りの記事です。警察がみずからの手落ちを素直に認めるとは奇妙で、異例だと思います。そのとおりだとしたら警視庁の大失態ではないですか。国民と自衛隊に手落ちを詫びなければならない事態だったのではないでしょうか。それにしても、佐々さんの先の発言とずいぶん似てもいます。

佐々　警察は三島さんが直接行動に出るとは予想だにしていなかった。

佐々は「楯の会はマークしていた。しかし三島さんは、まさかそんなバカなことはしないと思ってしていなかった」と私に言った。一方、事件後、マークしていたなかに森田が含まれていたことを公安は洩らしている。ならばマークの網のなかに三島は自然に入ってきていたはずだ。私は、三島と親しい佐々が事件の四カ月前に機動隊をつかさどる警備課長から異動になっている点が気にかかっていた。もしそのままであれば、佐々は三島を捕縛しなければならない立場だったのだ。

――佐々さんは事件の年の七月に機動隊を揮下に置く警備課長から人事課長に異動しています。これは三島氏が決起したら、佐々さんが友人を捕縛しなければならない。その事態を回避した人事ではありませんか。

佐々　それは穿《うが》ちすぎです。人事課長への異動は栄転です。それまでの功績への評価です。前任者は四、五年上だった。もし私が警備課長だったら、機動隊を出動させていません。自衛隊に自分で処理させた。平城氏がいたら彼が鎮圧していたろう。

佐々は「穿ちすぎです」と私の疑義を一蹴した。しかし警察上層部は本人に知らせずそう計ったのかもしれない。さらに佐々と同時に、激烈な羽田闘争、新宿騒擾、東大安田講堂攻防戦で奮迅のはたらきをした第五機動隊長の青柳敏夫が特命担当の警備部付に、その同僚の二機隊長の三沢由之が牛込署長に異動している。牛込署は管轄範囲に自衛隊市ヶ谷駐屯地を持っている。そこで何かを起こそうとしている楯の会に対する人事シフトに思える。佐々のカウンターパートで旧陸軍士官の平城が事件の四カ月前に市ヶ谷基地から六本木の陸幕本部に異動した人事も同じだ。平城は自分が市ヶ谷にいたら精強な自衛官一〇人ほどに防具で備えさせ木銃を持たせ三島たちが立てこもった総監室に即座に突入させていたと無念の思いを語っている。

私が東京地方検察庁で閲覧した事件記録によると「同年六月一三日同都赤坂葵町三番地ホテルオークラ八二一号室に右の三島ほか三名が集合した際、三島は、自衛隊は期待できないから、自分たちだけで本件の計画を実行する、その方法として、自衛隊の弾薬庫を占拠して武器を確保するとともに、これを爆発させると脅かすか、あるいは東部方面総監を拘束して人質とするかして、自衛隊員を集合させ、三島らの主張を訴え、決起する者があれば、ともに国会を占拠して憲法改正を議決させるという方策を提案した」。時系列的に以上の警察と市ヶ谷の異動は三島たちの計画推移と符節があう。

――ところでアメリカ政府から事件について問合せはありましたか。

佐々　政府というか、私が三島さんの友人ということもあり、ＣＩＡの知り合いから非公式に接触があった。飯でも食おうとしつこく誘われた。「この事件は何なんだ。三島は右翼か？　現職の政治家の誰とつながっているんだ」などと、根掘り葉掘り訊いてきた。私は「三島は右翼ではないし、政治的な背後関係もない」と答えた。

アメリカ政府がこの事件に強い関心を持つのは当然だ。戦前のような国粋主義の台頭、世論の右傾化、軍国主義の復活を危惧したからだろう。

三島家への微行

――さて、佐々さんの手帳の事件翌日の欄に「平岡家と屢々《しばしば》電話連絡」とありますが、相手は誰だったのですか。

佐々　父親の梓さんが直後から何度も電話をかけてきて、頻繁に連絡をとり合った。事件から一月ほど経ったころ、梓さんから会食に来るよう呼ばれた。

――佐々さんの手帳の昭和四五年一二月二〇日に「6－9：30三島家弔問　平岡家で両親と食事」とあります。このことですね。夕方から三時間半もいたのですね。

佐々　あれだけの事件をおこした被疑者宅に警察官が行ってごちそうになるのはまずい。世間が知ったら、警察は手心を加えるのではないかと予断をもつ。上司に相談して、この日は友人として行った。両親、瑤子夫人、弟の千之もいた。会食は両親の住んでいる和風の邸の方でした。瑤子夫人は加わらず、母親はときどき顔を出した。鶏の照り焼き、胡麻豆腐、もずく、かまぼこ、白味噌汁と、ごく普通の和風の手料理で、日常生活を取り戻しているようだった。瑤子夫人は相当無理に気丈にしていて、過労の色が濃かった。「弟がジャーナリズムによけいなことを言わないように言ってくれ」と頼まれた。千之とは親しくしていて、彼が受け取った私信（ラブレター）の束を、ある事情からあずかったこともあった。彼は見た目と違って、なかなか豪快なところがあった。

三島さんは日常的に私のことを家族に話していたこともわかった。三島さんから聖セバスチァンに扮した裸の写真を見せられて、「いまは胸毛が黒々としているが、五〇歳になるまでには白くなる。あまり裸にならないほうがいい」と言ったことがあった。夫人から、三島さんがそのことをずいぶん怒っていたと打ち明けられた。（笑）相手は五つ上の文豪だが、私はそういうことをズケズケ言った。夫人はそんな私を好いてはいないようだった。

——姉上とのこともありましたから。三島氏にとって白髪の胸毛の老いた自分を想像することは、ずいぶんこたえたでしょう。

佐々　私はひ弱な三島さんには武の世界はムリだと思っていた。身体を鍛えて、それを裸になって見せて武の世界に来ようとしていて、気の毒に思った。三島さんは精強な機動隊隊長の私が内心うらやましかったのだと思う。楯の会の隊長になって、私に張り合おうとしているように見えた。それを私が事々に貶《けな》すものだから、本気で怒っていた。

——男三人での会食の場ではどのような話が出たのですか。

佐々　千之が、瑤子夫人に三島さんのライターか何かを形見にもらいたいと言ったら、断られたと言っていた。瑤子夫人にあてた遺書も見せてもらった。そこには、「葬式は平岡家として仏式でやり、森田と二人同格で一緒に神式でもやること、その新聞告知のやり方まで指示されていた。墓所を確保してあり、ブロンズ像を立てた墓を建てること、馬込の自宅を〝三島記念館〟にして家族は別のところに家を建てること、楯の会は一周年で解散することなども書かれていた（佐々がそのポイントをメモした手帳の箇所の写真。二四一頁）。

——夫人あての遺書の内容はいままで一切おおやけになっていません。まずブロンズ像ですが、三島氏が事件の年の春四〇センチほどの自分の裸像を造らせていたこと、等身大の裸像も粘土原型まで造らせていたことは知られています。粘土像は自決の三日前に夫人と子どもたちに見せています。しかし自分の墓に置こうとしていたことは知られていません。それが裸像制作の目的だったのですね。馬込の自宅を記念館にしたかった三島の遺志もいままで知られていません。

夫人あての遺書の内容については第四章で詳しく論じる。三島の遺書を最初に見つけたのは、平岡家、そして三島の妻の実家である杉山家の双方とつながりのある湯浅あつ子だった。彼女は最近亡くなったが生前、見つけた経緯を話している。湯浅は事件当日、すぐ三島家に駈けつけていた。

家族は、だれも、未だ、公ちゃん（註・三島由紀夫）の部屋に行って、なにごとも確かめて居なかったんですよ。それで私が、最初に、二階にあがりました。ちょっと膨らんだ封筒が目立つように置いてあるのに気づき、上書きに「急を要す」とありましたので、すぐに、階下へ戻って、おじさまとおばさまへ渡しましたが、これが遺書でしたのよ。全部で四、五本ありましたね。私が書斎から持ち出して、平岡の両親に直に渡したので、ほかの人たちは調べようがなかったのではないでしょうか？なかには弁護士に宛てたものもあり、印税に関することなど、公ちゃんらしい、細かい指示が書いてあったようです。瑤子ちゃんへの遺書も直接、私が渡しました。

岩下尚史『ヒタメン』雄山閣、平成二三年

三島の遺書は封筒の数以上あった。それが身内、友人、楯の会、弁護士というように関係者ごとに仕分けされ封筒に入れて書斎に残されていたのだ。佐々がそれらを見せられたのはひと月後である。それらは警察に押収されたが、そのまえに梓がすべてのコピーをとっていた。その梓が千之と計らって佐々を呼び、佐々にそれらを見せて爾後の相談をしたのだ。伊沢あての遺書の中身はいまだに明らかになっていないようだが（三島の伊沢あての書信も同様のようだ）、裁判で弁護人がその一部を援用している。

遺体には楯の会の制服を着せ、白手袋をはめて軍刀づくりの刀を持たせ、その写真を撮っておいてください。家族は反対するかもしれませんが、小生が文士として死んだものではなく、武人として死んだことを確認したい。

筆者が閲覧した裁判記録

遺族はこれにもそのとおりに従わなかった。楯の会あてには隊員全員と一隊員の倉持清あてのものがあった。これらはすでに公開されている。ほかに生き残って被告人となるだろう（実際にそうなったが）三人（小賀、小川、古賀）の弁護を依頼する斎藤直一あてのものもあった。佐々の手帳の別の箇所に「遺書千之宛　罪は九族に及ぶことはないから迷惑はかけない」とのメモもあった。

佐々　瑤子夫人と会ったのはそれが最後で、千之とはそれからもたびたび会ったが、事件の話は避けていた。

――三島氏は市ヶ谷で本当は何をしたかったのでしょう。

佐々　彼の美学で切腹したかったのだろうと思う。自分の死を美化して死にたい。でもキツイことを言えば、みんなに迷惑をかけて、何をしようとしたのか、じつはよくわからない。彼は自衛隊が決起すると信じていた。ところが何も起きなかった。罵声を浴びただけだった。ほんとうに失望したのは、あの市ヶ谷でだったのだろう。そろそろ三島由紀夫の名誉を回復してあげたい。

——御自身の半生を振り返って、いかがですか？

佐々　私の三五年余りの警察官人生は矩を越えない、しかしスレスレのものだった。軌道を踏み外さず、ちゃんとその上を走ってきた。しかしその軌道は狭軌なのに、私は広軌で一方の車輪はガリガリ地面をかんでいた。由比小雪や丸橋忠彌を助けた松平信綱のようだった。警察を離れてからは終点のない無限軌道でスピード制限もなくなった。（笑）セシル・スコット・フォレスターの軍人冒険小説『ホーンブロワー・シリーズ』の主人公は実在の提督で、死後何年か秘密にされた文書を元にしているそうだ。私はそれを自分で書いてしまった。そんな思いです。

佐々の手帳には、村松剛が佐々に電話で、「私も疲れた、死にたい。人には言えないが、あんなのないよ。抜け駆けの軍律違反だよ。後に残された者はどうなるの」と話していたと記されている。「あたまを攘夷せよ！」と言われたままあの世に逝ってしまった三島への偽らざるホンネだろう。

国家による〝未必の故意〟

先に提示した、警察が市ヶ谷駐屯地に即座に出動したことについての疑義だが、これを解明するカギが、小川正洋が中曾根康弘に尋問した裁判記録の中にあった。

小川　当時長官であられた中曾根さんには、報告を受けたと思いますが、あの日誰がどのような方法で自衛隊市ヶ谷の駐屯地内に機動隊を呼んだのかというような報告は受けておりますか。

中曾根　あのときには、そういう具体的な報告はありませんでしたが、その後調べたところによると、あの事件が起きた直後に一一〇番で警視庁にすぐ連絡して、それから四分か五分後に牛込警察署に直通電話で署長にそれを通知して、そして協力要請をしたと、そういう事実はあります。

小川　首都防衛の任にあずかる市ヶ谷部隊に事が起ったときに、自衛隊の力でそれを解決せず、警察を呼ぶというようなことですね、これがもっと大きくなって、国になった場合も、自衛隊は警察を呼んでやってもらうんじゃないかと、そのような考えを持ったというの、私自身聞いているんですが、その点どうなんでしょうか。

中曾根　それは相手が三島君のような特別の人であったから特に社会的影響を考慮して、**警察を正面に出せと私が指示した**のであって、もちろんあそこにおった幹部諸君は、そういう三島君というような社会的に影響力のある人のことであるから警察を呼んだということであったろうと思うんです。問題の場合でも、警務隊はあの部屋を包囲して私はその処置を不適切であったと思ってないんです。普通の暴徒が入る場合には自衛隊がちゃんとやるでしょう。この間の然るべき処置はとっておったけれども、そういう三島君のような影響力のあるような人の問題であるから、警察を表に立ててやるという方法をとったんだろうと思うんです。いつも一一〇番を頼むということではありません。

小川　隊員の中に尊敬する上官が捕えられてしまったときに、少なくとも命を投げうって上官を助けるという人がいなかったという報告は受けていますか。

中曾根　そういうことはありません。あのときはいろいろな客観的な判断をして、三島君がやった事件が覚悟の事件であって、もし必要以上にあの壁を突破して行動に出れば、三島君のためにも不幸であるし、また益田陸将の命も危ないと、こういう判断に立って彼らは益田君を生かし、三島君が念願していたことについても、ある程度の同情を示しつつ、ああいう処置をとったんだろうと思うんです。覚悟の事件だということをある段階に来て直感して、ああいう処置がとられたんだろうと思うんです。

（太字筆者）

このやり取りには、事件のなぞを解くいくつかの重要なキーがある。市ヶ谷駐屯地から警察への通報だが、一一〇番通報をしたのは総監室近くにいた佐官級の自衛官で、指揮命令系統を逸脱したイレギュラーなものだった。これは取材で突きとめた。この中曾根の証言で初めてわかるのは、自衛隊がその四、五分後に直通電話で正式な出動要請をしていたことだ。

平城によると、警察と東部方面隊のあいだには、直通電話回線での連絡網が四つ設定されていた。そのどれかで一一〇番通報とは別に、やり取りをしていたのだ。佐々は市ヶ谷地区を管轄している牛込署がそのなかに組み込まれていたことを認めている。さきにも述べたが、伊達宗克の『裁判記録「三島由紀夫事件」』では、一一〇番通報がなされたのは一一時一二分、保阪正康の『憂国の論理　三島由紀夫と楯の会事件』（講談社　昭和五五年）では、同二二分となっている。

中曾根は法廷で、事件の第一報を受けたのは（国会開会中の）「一一時半から一一時四〇分くらいの間」と証言している。一一〇番通報が二二分だったとしても、長官への報告前にその了解を得ずに自衛隊は警察に出動要請をしていたのだ。中曾根は『天地有情』（文藝春秋、平成八年）で、陸上幕僚副長・竹田津《たけだつ》護作から、自衛隊は手を出さず警察に鎮圧を委ねる旨の連絡が入ったのは、国会開会式が終わり事務所に移動して着替えていたときだと述べている。竹田津は中曾根長官の了解なしに警察に出動を要請し、事後報告していたことになる。

この記述は中曾根が事件直後の一二月一日に日本外国特派員協会でした「**警察を使ったということは私がそのように指示したのであります**」との発言や右の法廷証言と矛盾している。会見はいいが法廷では偽証したことにならないのだろうか。いずれにしても事件当時は諸事情からあいまいにしていた自衛隊内への警察力導入の経緯をようやく明かしたのだ。いっぽう事前に官邸をとおして警察と防衛庁の長官どうしが情報を共有していた可能性もある。

以下は私の見立てである。

中曾根は法廷で、「三島君がやった事件が覚悟の事件であって」、「三島君が念願していたことについても、ある程度の同情を示しつつ」、「覚悟の事件だということをある段階に来て直感して」と言っている。中曾根は「直感して」ではなく、三島が自決することを親しい交流からわかっていたのだろう。だから自決したいなら「同情を示しつつ」やらせてやったということなのだろう。警察は三島と森田が自決すること、三島が総監を殺さないこと、残った三人は投降し総監を無傷で生きたまま解放することをつかんでいたのではないのだろうか。

そうだとしたら冷徹な国家理性の〝未必の故意〟のもとに三島、森田は逝ったことになる。この〝未必の故意〟が三島の死を完遂させ、完璧なものにしたことになるのだ。中曾根の法廷証言ははからずも秘めた杳《くら》い国家意思を垣間見せているのではないだろうか。そうなら、戦後「欺瞞から出発し」「細菌のように欺瞞を時々刻々増殖させることによってしか維持できない」「こっちが攻撃をかければかけるほど、欺瞞の耐性も繁殖力も強くなってしまう」(『天人五衰』)国家だということになる。国家の権力中枢は事前に、三島が自決したいのなら、そうさせてやろうとハラを決めていたのではないだろうか。三島はあの場で非情な国家理性を覚知したのではないだろうか。

警察はつかんでいた!

私はもう一度佐々に会って、警察の対応は、本当はどうだったのか確かめたい気持ちに駆られた。佐々は事務所を閉じてから都内の介護付き施設に入っていた。しかし新刊を上梓しテレビ出演もこなしているから元気なのだろう。私が電話を入れると佐々が出た。相変わらず元気な声で取材に応じると言う。

その施設に行き応接室で待っていると、佐々は男性秘書に押された車椅子に乗って入って来た。そこで跳びあがるような証言が飛び出したのだ。

――晩年の三島氏は間違いなく死にたがっていましたね。

佐々　切腹したい、死にたいとよく言っていた。家族はどうするんだと言うと、もうどうでもいいんだよと言っていた。

――しかし市ヶ谷の自衛隊の中では、時間を要する切腹死はすんなりいかない、そう思っていたはずです。

佐々　三島さんは阻止されると思っていたでしょうね。

――そうです。死ねないほうに賭けていたと思います。佐々さんは以前、「警察は三島さんが直接行動に出るとは予想だにしていなかった」と言われました。事件直後の新聞に公安課長も、「そりゃあ、楯の会は一応マークしてましたが、ああいう立派な人のことだから、まさかバカなマネをすることはあるまいと（中略）まあそこが手抜かりで大いに反省しています」と答えています。一方、楯の会隊員が警察の公安担当から、「大学一年の時から知っとった。十二社グループのことを記録つけておった」と言われています。一緒に自決した森田はこのグループにいました。ですから警察は三島氏が決起することを知っていたのではないのですか。

佐々　日時まではわからなかったが、割腹自殺までするとは思っていなかったが、**警察は三島が何かやるだろうということはつかんでいた。**

――日時も含め、決起のすべてを探知していたのではないですか。しかし佐々さんはその情報から隔離されたのでしょう。三島氏の親友ですから。あの日も公安は三島氏や森田氏らを朝からマークしていたのではないのですか。

佐々　決起を知らされていたら止めていた。

――上層部はそれがわかっていた。佐々さんに決起のことを事前に知らせるわけはありません。

佐々　その私に、いまから市ヶ谷に行って三島さんを止めてこいと命令したのです。非情な上司たちです。

佐々の「警察は三島が何かやるだろうということはつかんでいた」との証言は衝撃的だ。佐々は私のたみ込む質問に直接はこたえなかった。しかし、「非情な上司たちです」という言葉のうちに、警察上層部が三島の決起をつかんでいたことをあとから知らされた佐々の無念さを感じた。事件当時警察官僚だった平澤勝栄に面会し、佐々の「警察は三島が何かやるだろうということはつかんでいた」との証言を伝えると、「握りつぶすなんてことは考えられない」という返事だった。

もし公安が三島の暴挙を事前につかんでいたら場外大ホームラン大殊勲だ。それを握りつぶすなんてことは考えられない。あり得ない。それにあのときの警察庁は事前にわかっていたなんて考えられない混乱ぶりだった。

しかし公安は楯の会をマークしていた。決起のときに三六名の隊員が基地に隣接した市ヶ谷会館（現グランドヒル市ヶ谷）での例会に集まっていた。警察は市ヶ谷基地が三島と楯の会により内外から混乱に落ちることを想定していたはずだ。そのうえでの三島たち五名だけではなく計四一名に対しての警察の即時大動員の出動だったのだろう。当時警察庁の長官官房（後藤田長官の秘書業務担当）にいた荒井昭に会って訊いた。佐々の「警察は三島が何かやるだろうということはつかんでいた」との証言を伝えると、三島の情報は一切長官に上がっていなかったと言った。ただし自分たちをとおらないやり取りがあることはみとめた。その面談中に荒井の携帯が鳴った。電話をかけてきた相手に、「（筆者の私ではなく）ある政治家からの問合せだが」と言い、事件当時の公安三課の内情について聞き出しはじめた。話し終わり携帯を切るとこう言った。

いまかけてきた相手はだれとは言えない。三島たちの不穏な動きを察知した当時の担当は、徹底した捜査をすべきと具申し、課内部でずいぶん議論をしたそうだ。しかし上層部は、三島ともあろう者がバカなことをすることはないだろうと判断した。

「徹底した捜査」とはおそらく三島邸の電話を傍聴することだったのだろう。「上層部」とは警視庁の長である警視総監の秦野章を指すのだろう。佐々によれば電話を傍聴するには、後藤田長官に決裁をあおぐ必要があった。佐々の言うように、「やろうとしてもやめとけと言われるに決まっていた」から、秦野は後藤田になにも具申しなかったのだろうか。私のいるタイミングをはかったように荒井に電話が入ったことに違和感を抱いた。そして逆に疑念は深まった。

警察組織の内部事情につうじている二階堂ドットコムというブロガーに、佐々の「警察は三島が何かやるだろうということはつかんでいた」との証言をつたえた。すると、「アオさんも摑んでいた」、「アオさんだって市ヶ谷基地のまえで見ていたのに」と返してきた。さきの荒井に訊くと、「アオさんとは青柳敏夫のことだろう」と言う。当時青柳は警視庁警備部の特命担当だった。数々の騒乱を機動隊長としてともに闘った三沢由之は、市ヶ谷を管轄する牛込署長だった。青柳が前年までの戦友の三沢とともに市ヶ谷基地に対する楯の会の動きをウォッチしていたようだ。いっぽう三島と親しくしていた佐々はその年の七月に警備や公安ラインからはずされていた。はたして当時の警察の本当の内情はどうだったのだろう。

なぜ寸止めしたのか

なぜ警察は、三島たちを阻止しなかったのだろうか。そしてなぜ自衛隊に何も伝えなかったのだろうか。公安は楯の会の十二社グループを追尾していた。その中心人物は学生長の森田必勝である。森田は最初から決起に加わり、というより逆に、逸《はや》く、と三島を引っ張っていた。そして頻繁に三島と会って密議をこらしていた。

森田は決行直前、市ヶ谷基地を訪れ、面会の確認をしている。決行当日、森田は他の隊員といっしょに三島邸に行き、そこで太刀を抱えた三島と合流して市ヶ谷に向かった。そのとき公安が危機感を抱いていた〝あり得ないこと〟が起るのは目前に迫っていたのだ。しかしそれでもついに警察は動かなかった。おそらく公安はあの日、十二社の下宿を出たところから森田を追尾していたのだろう。その森田が三島邸で太刀を手挟む三島隊長と合流し、市ヶ谷基地に入るのも見届けていたのだろう。そして総監室を近在のビルから望遠鏡で見張っていたのだろう。

長官の許可を得て、三島邸の電話を傍受したり、三島たちが密議したり決起の予行演習をしたホテルの部屋に盗聴器を仕かけるなど、徹底的に捜査していたらその決起を阻止できたはずだ。いや、確証をつかんだら阻止しなくてはならない。そうしなかったことに、あきらかに〝未必の故意〟があったと思える。

どうして警察は何もせず、止めもせず、放置したのだろう。そうやって自衛隊が不祥事に見舞われれば、面目はつぶれ、権威は失墜し、国民の信頼は失われ、士気は低下し、自ずと弱体化するからだろう。それは同盟国の意にも叶うのだ。警察にとり三島は、自衛隊に肩入れし、クウデタを起こしてでも改憲して、国軍にしようとくわだてる厄介で目障りな存在だった。そこに楯の会の決起を放置し、死にたがっている三島に自決させた蓋然性があったと考える。

そうでなければ自決は、ああも易々と完遂されなかっただろう。さらに言えば三島に飛びかかっていっても無傷で取り押さえればいいが、ケガをさせたり重傷を負わせたり、最悪死に至らしめたら政治問題になりかねない。そのリスクを自衛隊はふみたくない。そんな自衛隊は警察に鎮圧を押しつけたのだ。警察もそんなリスクはごめんである。しかし自決することを見通している。出動してもじっと〝環視〟していればいいのだ。これを生き残った三名はどう思っているのだろう。捜査を寸止めにしたのは、被害が出てもそれは自衛隊であり、もし殺傷される者が出ても一般人ではなく自衛官だったからではないのか。

そして、それまで相和していた自衛隊と三島、楯の会隊員が相撃つなら、そして隊長の三島が罪人となれば、警察にとり厄介な私兵組織は自壊する、三島が自ら死するならそれこそ好都合で、阻止すべきではない、だから放置するのを上策としたのだろうか。そうなら佐々の言う意味以上にまことに非情なものである。

事件直後の昭和四六年一月、警視庁が上梓した『激動の九九〇日 第二安保警備の写真記録』（警視庁第二安保警備記録グラビア編集委員会編、昭和四六年）という一冊がある。これは自衛隊の治安出動なしに第二安保、つまり七〇年安保を乗り切った警察＝国家権力の凱歌の記念写真集である。無事押さえつけたのは左翼勢力だけではなかった。右翼過激派の蠢動も巧みに終焉に向かわせたのだ。そして楯の会も労せずして潰えさせたのだ。

警察庁長官・後藤田正晴

当時警察庁長官だった後藤田正晴は事件について、「何とも気持のわるい事件だった。思い出すのもいやだ」(保阪正康『後藤田正晴』文藝春秋、平成五年)としか語っていないという。三島が楯の会隊員と自衛隊市ヶ谷駐屯地で挙を起こし、最後は自決することを事前につかんでいて、しかしそれを阻止せず放置していたのなら、「何とも気持ちの悪い事件」で「思い出すのもいやだ」という気持ちはじゅうぶん理解できる。警備局長の下稲葉耕吉や警備課長の佐々は、警察・自衛隊連絡会議で「米軍基地内は米軍で」「自衛隊内は自衛隊で守るのは当然だ」と語り、駐屯地の外は警察が担当すると明言していた。しかし後藤田は強硬派で鳴る仁だった。

事件のあと、後藤田は官界から政界に転じ、さらに中曾根内閣の官房長官となった。昭和六二年、イラン・イラク戦争で敷設されたペルシャ湾の機雷を除去するため、自衛隊の掃海艇を派遣したい意向を示した首相の中曾根に対し、後藤田は辞職の意向をちらつかせてまで反対した。二〇〇一年のアメリカの同時多発テロ事件を受けて、与党自民党は自衛隊の警備対象範囲に首相官邸・国会・原子力発電所を含めようとした。しかしこれに強く反対し、与党案を押し返し、それまでとおり警察の警備対象としたのも元副総理の後藤田だった。終生自衛隊を冷淡に遇し、警察力を維持強大化しようとした。

後藤田の人間像がうかがえる格好のエピソードがある。三島事件と直接の関係はないが、官房長官の後藤田と後藤田が内閣安全保障室長に引き立てた佐々のあいだに起った、瀬島龍三をめぐる対立についてふれておきたい。佐々はこれについて、「瀬島龍三はソ連の「協力者（スリーパー）」だった」（『正論』平成二五年一一月号）でつぎのように明かしている。

六〇年安保時、佐々は警視庁外事課外事一係長として百人超の部下を指揮し、日本にいるKGB要員の監視をしていた。警視庁が把握したKGB要員は三〇数人。その多くが三等書記官など低い身分を偽っており、意外なことにトップは大使館付の運転手だったという。

KGBの工作対象は、日本の政界、実業界、労組、メディアなどにわたり、さまざまだった。公安は特に、シベリアに抑留され工作員としてソ連への忠誠を誓った、いわゆる〝誓約引揚者〟たちとの接触をマークしていた。シベリアで特殊工作員としての訓練を積み、帰国後はそれを隠し、社会で然るべき地位についたところでスパイ活動を開始する「スリーパー」である可能性が高かったからだ。外事課の捜査員はある夜、KGB要員が都内の神社で日本人の男と接触するのを確認した。男の身元を割り出すと、シベリアに抑留された旧帝国陸軍将校、元大本営参謀で伊藤忠商事に入社していた瀬島龍三だった。そのとき瀬島はまだヒラの部長だった。

ときは下って、昭和六二（一九八七）年、東芝機械ココム違反事件が起る。ココム（対共産圏輸出統制委員会）の協定に違反したソ連への輸出取引が、日本企業によって行われたとアメリカ政府が問題視したのだ。

佐々は内閣安全保障室長として中曾根内閣官房長官の後藤田に、「事件の黒幕は伊藤忠の瀬島であり、何らかの政治的制裁を加えて然るべし」と具申した。そのとき瀬島は伊藤忠の会長に登り詰めたのち、相談役におさまっていた。しかし後藤田は「佐々君は、瀬島氏のことになるとバカに厳しい。中曾根さんの相談役だし、なんで瀬島氏の悪口を言うのか」とたしなめた。佐々は「私はKGB捜査の現場の係長もやった元外事課長ですよ。瀬島がシベリア抑留中、最後までKGBに屈しなかった大本営参謀だというのは事実でありません。スリーパーとしてソ連に協力することを約束した〝誓約引揚者〟です」と主張した。

しかし後藤田は動かなかった。元朝日新聞記者・永栄潔の『ブンヤ暮らし三十六年』（草思社、平成二七年）がふれている永栄と瀬島のやり取りや、瀬島についての記述からも〝誓約帰国者〟だったとの感がする。後藤田はそれをわかって、すべてハラに呑みこんでいたのではないか。

三島事件に警察を介入させたのは「後藤田長官の意思だった」と断じる元自衛官がいる。日ソ不可侵条約を一方的に破棄してソ連軍を攻め込ませたスターリンのように、後藤田は自衛隊市ヶ谷駐屯地に機動隊と私服警官をなだれ込ませたと言うのだ。保阪の『後藤田正晴』に「後藤田は、これらの事件で直接指揮をとったわけでなく、事件の経過について報告を受けるだけで、それほど強い印象をもったわけではなかった」とある。「これらの事件」とはよど号ハイジャックと三島事件だ。よど号事件はさておき、三島事件について後藤田長官が警察主導で解決した事件の指揮を一切とらず、指示をしなかったとは信じがたい。

中曾根は第一次中曾根内閣の官房長官に後藤田をすえた。秦野を法務大臣に遇した。秦野についてはロッキード事件の一審判決をひかえた田中角栄が法務大臣にごり押ししたと巷間言われた。しかし入閣したこの二人がそれぞれ三島事件の公安情報に接することのできた警察庁と警視庁のトップだったのは偶然だったろうか。

佐々は後藤田について数々の著書では称揚している。しかし本音はちがう。後藤田は徹底して部下をつかう上司だった。自分につづいての政界入りを熱心にすすめられても佐々は断りとおした。それは警察官僚時代と同様にされることがわかっていたからだった。

ぎりぎりのせめぎ合い

佐々は私に、楯の会を「おもちゃの兵隊」と揶揄《やゆ》していたと言っていた。しかしそれはポーズにすぎず、実際には警察は注意深く三島と楯の会の動向をウォッチしていたのではないか。このことは前にも書いた。佐々と私のやり取りのなかで言い及んだが、公安は森田必勝を頂点とする十二社グループをマークしていた。そうなら公安は三島の行動も当然マークできていたはずだ。先にかかげた佐々と私のやり取りをいま一度敷衍《ふえん》する。

昭和四四年の五月か六月頃、三島は山本舜勝を誘い、四谷の福田屋で保利茂官房長官と会食をした。それから一カ月経った頃、保利は山本を官邸に呼び出し、「最近の三島にただならぬものを感じたと言い、厳しい口調でその動静を質してきた」(松藤竹二郎『三島由紀夫「残された手帳」』毎日ワンズ、平成一九年)。

山本は複数の自著にこの会食のひと月後、保利に呼び出されたことを記しているが、保利が、「最近の三島にただならぬものを感じたと言い、厳しい口調でその動静を質してきた」ことをなぜか、そこでは明かしていない。保利がそういう対応をしていたのなら、後藤田警察庁長官にそれを伝え、警視庁の公安三課(右翼担当)は当然、三島を内偵していただろう。そうしなくとも、それ以前から楯の会は内偵されていたのだから、三島も公安の網のなかに入ってきていたはずだ。しかし東京新聞に、北出忠光公安三課長(当時)は登場し「まさかバカなマネをすることはあるまいと(中略)まあそこが手抜かりで大いに反省しています」とコメントしている。これを言葉のとおりに受け取れるだろうか。これは不思議なくらい、四〇年以上も時を経た佐々の私に対する発言と軌を一にしている。

北出が言うとおりなら、公安三課はたいへんなドジを踏んでいたことになる。管掌する部下の不祥事を含め、落ち度があったと見られた責任者は二度と浮かびあがれないのが警察という組織である。しかし北出は事件の翌々年、丸の内警察署長に栄転している。その後も順調に出世し、ノンキャリア最高位の警察学校長にまで登り詰めた。つまり本人の言うような「手抜かり」などのミスはなかったということだ。いや、反対に三島たちの決起を明確に察知し、上に報告していたのではないのか。

東京新聞は、三島の「私の遍歴時代」を連載（昭和三八年）し、映画『憂国』の極秘制作をスクープ（同四一年）し、楯の会一周年パレードの前日に提灯記事（同四四年）を載せている。当時の両者がかなり親密だったことがうかがえる。おそらくそこの記者は三島たちの決起を警察が探知して動いていたことをつかんでいたのだろう。しかしそれを書いたら警察からどんな取材規制やイジメをされるかわからない。両者のぎりぎりのせめぎ合いが公安課長が登場した記事だったのではないだろうか。

佐々は事件後ＣＩＡの知人たちからしつこく事件の背後関係を訊かれたという。ならば集めた情報や分析が文書にされているはずである。アメリカ国立公文書記録管理局（ＮＡＲＡ：United States National Archives and Records Administration）に問い合わせてみた。しかし、そのようなファイルはないとの返事が届いた。

Dear Hohtaro Nishi:
This is in response to your recent inquiry to the National Archives concerning Yukio Mishima.

We checked the Name Card Index to the 1967-69 and 1970-73 segments of the Department of State's Central Foreign Policy File, part of RG 59: General Records of the Department of State. We were unable to locate a file on Yukio Mishima.

米国や英国やヴァチカン市国などの機密文書を渉猟しているジャーナリストに訊ねると、「情報源が生きているうちは機密解除されませんよ。その人間が亡くなっても、内容によっては解除されない場合があります」とおしえてくれた。元々ないのか、あっても機密のままなのだろうか。機密なら解除されるときが来るのだろうか。

想定はすべて外れた

自衛隊は警察から三島の不穏な動きを知らされていたら、面会をキャンセルしていただろう。あるいは面会に応ずるにしても入口で手荷物をあらため、大刀と三島のアタッシェケースの中の小刀二振り、隊員の特殊警棒などを預かったうえで入門させていただろう。総監が急に不在になったり、面会を断られたり、あるいは刀剣の持ち込みが認められなければ、決起できずに静かに退去するしかない。

三島が毎日新聞の徳岡孝夫とＮＨＫの伊達宗克にあてた文書に、「もし邪魔が入って、小生が何事もなく帰って来た場合」、「思いもかけぬ事前の蹉跌により、一切を中止して、小生が市ヶ谷会館へ帰って来るとすれば」とあるのは、そういう平穏な蹉跌だったろう。しかし現実には荒立つかたちの蹉跌が起こる確率のほうが高いのだ。想定外のハプニングはいくらでもあり得た。総監を人質にとり、切腹し、介錯を受け絶命するまでには時間を要する。部屋のなかに総監一人でなく他に自衛官がいたら、すんなり人質にとれなかっただろう。警務隊に突入され、阻止されるような蹉跌だってありえただろう。

徳岡と伊達あての文書に、「事件の経過は予定では二時間であります。しかし、いかなる蹉跌が起るかしれず、予断を許しません」ともあり、自決までに至らないと強く思っていたことがうかがえる。専門家の佐々も三島は死ねない方に賭けていたと言っている。三島は警察と自衛隊が共謀することも想定したはずだ。刀剣を所持したままの入門を許され、建物に入ったところで急襲を受け、はげしく抵抗したことにして強殺されることなどである。書面に、「事柄が自衛隊内部で起るため、もみ消しをされ」、「しかも寸前まで、いかなる邪魔が入るか、成否不明であります」と強く懸念しているなかには、こういう〝もみ消し〟や〝邪魔〟も想定していただろう。

三島が自邸を出るさい、書斎の机上に置いた書き物のなかに、親族、親友、楯の会関係者あての遺書の他にアイヴァン・モリス、ドナルド・キーンあての手紙もあった。遺書と呼べる内容だった。三島がアイヴァン・モリスにあてた手紙は「This is my last letter to you.」の出だしで以下のように書かれていた。

あなたは、陽明学に親炙《しんしゃ》した私の結末を理解できるお一人です。私は、《知りて行わざるはただ是れ未だ知らざるなり》という言葉を信じています。そして私の行為そのものは、何ら有効性を求めたものではありません。

私は『豊饒の海』にすべてを書きました。すべてを表現したと信じています。私の全人生について感じ考えました。私の文武両道を顕すために、私の最終行動のまさにその日にこの作品を書きあげました。

四年間考えに考えたあげく、いま日ごとに急速に消えていく日本の古き美しき伝統のために、わが身を犠牲にすることを望むようになりました。

ここで考えをいたさなければならないのは、三島がそれらの手紙を自分で投函しなかったことだ。これらの手紙は死を前提に書かれたものだったからだろう。つまり三島は、死に至らない結末の蓋然性を想定し、投函せずに市ヶ谷に向かったのだ。しかし三島の想定はすべて外れた。万分の一しか期待していなかった自衛隊の決起以外は完遂される状況に追い込まれて行ったのだ。

佐々の「三島さんは阻止されると思っていたでしょうね」の言葉は、私には重く思われる。さまざまの「蹉跌」や「邪魔」を想定して死地にのぞんだ三島の心中は複雑だったろう。「限りある命ならば永遠に生きたい」という書きつけを自室に残していた。これは比喩でなく、死ぬ覚悟は堅くとも、万に一つも生きていたかったからだろう。有事に対応すべき自衛隊は、隊内で起こった異変の処理を平時の治安をつかさどる警察力に委ねてしまった。そのブザマなさまに同盟国はあきれていただろう。彼らからしたら日本との同盟を破棄したくなるほどの大失態だ。いや、従属国とみていたのなら、ほくそ笑んでいたのだろう。

自衛隊が三島たちをねじ伏せていたら、天下にその気概を示し、内部の士気は高まっていたことだろう。三島はそれこそを希《こいねが》い、自らを楯にした。しかし自衛隊は警察に鎮圧を委ねたことで真の軍隊となることを放擲《ほうてき》してしまった。あの日、三島だけでなく自衛隊も果てたのだろう。自ら国軍となる命脈を絶ったのだから。泉下で三島は、「オレの目算外れだったなあ」と高らかに、ワッハッハと大哄笑を発していることだろう。益田総監はそんな自衛隊を深く嘆き、強く憤っていることだろう。

吉田松陰

佐々の手帳には、「父君（註・平岡梓）伊沢甲子麿の吉田松陰論に狂わされたという」という書き込みがあった。その伊沢は次のように回想している。

三島氏の要望により私は歴史と教育に関する話をいろいろとするに至った。特に歴史では明治維新の志士について、中でも吉田松陰や真木和泉守の精神思想を何度も頼まれて話した。話と同時に松陰の漢詩と真木和泉守の辞世の和歌を三島氏の強い頼みで私は朗吟したのである。三島氏は松陰や真木和泉守の話を私が始めると、和室であったため座布団をのけて正座してしまうのだった。私も特に吉田松陰の最期の話をする時などは情熱をこめ、時には涙を浮かべて語ったものである。三島氏は吉田松陰の弟子たちに贈った「僕は忠義をするつもり諸友は功業をなすつもり」という言葉が大好きになったようだった。

『回想の三島由紀夫』行政通信社、昭和四六年

三島は伊沢を終生の友とし、死の直前の一夜を充て、二人だけで会って談じていた。伊沢は松陰の命日を自決の日にしたといち早く指摘した。三島を狂わせたかどうかは別にして、松陰についてかなりの影響を与えていたようだ。一〇代の三島はその文才を高く評価してくれた蓮田善明の松陰についての一文に接していた。

（吉田松陰は）「一友に啓発されて矍然《かく》としてはじめて悟れり。従前天朝を憂えしはみな夷狄に憤りをなして見を起こせり。本来すでに錯《あやま》れり。真に天朝を憂うるにあらざるなり」と述べている。これは全く又天朝をいっぱいに仰ぎ奉っての言申しであろう。（中略）真の憂国は松陰の言にまで至って全しというべきか。

「心ある言」『文藝文化』昭和一八年一一月号

三島は『小説とは何か』（新潮社、昭和四七年）のなかで松陰の言葉「身滅びて魂存するものあり。心死すれば生くるも益なし、魂存すれば亡ぶるも損なきなり」に言及している。

この説に従えば、この世には二種の人間があるのである。心が死んで肉体の生きている人間と、肉体が死んで心の生きている人間と。心も肉体も両方生きていることは実にむずかしい。生きている作家はそうあるべきだが、心も肉体も生きている作家はたくさんはいない。作家の場合、困ったことに、肉体が死んでも、作品が残る。心が残らないで、作品だけ残るとは、何と不気味なことであろうか。

又、心が死んで、肉体が生きているとして、なお心が生きていたころの作品と共存して生きてゆかねばならぬとは、何と醜悪なことであろう。

作家の人生は、生きていても死んでいても、吉田松陰のように透明な行動家の人生とは比較にならないのである。生きながら魂の死を、その死の経過を、存分に味わうことが作家の宿命であるとすれば、これほど呪われた人生もあるまい。

中曾根康弘の主宰する集まりで松陰について語っている。

吉田松陰自身の個人の人生を考えますと、これは私は、松陰自身としちゃ、無効だったとしか云わざるをえない。松陰は自分の言ったことが、すぐ実りがでて、すぐ結果がでて、飢えた人間を救うと、微塵も思ってなかったと思うんです。きょう役に立つこと、あるいはきょう手当てをすることは松陰は云わなかった。

日本の根本的な問題、そして忙しい人たちが気がつかない問題、しかし、これをはずれたら日本が日本でなくなるような問題、それだけを考えつめていたんだと思うんです。それだけをあまりに強く考えつめたために首を切られちゃったんだと思うんです。

私は、精神というものは、いますぐ役に立たんもんだと申し上げました。私は、その、じゃ日本の精神てのはなんだ。日本が日本であるものはなんだ。これをはずれたら、もう日本でなくなっちゃうもんはなんだと。それだけを考えて生きていきたいです。

「現代日本の思想と行動」昭和四五年四月二七日

それからふた月後の六月末に口述し、『諸君!』(昭和四五年九月号)に掲載された「革命哲学としての陽明学」でも松陰にふれている。

松陰が一つの空虚を巨大な空虚に結びつけ、一つの政治的考慮を最高の理想に結びつけて、小さな行動を最終の理念に直結させるための跳躍の姿勢をさまざまにためした。

松陰が入っていったこのような心境を証明するもっとも恐ろしく、私の忘れがたい一句は「天地の悠久に比せば松柏も一時蠅なり」というものだ。

そのとき松陰は、人生の短さと天地の悠久との間に何等差別をつけていなかった。われわれの生存がもっている種々の困難、われわれの日々の生が担っているもろもろの条件を脱却して、直ちに最小のものから最大のものに、もっとも短いものからもっとも長いものへいっぺんに跳躍し、同一視する観点を把握していた。

死を前にして行動家がこのようなものの見方は同時に、空間的には太虚に入ることによって、自分の小さな空虚をも太虚に帰することができる、という帰太虚の説を思い出させるのである。

即ち、はじめにも言ったように、小さな壺（人間の肉体）を打ち砕いたときに、その壺の中の空虚はただちに太虚に帰することができるのである。

「天地の悠久に比せば松柏も一時蠅なり」とは大義を前にしてこれを守らずにおめおめと生き長らえるのであれば、百まで生きても短命というべし、何年生きれば気が済むのか、ということだ。三島が行動家としての松陰を、その思想を、みずからの死への跳躍のブースターとしたことがうかがえる。小林秀雄は江藤淳との対談で、三島と松陰の二人を同列に置いて激しくやり合っている。

小林　宣長と徂徠とは見かけはまるで違った仕事をしたのですが、その思想家としての徹底性と純粋性では実によく似た気性をもった人なのだね。そして二人とも外国の人には大変わかりにくい思想家なのだ。日本人には実にわかりやすいものがある。三島君の悲劇も日本にしか起きえないものでしょうが、外国人にはなかなかわかりにくい事件でしょう。

江藤　そうでしょうか。三島事件は三島さんに早い老年がきた、というようなものじゃないんですか。

小林　いや、それは違うでしょう。

江藤　じゃなんですか。老年といってあたらなければ、一種の病気でしょう。

小林　あなたは病気というけどな、日本の歴史を病気というか。

江藤　日本の歴史を病気とは、もちろん言いませんけれども、三島さんのあれは病気じゃないですか。病気じゃなくて、もっとほかに意味があるんですか。

小林　いやァ、そんなことを言うけどな、それなら吉田松陰は病気か。

江藤　吉田松陰と三島由紀夫は違うじゃありませんか。

小林　日本的事件という意味では同じだ。僕はそう思うんだ。堺事件にしたってそうです。

「歴史について」『諸君！』昭和四六年七月号

江藤は三島の〝変調〟について、昭和四〇年初頭の時点で当時の作品群から慧眼にも気づいていた。それにしては浅薄な発言である。

佐々は「総監が猿轡され縛られた写真があるが、あること自体を秘密にした。三島さんの生首は出てしまったが、これは絶対に出さない」と言っていた。三島の頭部の写真は昭和五九（一九八四）年『ＦＲＡＩＤＡＹ』創刊号に出てしまった。これに関連して石原慎太郎の「最後の写真」というエッセイをかいつまんでみたい。

清明きわまりない顔

それは、市ヶ谷で自決した三島由紀夫氏の最後を撮った何葉かの写真である。見せてくれたのは、警備畑出身の、私の親しい警察のある若い高官、所は彼の家での内輪のパーティーだった。新聞にも掲載された三島氏や森田必勝氏が割腹直後の現場検証の写真もあった。私には他の何よりも、割腹自決寸前の三島氏の姿を撮った写真の方が印象的であった。

何といったらいいのだろう。私は今まで三島氏のあのように美しい顔を、写真だけでなく直接にも見たことはない、というよりも、人間の顔の写真で、あのように美しく、澄んだ表情を見たことがないのだ。それらの写真を手にし、飽かずに見入りながら私は思った。

三島氏はその写真の中で、カメラを一顧だにしていない。三島氏が自らの写真を撮られながら、その撮り手を意識しなかったのは、おそらく氏の生涯であの時たった一度のことではなかったろうか。それら数葉の写真の内の氏の顔は、どれも全く同じ、清明きわまりない。そして何といおう、抜きん出て美しいものだった。私は三島氏の初めて見る素顔の美しさに打たれ、眺めいった。

寸前に割腹断首という死を控え、その代償に、氏はとうに自覚していたろう、万万万が一でしかない確率に賭けて自衛隊の決起を促す、いわば刹那的な行為の中で、それを行った一人の人間がこれほど清明に、端然と、美しく在られるのか、ということへの驚きだった。

どの写真からも感じられる、かすかだが、優しく、澄んだ微笑の影に私は心を打たれた。それは瞬時に近い時間の内でやっと、生と死を超えた人間の極限的な存在の表情、あるいは陶酔をふっ切った真の行為者の顔といえただろう。

最後の最後の瞬間、三島氏は自分を極限まで高め還し、逝ったのだということが、私には感じられて分かった。

『老いてこそ人生』幻冬舎、平成一四年

佐々は「警察のある若い高官」が自分であることを私にみとめた。都内の介護付き施設で会ったときに、この三島の「カメラを一顧だにしていない」写真を見たいと言うと、佐々は諒解してくれた。しかし残念なことに、佐々が自宅を確認すると、すでに親族によって他の持ち物といっしょに処分されてしまっていたという。

天皇は「一般意志」の象徴

橋川文三は、三島において特異なのは「多様な人間の生の諸様式に一定の意味体系を与えるものが、日本においては天皇以外にはないとするところにあろう」という。

三島はここ（註・「文化防衛論」）で一般に文化を文化たらしめる究極の根拠というべきもの、いわば文化の「一般意志」を象徴するものとして天皇を考えているといってよいであろう。三島が日本人のありとあらゆる行動（創作を含めて）に統一的な意味を与えるものを天皇であるとみていることは間違いないであろう。日本文化における美的一般意志というべきものを天皇に見出している、（中略）テロールについていえば、それは国民の一部による他の国民に対する暴行などではなく、ちょうど神のように必然的に実在し、必然的に真・善・美であるような一般意志の自己実現過程にほかならない（中略）

一般意志という概念に立って考えるとき、そうしたテロールには、本質的に責任という問題が生じないことも了解されるはずである。あたかも、神にとってその責任ということが無意味であるのと同じことであるが、そのことをすなわち「みやび」というと考えてもよいであろう。神意の代行者の行為は何人によっても責任は追及されないはずであるから、これほど優雅なことがらはない。

「美の論理と政治の論理」——三島由紀夫「文化防衛論」に触れて」『中央公論』昭和四三年九月号

三島は日本の文化を天皇に象徴させ、そこに美的一般意志を見出しており、その自己実現につながる行為なら、テロ（クウデタ）を起こしても、神意の代行者のものだから、違法性はなく責任を生ぜず、むしろ「みやび」ある優雅なこととなる。こう橋川は言う。三島の情動をしかと感受し、二年後の決起を予兆し、まえもって擁護までしている。

無償の行動

三島は昭和四一年に行った日本外国特派員協会での講演で、二・二六事件について「軍人たちはただ彼ら自身の」「日本への純正な愛情を信じていた」と語っている。

二・二六事件は、厳密な意味でのクウデタではない。特殊日本的な理念にもとづいている。決起した軍人たちは、政治権力を、そして政府を掌握しようなどとは決して望んでいなかった。クウデタの後、もしそれが成功しても、その後どうするかという計画はなかった。軍人たちはただ彼ら自身の純粋さを、自身の純正な信念を、天皇への純正な眷恋《けんれん》を、日本への純正な愛情を信じていた。まさにこれこそ私が日本の古い道義と呼んだものである。とても独自な道義である。

『新潮』平成二年一二月号

三島は「ひとたび武を志した以上、自分の身の安全は保証されない」と覚悟のほどを述べている。

ひとたび武を志した以上、自分の身の安全は保証されない。もはや、卑怯未練な行動は、自分に対してもゆるされず、一か八かというときには戦って死ぬか、自刃するしか道はないからである。

しかし、そのとき、はじめて人間は美しく死ぬことができ、りっぱに人生を完成することができるのであるから、つくづく人間というものは皮肉にできている。

「美しい死」『平和を守るもの』田中書店、昭和四二年

三島は『豊饒の海』のなかで描いた決起をみずからなぞって現実とした。

本計画の目的は、帝都の治安を撹《かく》乱し、戒厳令を施行せしめて、以て維新政府の樹立を扶《たす》くるにあり、われらは維新の捨石にして、最小限の人員をもって最大限の効果を発揮し、これに呼応して全国一せいに起つ同志あるを信じ、檄文を飛行機より散布して、洞院宮殿下への大命降下の事実ありたるを宣伝し、宣伝をしてやがて事実たらしめんとするものなり。

戒厳令施行を以てわれらの任務は終り、成否に拘らず、翌払暁にいたるまでにいさぎよく一同割腹自決するを本旨とす。

明治維新の大目標は、政治及び兵馬の大権を、天皇に奉還せしむるにありき。

わが昭和維新の大目標は、金融産業の大権を、天皇に直属せしめ、西欧的唯物的なる資本主義及び共産主義を攘伐《じょうばつ》して、民を塗炭《とたん》の苦しみより救い、炳乎《へいこ》たる天日の下、皇道恢弘《かいこう》の御新政を冀求《ききゅう》し奉《たてまつ》るにあり。

『奔馬』

蓮田善明（文学者で三島由紀夫のペンネームを案出した一人）のつぎの叙述の「神風連《しんぷうれん》」「彼等」を「三島

由紀夫」「楯の会」に置き換えて読んでほしい。

神風連は実際は敵らしい敵を与えられていないともいえる、に拘らず彼等は何が敵であるかをはっきり知っていた。

ここに神風連独自の行動が現われている。彼等は完全に敵の形を取ったものを討てと命ぜられたのでないために、客観的に批評すれば、わけもなしに歩兵連隊に切り込み、又当然武器から言っても数から言っても時勢から言っても不利無謀な事を挙げたのである。言わば空な討ち方であった。

そしてその刃は又彼等自ら討つべきものを討ったことに殉じて死ななければならないことも、彼等は知っていた。

蓮田善明「神風連のこころ」『文藝文化』昭和一六年

神風連は明治政府の欧化政策をよしとせず大砲と鉄砲をそなえた洋式武装の熊本鎮台に対して刀と槍だけで蜂起した神官たちである。三島の決起は「空な討ち方」だった。「自ら討つべきものを討ったことに殉じて死ななければならないことも」「知っていた」のだ。

欧米では三島の自死の無償性を肯定し難いようだ。三島は外国の作家の言を引いて、無償の行為はないとも述べていた。しかし私のこれまでの記述からわかるとおり、三島と四人の若者の決起は神風連、一九三〇年代のクウデタ同様、邪心や私心のない、純粋な、完全に無償の行動だった。こうして薫じられた種子《しゅうじ》は事件以降の日本にどう蔵されているのだろう。

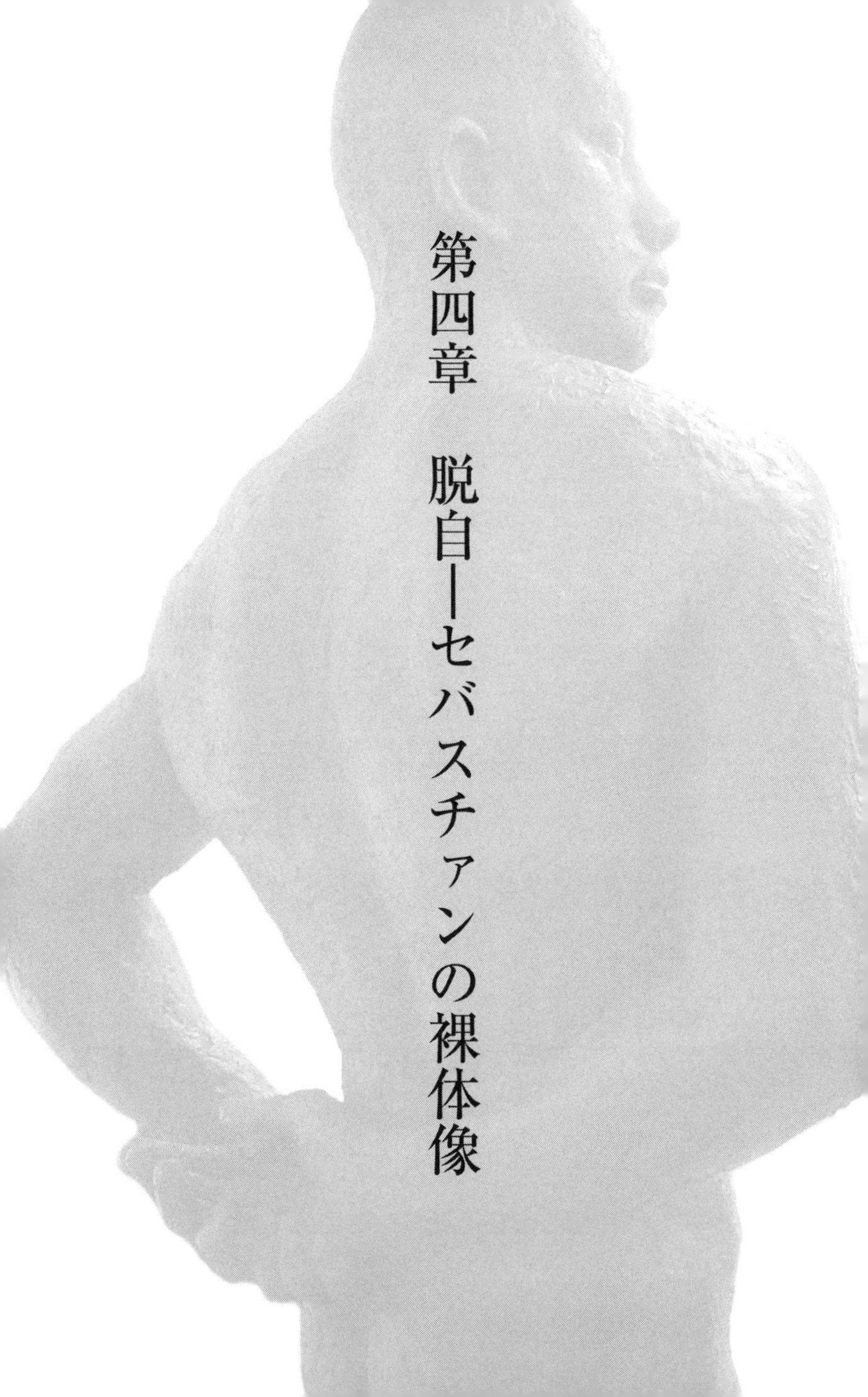

第四章　脱白──セバスチァンの裸体像

家族宛の遺書

第三章で記したように、佐々淳行《あつゆき》は三島が自決してひと月も経たない昭和四五（一九七〇）年一二月二〇日夜、内々に三島邸、正確には同じ敷地内の両親の住む平岡邸に会食に呼ばれた。佐々は当時警察官僚で、三島と昵懇の間柄だった。親族は今後の相談をしたかったのだ。そのとき、父梓から三島の家族あての遺書を見せられた。そして手帳にそれをつぎのように「ポイント」としてメモしていた。佐々は私に、五〇年近く前のこのメモをはじめて明らかにした。

ポイント
①住宅を三島記念館にせよ　家族は別のところへ家をたてよ
②富士のみえるところへ墓とブロンズ像建てよ（もう土地を買って手配してあった）
③楯の会は一周年で解散せよ
④神式の森田を同格とする葬儀―新聞広告まで指示してある
⑤税金担当の大蔵省役人の友人を指定

遺書は公表されなかった。それを知っている関係者も秘した。よっていままでほとんど何も知られなかった。そしてその遺言は実現されなかったり違えられたりしていた。そのこともようやくわかった。これらは三島が自死にこめた、いままで知られなかった思いを浮かび上がらせる、たいへん貴重なことごとで

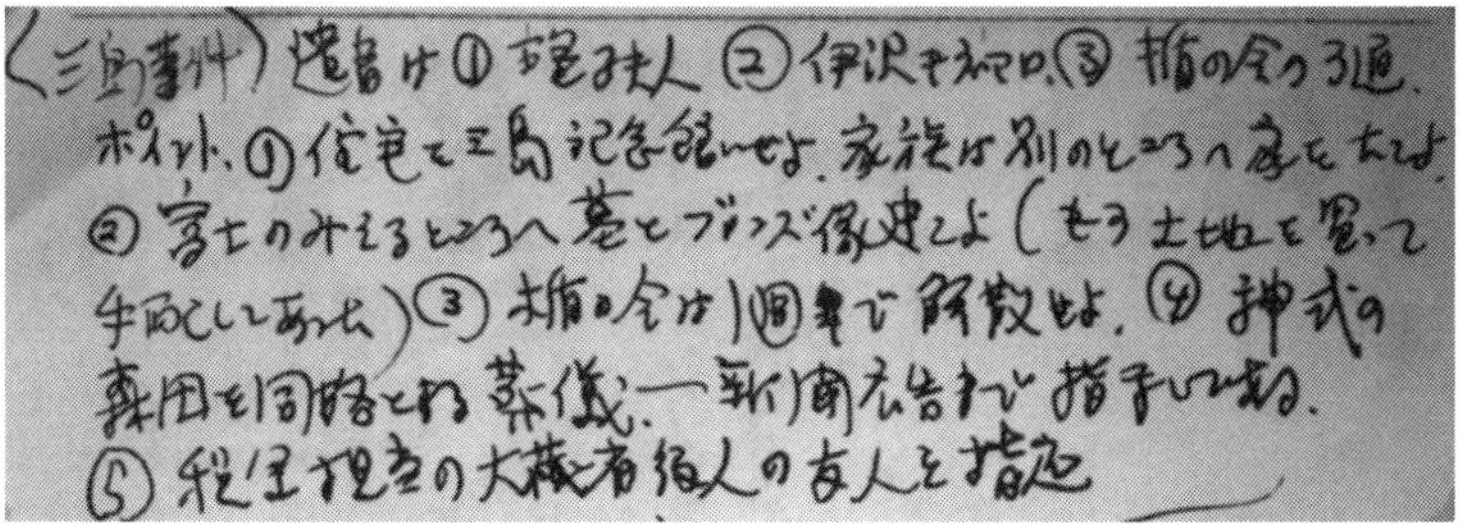
（三島事件）遺書 ① 瑤子夫人 ② 伊沢甲子麿氏 ③ 楯の会の3通。
ポイント。① 住宅を三島記念館にせよ。家族は別のところへ家をたてよ。
② 富士のみえるところへ墓とブロンズ像建てよ（もう土地を買って
手配してあった）③ 楯の会は1周年で解散せよ。④ 神式の
森田を同格とする葬儀——新聞広告まで指定してある。
⑤ 税金担当の大蔵省役人の友人を指定

佐々淳行氏がメモした三島の瑤子夫人宛遺書の要点

ある。家族あての遺書のうち、三島が妻瑤子にあてた遺書の佐々が書きとめた〝ポイント〟は、写真の手帳メモの二行目以下になる。「税金担当の大蔵省役人の友人を指定」とある⑤は事務的なことがらだが、それ以外の項目にはゆるがせにしがたい三島の遺志が込められている。

④の「神式の森田を同格とする葬儀」は森田の仲間有志により果たされた。③の「楯の会は一周年で解散せよ」の指示はそのとおりになされなかった。（「一周年」とはいささか奇異な表現だが）自決の三カ月後の昭和四六年二月に瑤子により実行された。

いっぽう事件から一〇年後に公表された楯の会隊員・倉持清あての遺書に、「決起と共に、楯の会は解散されます」とあり、三〇年後におおやけにされた楯の会隊員全員への遺書は、「昭和四十五年十一月」の年月付で、「楯の会会員たりし諸君へ」とすでに過去形で呼びかけ、文中でも、「楯の会はここに終り、解散した」とある。決起直前の打ち合わせでは、バルコニーから解散を宣言する段取りだったという。それらと瑤子への③の文言は矛盾している。

もしかしたら世間に対しては即解散とし、しかし残された隊員たちをおもんぱかって当座しばらくはその面倒を見たり相談に乗ってやってほしいというココロで、瑤子あての遺書は、「一周年で解散せよ」としたのかもしれない。

「自邸を記念館にせよ」

①の「住宅を三島記念館にせよ。家族は別のところに家をたてよ」は実現されなかった。じつは自邸を記念館にすることは三島の宿望だったのだ。その思いは自決の一〇年以上も前の、三二歳の心中にすでに萌していた。吉田満が「ニューヨークの三島由紀夫」というエセーに、これについて書き残している。このエセーは『俳句とエッセイ』（牧羊社）昭和五一年一一月号に書かれ、吉田の死後、『戦中派の死生観』（文藝春秋、昭和五五年）に収められた。

それは一九五七年（昭和三十二年）十二月二十一日の土曜日で、前日が冷雨の降りしきる最悪の天候であったのと打って変わって、晴れ上った空から終日陽光の射す、すばらしい日和の一日であった。その年の夏、ドナルド・キーン訳の「近代能楽集」がアメリカで刊行され、出版元クノップ社の招きで渡米した三島氏は、メキシコ、西インド諸島、アメリカ南部をまわって、しばらく前からニューヨークに滞在していた。

私はその年の二月に、勤務先である日本銀行のニューヨーク事務所に転勤し、海外駐在員の独身生活にもようやく馴れはじめた頃であった。

彼とのつき合いは、それより十年前にさかのぼる。昭和二十二年十二月、二歳年下のこの後輩が東大法学部を出る前後から、なんとなく面識があった。

すでに作品集「花ざかりの森」を出し、「中世」「岬にての物語」「春子」を発表していたこの新進作家は、まだ手書きの草稿のままの拙作「戦艦大和ノ最期」を読み、率直な感想をのべてくれていた数少ない友人の一人であった。

宿は予想した通りグリニッチ・ビレッジの中にあった。部屋に通ると、いま大事な電話を待っているので、しばらくつきあってくれという。

そこに電話が入って、緊張した会話が交された。「近代能楽集」の上演が、当分延期ということに決まったらしい。不機嫌な素振りもなく、彼は別のところに電話して、早々にニューヨークを引揚げるから予定をたてるように、と指示をしている。

さてどこに案内しようかという段になって、彼がいわゆる名所旧跡、美術館、公園、著名なビルの類いはあらかた見ているから、すこし変ったところはないかと注文したので思いついたのは、ハドソン川を北にヨンカーズまでさかのぼると、その河畔に接して美しく瀟洒な姿を見せている作家ワシントン・アーヴィングの旧邸であった。

スケッチ・ブックやリップ・ヴァン・ウィンクルなどの作品で知られ、最もアメリカ人らしい作風と評されることもあるこの小説家兼随筆家は、文学の上で三島由紀夫とふれあう面はほとんどないはずだが、その程度の作家がどれほど贅をつくした邸宅と庭を残しえたか、死後百年にわたってそれがどこまで立派に保存されているかは、彼の興趣をそそるものがあったらしい。

このとき彼が思いもかけぬ感想をもらした事実を、当日の日記に私はくわしくしるしている。

「僕もいずれ家を建てることになるが、自分が死んだ後に、その家はこうして一般に公開されることになるのかな」

彼はそう自問するように呟くと、しばらく考えこむ風であった。

吉田はこのエセーを三島の死後に書いている。三島が家族あての遺書に書いたことを聞き知っていたのだろう。というのは、吉田がこのエセーを寄せた『俳句とエッセイ』は三島が親しくしていた編集者の夫人がおこした出版社が出し、その夫人が編集兼発行人だった。その社名の決定には三島もかかわり、三島本の豪華版をいくつか手がけてもいた。この夫人は三島の妹と女学校で同級、そして三島の母の後輩でもあった。そういう間がらから夫妻で三島の親族と親しく交流していたのだ（『決定版三島由紀夫全集』月報）。

このとき三島は、吉田の前ではふだんとおりに振る舞っていたようだが、心中はボロボロだった。勇躍乗り込んだニューヨークでの近代能楽集の上演が紆余曲折を経て頓挫してしまったからだ。一人で寂しい思いをしていても、友人のキーンは親身につき合ってくれず、手元の資金が乏しくなってグリニッチ・ビレッジの安宿に移っていたのだ。おそらく吉田はそれも後から知って、あのように書いているのだろう。翌年、三島が帰国すると母が死に至る癌と誤診され、それを理由に結婚を急いだと言われている。しかしすでにニューヨークで吉田に、結婚の意思を持っていることを打ち明けていた。

結婚のプランについて、彼が熱心に語り続けて飽きないのにも、驚かされた。こんな文士風情に、堅気のいい娘さんは来てくれないよと、冗談めかしていうその眼は真剣であった。女房への注文をいろいろあげてから、彼は、来年はきっと結婚するぞと予言した。

『戦中派の死生観』

（同）

三島はその二年前に、「やがて私も結婚するだろう」（昭和三〇年『小説家の休暇』）と記している。後年『豊饒の海』を執筆しているとき、「以前アメリカでだけど、たった一人で六カ月間暮らしてみたことがあるんだよ。そのときの経験で、人間はとても一人では生きられるものじゃないってことは身に沁みて分かっているんだ」（小島千加子『三島由紀夫と檀一雄』構想社、昭和五五年）と担当編集者に語っているところから、このときの孤独感が結婚への決意を醸成したのだろう。

かねて両親から結婚するよう言われ、帰国したら嫁探しをすると約していたともいわれるが、芯から独り身の侘びしさにひたされた三島は、結婚し借地住まいから脱して自邸を築くことを決意し、そしてそれを死後に記念館にすることまでも夢想していた。帰国後半年で見合い結婚をし、その翌年には、死後〝三島由紀夫記念館〟とすることをニューヨークで夢想した自邸をかまえる。三島が、アーヴィングの美しく瀟洒な屋敷を思いながら、自邸を洋風の華美な邸宅にしたのは想像に難くない。それにしても、家族を住みなれた家から引き払わせようという遺言は酷である。

「富士のみえるところへ墓とブロンズ像をたてよ」

最も注目すべきは遺書の②だ。「富士のみえるところへ墓とブロンズ像建てよ（もう土地を買って手配してあった）」である。括弧内は佐々が家族から聞いたことだ。

じつは村松剛が事件直後に、「三島さんは最後には、自分の裸体像をつくらせて、お墓には墓石のかわりにこれを建ててくれといっている」とこの重要事をもらしていたのだ。この村松の発言は『新潮』昭和四六年二月号での武田泰淳との対談で出たものである。しかし三島の遺言と「裸体像」の存在が関係者によって秘されたせいで、関連記事の大氾濫に呑まれ、見過ごされてしまったのだ。

ここには、〝憂国のおもい〟におおわれていままで見えなかった、三島が自死にこめた秘められたものをくっきり浮かび上がらせ、その死の実相、貌《かたち》を全《まった》きするものがあると思う。月面の〝豊饒の海〟は地球からすべて見えている。しかし〝三島の死の実相〟はあたかも月の裏側にもかかっていて、その全貌をあらわにしていなかった。これからそこに光をあててみようと思う。

三島は現実と作品の世界を混同せず、截然と分けていたと自負していた。これについては後で引く『小説とは何か』で縷々《るる》述べている。しかし実際はどうだったのかを測るカギもここにあるのだ。これらをつまびらかにするために②は重要なのだ。

まず「富士の見えるところ」だが、三島は『暁の寺』で「富士」について繰り返し微細に叙述している。主なものを拾う。

> 富士は黎明の紅に染っていた。その薔薇輝石色にかがやく山頂は、まだ夢中の幻を見ているかのように、寝起きの彼の瞳に宿った。それは端正な伽藍の屋根、日本の暁の寺のすがただった。
>
> 曙の色を払い落した富士は、三分の二を雪に包まれた鋭敏な美しさで、青空を刳《く》り抜いていた。明晰すぎるほど明晰によく見えた。雪の肌は微妙で敏感な起伏の緊張に充ち、少しも脂肪のない筋肉のこまかい端正な配置を思わせた。

富士は冷静的確でありながら、ほかならぬその正確な白さと冷たさとで、あらゆる幻想をゆるしていた。冷たさの果てにも眩暈《めまい》があるのだ、理智の果てにも眩暈があるように。

さっきあんなに酔うような色をしていた富士は、八時の今は茄子の一色になり、麓のほうのぼかしの中に、稀薄な森や村落の姿を浮かばせていた。こうした濃紺の夏富士を見るときに、本多は自分一人でたのしむ小さな戯れを発見した。それは夏のさなかに真冬の富士を見るという秘法である。濃紺の富士をしばらく凝視してから、突然すぐわきの青空へ目を移すと、目の残像は真白になって、一瞬、白無垢の富士が青空に泛《うか》ぶのである。いつとはなしにこの幻を現ずる法を会得してから、本多は富士は二つあるのだと信ずるようになった。夏富士のかたわらには、いつも冬の富士が、現象のかたわらには、いつも純白の本質が……。

三島は「富士」に酔いしれているかのようだ。「富士」にきたえられた肉体美を幻視し、〝日本の暁の寺〟と書題になぞらえてまでいる。「富士」にいたく魅入られながら『暁の寺』を書いていたのだ。そして遺言にその思いをこめていたのだ。三島にとって〝富士の裾野〟は一〇代の故地だった。当時の親友が回想している。

昭和十七年~十八年の初夏、野外演習で富士の裾野に行った。そしてある晩、夕方から夜間演習が始まった。

真正面に聳《そび》える富士は、夕陽に赤く染まり、山肌からは雲が湧き昇った。富士の雄大な稜線の向う遠くには、愛鷹山が夕空にあった。辺りは暮れるにつれそのまま涼しい月夜となった。
私はその時のことを、めずらしく長歌にして平岡に見せた。彼は、学校で毎日会っているのに、感想を長文の手紙に書いてくれた。

三谷信『級友三島由紀夫』中央公論新社、平成一一年

三島はそれから二〇年余りのちに、自衛隊に初めて体験入隊し、同じ富士の裾野で訓練をうけた。そこで寝泊まりしたのは、ほとんどが一〇代のときのままの兵舎だった。そして「朝日にあたかも汗をかいた白馬のような富士を見上げて、半長靴で駈ける朝の駈足はすばらしかった」のだった。

（須走登山口の富士学校）校外の滝ヶ原分屯地の普通科（歩兵）新隊員教育隊に隊付をして、与えられた宿舎は、奇しくも、二十数年前に学校の野外演習で泊まったことのあるそのままの廠舎《しょうしゃ》だったが、米軍が使って以来、外壁は緑のペンキに塗りつぶされ、水洗便所が設けられて、むかしのあの終日立ちこめていた厠臭《かわや》もなく、かつては枕を振ると五六疋ぱらぱらと落ちてきた南京虫の影もなかった。満開の姫桜―富士特有の灌木の桜―の間を縫って、朝日にあたかも汗をかいた白馬のような富士を見上げて、半長靴で駈ける朝の駈足はすばらしかった。

「特別手記 自衛隊を体験する」『サンデー毎日』昭和四二年六月一一日号

ここには、峻別していたはずの作品の世界と現実界が混淆しているさまがうかがえる。②でさらに肝心

なのは「〝ブロンズ像〟をたてよ」である。これにつながる記述も『暁の寺』にある。そこに現実との混淆の跡があるのだ。

作中に今西康という文学者が登場する。三島は否定したが、モデルは澁澤龍彥ではないかと言われていた。やはりそうだった。三島が担当編集者に、「あれは誰が見たって澁澤龍彦だってことが分かっちゃうだろ。だから、わざと背を高く、たかーくしてあるんだよ」（小島千加子『三島由紀夫と檀一雄』）と洩らしていた。

それはさておき、作者三島は今西に、近親相姦が多く、美しい児と醜い不具者が半々に生れる空想の王国、「性の千年王国」について滔々《とうとう》と語らせる。そこに墓地について述べている箇所がある。

墓地は「愛される者の園」のすぐ外側にひろがっています。これが又美しい場所で、醜い不具者たちは月夜にこの墓地を散歩しては、ロマンチックな情緒にひたるんですね。それというのも、墓碑代りにみんな生前の彫像が立てられているので、墓地ほど美しい肉体に充ちあふれた場所はないんです。

『暁の寺』

「美しい肉体」の「生前の彫刻」は裸体像

三島は挙を起こす直前、ひそかに自身の等身大裸体像の制作に熱中していた。そのポーズは、一〇代から魅入られた聖人セバスチァンを描いたある画と同一のものだった。「性の千年王国」を述している二五章が『新潮』に掲載されたのは、昭和四四年七月号だった。三島はおそくとも同年の春頃、自身のブロンズ像を富士山の見える墓に立てることを夢想していたのだろう。三島は今西に仮託して、不羈放縦なエロティシズムに満ちた「性の千年王国」を描く。

近親相姦が多いので、同一人が伯母さんで母親で妹で従妹などというこんがらがった例がめずらしくないけれど、そのせいかして、この世のものならぬ美しい児と、醜い不具者とが半々に生れます。美しい児は女も男も、子供のときから隔離されてしまいます。「愛される者の園」というところにね。ところが年ごろになりますとね、週一回この園から出されて、園の外の醜い人間たちの性的玩弄の対象にされはじめ、これが二、三年つづくと、殺されてしまうんです。

美しい者は若いうちに殺してやるのが人間愛というものじゃありませんか。国じゅういたるところに性的殺人の劇場があって、そこで肉体美の娘や肉体美の青年が、さまざまの役に扮してなぶり殺されるのです。

すばらしい官能的な衣装、すばらしい照明、すばらしい舞台装置、すばらしい音楽のなかで壮麗に殺されると、死にきらぬうちに大ぜいの観客に弄ばれ、死体は啖《く》われてしまうのが普通です。

（同）

しかし『暁の寺』につづく『天人五衰』では、そうではない現実を冷厳に書きつけた。

あらゆる老人は、からからに枯渇して死ぬ。ゆたかな血が、ゆたかな酩酊を、本人に全く無意識のうちに湧き立たせていたすばらしい時期に時を止めること（死ぬこと）を怠ったその報いに。

三島は自分の墓を「性の千年王国」にしようとした。その一画だけを自らの「美しい肉体」のある場所にしようとしていたのだ。しかし遺族により実現は阻まれた。言うまでもなく、「美」にあふれた「性の千年王国」への希求は、醜く老い衰えることへの怖れと表裏だった。

「実に実に実に不快」

しかし「枯渇して死ぬ」こと、それよりさらに怖しいことが三島を襲った。三島がその心裡を吐露した注目すべき文章を『小説とは何か』から引く。

つい数日前、私はここ五年ほど継続中の長編『豊饒の海』の第三巻「暁の寺」を脱稿した。これで全巻を終わったわけでなく、さらに難物の最終巻を控えているが、一区切がついて、いわば行軍の小休止といったところだ。

人から見れば、いかにも快い休息と見えるであろう。しかし私は実に実に実に不快だったのである。この快不快は、作品の出来栄えに満足しているか否かということとは全く関係がない。では何の不快かを説明するには、沢山の言葉が要るのである。

まず注目したいのは、「私は実に実に実に不快だったのである」と、副詞を二度ならず三度も重ねている箇所である。三島の書きつけとしては異例中の異例である。不思議なこともある。初出の『波』でのこの副詞の繰り返しが、自決後に『新潮』に再掲載されたとき、そして単行本では二度になっているのだ。水も漏らさぬ校閲部隊がどうしてこのような疎漏をしたのだろう。いや、疎漏でなかったかもしれない。そして、ようやく旧版の全集に収められ、「実に」の繰り返しは三度に戻された。関係者に訊くと、三島の原稿の記述にしたがった由である。いずれにしても異例の書きつけにつづく独白が尋常でないことを想わなければならない。

三島は「暁の寺」を早朝擱筆《かくひつ》した二月一九日、つまり自死の九カ月前『太陽と鉄』の英訳者・ジョン・ベスターを相手にそのパブのための対談をしていた(『読売新聞』平成二九年一月一二日)。そこで、「(肉体ができたら)死の位置がね、肉体の外から中に入ってきた気がするんです」と語っている。またその執筆中、ドビュッシーをくりかえし聴いて「イメージが出て」きたとも言っている。巻三を書き終えた不快感は曖《おくび》にも出していないのだ。

『豊饒の海』を書きながら、私はその終わりのほうを、不確定の未来に委ねておいた。この作品の未来はつねに浮遊していたし、三巻を書き了えた今でもなお浮遊している。しかしこのことは、作品世界の時間的未来が、現実世界の時間的未来と、あたかも非ユークリッド数学における平行線のように、その端のほうが交叉して溶け合っているということを意味しない。

作品世界の未来の終末と現実世界の終末が、時間的に完全に符合するということは考えられない。ポオの「楕円形の肖像画」のような事件は、現実には起こりえないのだ。

作家はしばしばこの二種の現実を混同するものである。しかし決して混同しないことが、私にとっては重要な方法論、人生と芸術に関するもっとも本質的な方法論であった。

私にとって書くことの根源的衝動は、いつもこの二種の現実の対立と緊張から生まれてくる。そしてこの対立と緊張が、今度の長編を書いている間ほど、過度に高まったことはなかった。

二種の現実のいずれにも最終的に与《くみ》せず、その二種の現実の対立・緊張にのみ創作衝動の泉を見出す、私のような作家にとっては、書くことは、非現実の霊感にとらわれつづけることではなく、逆に、一瞬一瞬自分の自由の根処を確認する行為に他ならない。

その自由とはいわゆる作家の自由ではない。私が、二種の現実のいずれかを、いついかなる時点においても、決然と選択しうるという自由である。この自由の感覚なしには私は書きつづけることができない。

選択とは、簡単に言えば、文学を捨てるか、現実を捨てるか、ということであり、ある瞬間における自由の確認によって、はじめて「保留」が決定され、その保留がすなわち「書くこと」になるのである。この自由抜き選択抜きの保留には、私は到底耐えられない。

すなわち、「暁の寺」の完成によって、それまで浮遊していた二種の現実は確定せられ、一つの作品世界が完結し閉じられると共に、それまでの作品外の現実はすべてこの瞬間に紙屑になったのである。私は本当のところ、それを紙屑にしたくなかった。それは私にとっての貴重な現実であり人生であった筈だ。

この浮遊する二種の現実が袂《たもと》を分ち、一方が廃棄され、一方が作品の中へ閉じ込められるとしたら、私の自由はどうなるのであろうか。私の不快はこの怖ろしい予感から生まれたものであった。
思えば少年時代から、私は決して来ない椿事を待ちつづける少年であった。そしてこの少年時の習慣が今もつづき、二種の現実の対立・緊張関係の危機感なしには、書きつづけることのできない作家に自らを仕立てたのであった。

『小説とは何か』

ここに引いた終わりの箇所で、「思えば少年時代から、私は決して来ない椿事を待ちつづける少年であった」と言っているが、これは一五歳のときの詩「凶ごと」（『決定版全集37』）にあらわれている。右文で言及されているポオの「楕円形の肖像画」のストーリーは、画家が妻をモデルにして絵を書き進めるうちに、彼女の美と精気が絵に乗り移っていき、絵が完成した日に彼女は息絶えるというものだ。三島最後の戯曲『癩王のテラス』は大伽藍が完成すると、それを企図した王の肉体が癩《らい》でくずれさるというものだが、一方が完成・完結するとともに他方はそれに嚥《の》みこまれ、消滅する、滅びるというイメージが、晩年の三島を危機的なまでに強くとらえていたのだとわかる。三島は作品世界と現実世界を混同しないこと、一方が他方と混淆したり、嚥み込まれたりしないこと、それこそが「人生と芸術に関するもっとも本質的な方法論であった」と過去形で述べている。『暁の寺』と遺書を見比べると、すでに作品世界が一年半後の近未来の現実世界に滲《しん》出していたことが窺える。それを危機的なまでに強く自覚していたのだ。

「暁の寺」の完成によって、それまで浮遊していた二種の現実は確定せられ、一つの作品世界が完結し閉じられると共に、それまでの作品外の現実はすべてこの瞬間に紙屑になったのである。私は本当のところ、それを紙屑にしたくなかった。それは私にとっての貴重な現実であり人生であった筈だ。

こう述べているが、現実が紙屑になったというのは、現実が作品世界に侵蝕され嚥み込まれてしまった、ということなのだ。「二種の現実の対立と緊張」が失われ、現実世界が「作品の中へ閉じ込められる」事態になった。しかしそうなると作品世界も存立し得ない。これは三島にとり、現実界で生きてゆかなくてもかまわない情況に到ったことを意味した。よって死する方向にきっかりベクトルが向けられたのだ。予兆は『暁の寺』の前の巻二にすでにうかがえる。第三章で引いたが再度置く。

本計画の目的は、帝都の治安を撹《かく》乱し、戒厳令を施行せしめて、以て維新政府の樹立を扶《たす》くるにあり、われらは維新の捨石にして、最小限の人員をもって最大限の効果を発揮し、これに呼応して全国一せいに起つ同志あるを信じ、檄文を飛行機より散布して、洞院宮殿下への大命降下の事実ありたるを宣伝し、宣伝をしてやがて事実たらしめんとするものなり。

戒厳令施行を以てわれらの任務は終り、成否に拘らず、翌払暁にいたるまでにいさぎよく一同割腹自決するを本旨とす。

明治維新の大目標は、政治及び兵馬の大権を、天皇に奉還せしむるにありき。

わが昭和維新の大目標は、金融産業の大権を、天皇に直属せしめ、西欧的唯物的なる資本主義及び共産主義を攘伐《じょうばつ》して、民を塗炭《とたん》の苦しみより救い、炳乎《へいこ》たる天日の下、皇道恢弘《かいこう》の御新政を冀求《ききゅう》し奉《たてまつ》るにあり。

『奔馬』

三年後の近未来に現実となる決起を作中でなぞっているのだ。いや現実と峻別していた作品世界が現実世界に滲出し、それを噉み込み、凌駕《りょうが》しようとしていたのだ。三島は連載担当の編集者に、「怖いみたいだよ。小説に書いたことが事実になって現れる。そうかと思うと事実のほうが先行することもある」（小島千加子『三島由紀夫と檀一雄』）と言っていた。これは『奔馬』の連載初回を書き上げた直後に平泉澄《きよし》門下の若者が訪ねてきたことを指すようである。その若者たちが楯の会の胚《はい》となったのだ。その胚がなければ決起は起こせなかった。佐伯彰一は、作品の世界が三島の行動を先取りしていたと述べている。

作品の世界のほうが三島さんの行動を先取りしちゃってるんですね。三島さんは自分のつくり出す世界にとりつかれた。小説が三島さんを引っぱっていった。自分のつくり出したものにのめり込むかたちで作品と心中していった。

テレビ朝日「ニュードキュメンタリードラマ」昭和五九年九月一三日

「作品世界の時間的未来が、現実世界の時間的未来と、あたかも非ユークリッド数学における平行線のように、その端のほうが交叉して溶け合って」いこうとしていたのだ。ありえない事態への「怖ろしい予感」から「実に実に実に」不快だったのだ。

現実が紙屑になる

しかしそう書いているほぼ同時期、「作家というのは、作品の原因ではなくて、結果です」「(結果は)自分の〝運命〟として甘受したほうがいい」「芸術家として、こんな本望はない」と開き直ったような発言をしていた。

――三島さんの場合にむしろ実生活が作品を追いかけているというかたちがある。

三島　ときどき、そういう倒錯が起こるでしょうね。

――創造したことのリアクションといいますか、反作用みたいな力が、こんどは実生活へ及んでくるという逆のかたちはありませんか。

三島　それはヴァレリーも言っているように、作家というのは、作品の原因ではなくて、結果ですからね。自己に不可避性を課したり、必然性を課したりするのは、なかば、作品の結果ですね。ですけれどもそういう結果は、ぼくはむしろ、自分の〝運命〟として甘受したほうがいいと思います。それを避けたりするよりも、むしろ、自分の望んだことなんですから(中略)。生活が芸術の原理によって規制されれば、芸術家として、こんな本望はない。

『国文学』昭和四五年五月臨時増刊号

つまり、このとき、現実（実生活）をザイン（所与のもの）ではなく、ゾルレン（本来あるべきもの）として積極的に受忍する、と言っているのだ。「運命として甘受したほうがいい」とはそういう意味だろう。三島にとって、ある時期までの作品は、自分にとってあるべきもの（ゾルレン）だったという見立てがある。それをずっと書いていたのだという。それに所与（ザイン）である現実の自分を強引なくらいムリに引き寄せ、一致させて生きていた。ザイン（現実）をゾルレン（作品世界）に付き従わせることが、三島のある意味、異常性を帯びた処世だった。

こうするには、たぐいまれな自己コントロール力、克己力がいる、想像を絶する忍耐強さをともなう。自己をあるべき、求めるものに改造してゆくのだから当然である。しかし、そうしないと生きてゆけない、書いてゆけなかった。まず、自分にとってのゾルレンが何かを、常に注意深く犀利《さいり》に認識していなければならない。それを見誤って作品世界に投入すると、それを新たな自己にしてしまうことになるからだ。誤ったら、とてつもなく苦しむことになる、いや死ぬことにもなりかねない。しかしこの人生の処世作法は、ある時期から不要になったという。しかし要らなくなっても病膏肓《やまいこうこう》となってしまっていた。手が自動書記のように勝手に動いて「英霊の聲」（『文藝』昭和四一年六月号）が書かれるという事態が起きてしまった。

手が自然に動き出してペンが勝手に紙の上をすべるのだ。止めようにも止まらない。

平岡倭文重《しずえ》「暴流《ぼる》のごとく」『新潮』昭和五一年一二月号

現実の自分を犀利に解析し、そこからあるべき自分を厳密に措定《そてい》し、それを取り込んだ作品世界を構築する。そしてそれに自分をしたがわせる。あるべき姿を書くことで現実の自己を改造すること、その現実と作品世界の精妙緻密なやり取り、バランスの上に三島は立てなくなっていた。もはや過激な行動を起こして暴発せざるを得ない地点にいた。このときの三島は、「生活が芸術の原理によって規制されれば、芸術家として、こんな本望はない」と開き直って言っているが、作品に取り込んだものが、あるべき当為の自分なのか、わからなくなっていたのだ。「運命として甘受したほうがいい」とみずからを納得させざるを得なくなっていたのだ。

このインタビューの二年前、三島はまことに興味深いことを明かしていた。幼年時から「決してありのままの現実を掌握することがなかった」と述べているのだ。それは「ありのままの現実は、どこか欠けているように思われ、欠けているままのその「存在の完全さ」は、私に対する侮辱であるように思われた」からだという。

私のものを書く手が触れると同時に、所与の現実はたちまち瓦解し、変容するのだった。ものを書く私の手は、決してありのままの現実を掌握することがなかった。思うに、私は全く自分一人で、自己流に、現実を眺め変える術を学んでいたのである。

ありのままの現実は、どこか欠けているように思われ、欠けているままのその「存在の完全さ」は、私に対する侮辱であるように思われた。

ものを書きはじめると同時に、私に鋭く痛みのように感じられたのは、言葉と現実の齟齬《そご》だったのである。

「電燈のイデア　わが文学の揺籃期」『新潮日本文学45　三島由紀夫集』月報、昭和四三年

三島は「そこで私は現実のほうを修正することにした」。自分を「侮蔑」する「現実」に侮蔑し返したのだ。そうやって「復讐」した。

そこで私は現実のほうを修正することにした。幼時の私に、正確さへの欲求が欠けていたと言うよりも、むしろ正確さの基準が頑固に内部にあったというほうが当たっている。こういう風にして生まれた一種の専制主義が、そうまで扱いにくい現実に対する、復讐の念を隠していたということは、容易に推測されるであろう。

（同）

作品のなかで「光源の普遍性をわが手に握」り、「光源としてのイデアを支配下に置」き、「万能だった」のだ。それは一〇歳に満たない頃からで、しかしこのことが「後年、手痛い復讐を私自身の人生に加え」たと告白している。

文学作品に対する最初の夢は、その（註・自分が仮構した光源）ような太陽の明暗を読者に感じさせることであり、かつ作者の私は、光源の普遍性をわが手に握ることだった。私は光源としてのイデアを支配下に置いているから万能だった。想像力に過重な任務を負わせ、いわば私は「電灯のイデア」を以て

満足していた。

こうして私の文学は出発した。多分、七、八歳のころと思われる。しかしこの出発点における確信は、後年、手痛い復讐を私自身の人生に加えることになるのである。

（同）

これを書いたのは『暁の寺』の連載が始まり、仏教哲学や唯識論を注入し、文章化することに苦渋難行している最中だった。三島はこれを書きながら幼時からの痼疾《こしつ》となった「現実」への「侮蔑」が逆に「手痛い復讐を私自身の人生に加えること」を予感していたのだろう。先に引いた三島の言葉を再々度置く。

「暁の寺」の完成によって、それまで浮遊していた二種の現実は確定され、一つの作品世界が完結し閉じられると共に、それまでの作品外の現実はすべてこの瞬間に紙屑になったのである。

死ぬことだけが可能だった

「三島由紀夫は生涯『仮面』に託してしか、自分を語らなかった。日本の近代史も、戦後の奇怪な事件や特異な出来事も、『仮面』として用いられたにすぎなかった」、「三島の自決という行為も、小説と同様に、彼はいわば〝仮面の告白〟という形式でわれわれに語りかけていた」という立論がある。その一文をかいつまむ。

世の中には死ぬことだけが可能であるような人間がいるのである。それは信じ難いことである。しかし生きることは何から何まで偽りであり、仮面であり、虚構でしかないような人間もいるのである。『豊饒の海』という作品の空虚さと転生への絶望とが、三島という人間の生きていた姿だとすれば、われわれは死ぬことだけが可能だった人間を、死ぬ以外にもさまざまな可能性を持っている人間の側に引きつけて解釈してはならぬ。

日本文化を防衛するためであろうとか、堕落した戦後社会を諫める意図があったのだろうという、(中略)その種のさまざまの外的理由と、三島由紀夫という一人の人間が終始、〝死〟に憑かれた存在だったという事実とは、まったく別の問題である。

彼の一貫した死への意志ともいうべき内的かつ個人的な理由が、どういう複雑なかたちで結びついていたのかということ、(中略)この点に関して、ぜひ明らかにしておかねばならないのは、三島の自決という行為も、小説と同様に、彼はいわば〝仮面の告白〟という形式でわれわれに語りかけていたという事実である。

『文化防衛論』で述べられた言葉を信ずるならば、彼はあるべき天皇の姿を召喚し、「文武両道」つまり「菊と刀」の統一体としての日本文化を、その理想的な姿にかえすために死んだのである。しかしそれは、実は〝仮面〟による告白に他ならぬ。

小説『仮面の告白』にしても『金閣寺』にしても、そこに描かれている人物が三島自身だとはもちろん言えない。しかし三島自身でないとも言えない。

それが私小説的な単純な告白と一線を画した三島文学の特質であり、なんらかの〝仮面〟を通してしか告白しないというのが、彼の一貫した方法であった。というよりは、彼はこれよりほかの方法をしらなかったといってもいい。その常套手段を死に際しても採用したと考えるほど自然な推論はあるまい。

彼はここでいわば日本の歴史を〝仮面〟に選んで自らを語っている。彼はゾルレンとしての天皇が失われた結果、「菊と刀」のバランスがとれなくなって死んでいる日本文化をふたたび生き返らせるために自決を選んだのである。

しかし日本文化はあくまでも、〝仮面〟であって、じつは死んでいるのは三島由紀夫その人であり、彼の劇的な死には、きわめて逆説的な自己の再生あるいは転生の願いが秘められていたと見るべきではないだろうか。

入江隆則「文武両道の沙漠」『新潮』昭和四七年一一月号

この論は三島を「死ぬことだけが可能だった」、「終始、〝死〟に憑かれた存在だった」「われわれは死ぬことだけが可能だった人間を、死ぬ以外にもさまざまな可能性を持っている人間の側に引きつけて解釈してはならぬ」、「彼の劇的な死には、きわめて逆説的な自己の再生あるいは転生の願いが秘められていたと見るべき」と措定している。これらはいい。しかし、「(三島の小説作法の)常套手段を死に際しても採用したと考えるほど自然な推論はあるまい」との立論はどうであろうか。「自然な推論」で三島の複雑で多重的な行動を解せるのだろうか。創作の原理、ロジックと行動のそれは別のものだろう。それを同一とみる論はどこまで正鵠を射ているのだろうか。

映画『憂国』は不可能への挑戦

三島由紀夫の『小説とは何か』のロジックを踏まえて私の論を展べよう。

昭和三四年、結婚後勇躍上梓した『鏡子の家』が無残な結果に終わり、「憂国」が書かれた昭和三五年末頃、「二種の現実の対立と緊張」の緩み、齟齬《そご》が萌《きざ》していたと思える。三島自身は二種の現実（作品世界と現実世界）を峻別していると思っていても、その頃からすでに混淆の芽は萌していたのだ。しかし、「二種の現実のいずれかを、いついかなる時点においても、決然と選択しうるという自由」はまだ確保されていた。両者（作品「憂国」と自決）にはまだ一〇年の間合いがあった。

その後、両者の時間的懸隔はだんだん詰まっていく。現実世界が作品世界にひたひたと迫っていく。いや、作品世界が現実世界を自らに手繰り、引き寄せていた。三島にとってのゾルレン（作品世界）が暴走しはじめ、ザインである現実（実生活）をどんどん引き寄せ、嚥み込もうとしていた。そのような危機的状況を明敏に察知した三島は、昭和四〇年、果敢にある〝実験〟に打って出た。「憂国」の映画化と主演だ。これは単なる作品の映画化ではない。当時これをみた安部公房が、作家と作品を完全一致させ、無とする不可能への挑戦だとするどく指摘している。

作者が主役を演じているというようなことではなく、あの作品全体が、まさに作者自身の分身なのだ。自己の作品化をするのが、私小説作家だとすれば、三島由紀夫は逆にこの作品に、自己を転位させようとしたのかも知れない。

むろんそんなことは不可能だ。作者と作品とは、もともとポジとネガの関係にあり、両方を完全に一致させてしまえば、相互に打ち消しあって、無がのこるだけである。そんなことを三島由紀夫が知らないわけがない。知っていながらあえてその不可能に挑戦したのだろう。なんという傲慢な、そして逆説的な挑戦であることか。ぼくに、羨望にちかい共感を感じさせたのも、おそらくその不敵な野望のせいだったにちがいない。

いずれにしても、単なる作品評などでは片付けてしまえない、大きな問題をはらんでいる。作家の姿勢として、ともかくぼくは脱帽を惜しまない。

「〝三島美学〟の傲慢な挑戦——映画『憂国』のはらむ問題は何か」『週刊読書人』昭和四一年五月二日

安部が〝無〟に持つイメージは、〝ブラックホール〟である。失墜感を以って吸い込まれる真っ暗な穴だ。安部は映画『憂国』からこれを感受している。明敏である。たしかに『憂国』は三島にとり「大きな問題」をはらんでいた。安部は三島の〝実験〟は「ぼくに、羨望にちかい共感を感じさせた」と言っているが、三島は薄れゆく現実とより強まりゆく作品世界のハザマで、両者を選択する自由を確保することに苦しんでいたに違いない。その苦しみを解決する方途として、自らを作品世界に投げ入れたのだ。しかし〝実験〟は奏功しなかった。

そしてとうとう『暁の寺』を擱筆《かくひつ》したとき、書く行為に欠くべからざる自由を失った。二種の現実を選択する自由を失ったのだ。「この自由の感覚なしには私は書きつづけることができない」作家は、「二種の現実のいずれにも最終的に与せず、その二種の現実の対立・緊張にのみ創作衝動の泉を見出す」ことが不能になった。二種の現実の選択の自由があってこそ「書くこと」ができる作家は、それがない状況に「到底耐えられない」と吐露していたのだ。つまりもう書けなくなっていた。しかし、「到底耐えられない」、「自由抜き選択抜きの『保留』（＝「書くこと」）」状態で『天人五衰』は書き上げられた。壮絶というしかない。

『天人五衰』の凄絶

巻四『天人五衰』の最終部分は、本多繁邦が東京から奈良の月修寺門跡となった綾倉聡子に会いに行き、読む者を虚無の淵に突き落とす言葉を交わすシーンでくくられる。

三島は昭和四一年、映画『憂国』の一般公開に合わせて日本外国特派員協会で講演し、記者からの質問に答えた。そのとき連載中だった『春の雪』について、「少年（松枝清顕）は彼女（尼になった聡子）に会いたくて何度もムリに会おうとするが彼女は拒絶する。源氏物語の最後の巻に似ています」とプロットの種明かしをしていた。『春の雪』と『天人五衰』に登場する綾倉聡子は、『源氏物語』宇治十帖の浮舟がトランスフォームされたものなのだ。三島は最後の巻「夢浮橋」の筋立てと人物配置（浮舟・匂宮・薫と聡子・清顕・本多）を巧みに換骨奪胎していた。

本多が聡子に会おうと京都市街から奈良の帯解《おびとけ》に向かう。そのとき乗った車の中から眺めた風物が『天人五衰』の最終回に描写されている。それは三島が昭和四五年の夏、実際にタクシーに乗り実見した風物を創作ノートに書きつけたものを基にしている。それが作品にどう反映されているかを、本文と比べてみよう。そのいくつかを次にかかげるが、三島らしからぬ修辞のない、平板な、乾いた描写である。

——山科南詰から右へ折れる。バスを待つだらんとした女子供たち。生活のたえまなさ、暴流《ぼる》のごとし。暑げに妊娠した女。大柄な洋服の下の腹のふくらみ。プラタナスの並木。若いトッポイみなりの子ら。埃だらけのトマト畑。山科あたりの雑駁な景色。町工場。（創作ノート）

「山科南詰から右折すると、そこはもはや町工場の多い、いたずらに夏の日にかがやいた空疎な郊外であった。停留所でバスを待つ女子供には、暴流のような生活のたえまなさの上に泛んだ芥《あくた》の滞留が、大柄なプリントの洋服のかげに暑げに妊娠した女の顔にも窺われた。その背後には埃をかぶった小さなトマト畑があった」（本文）

——宇治市へ入る。大阪、奈良右へ。丁字路を右へ。山々青し。大石街道、青々と竹やぶ多し。そのつながりは桃山御陵。御陵のある山。六地蔵めぐり。竹やぶ多き山。「美味しい冷やしあめ」という看板。（創作ノート）

「宇治市へ入ると、山々の青さがはじめて目に滴った。『美味しい冷やしあめ』と書いた看板があり、自動車道にまでしなだれかかる竹若葉があった」（本文）

——右に木津川。大鉄橋あり。木津川見えるまで、青き美しき堤。ピアノの鍵盤のごとく青き柵にて空を区切る。（創作ノート）

「右側に木津川の長い美しい堤を見た。人影はなく、美しい木立をところどころに載せた堤が空を劃していた」（本文）

——車木津川を右に見てまっすぐゆく。左方はこんもりした丘、畑。洲の多い川の上で高圧線大きくた

わんで下りている。夏の暑さに弛んだように。（創作ノート）

「車は木津川を右に保ってしばらく行くうちに、洲の多い川面が眼下に歴然とあらわれ、これを跨ぐ高圧線の電線が、夏の暑さに弛んだように、大きくたわんで川の上へ下りていた」（本文）

——東大寺正門に見ゆ。金のしび。坂を下りてくると、正面にせまる　緑の松の間より出づ。そのひろい屋根。その抱擁。その受容。奈良市内は深閑としている。暗い店内で白い軍手を売る店。（中略）奈良公園の中を通る。日強くなる。後頭部で啼いているような蟬の声。松林。鹿がいた。夏の鹿。その白い斑。（創作ノート）

「山かいの坂を下りかけるとき、正面の松の聚落から、堂々と迫り上ってくる東大寺の、広大な抱擁的な屋根と金の鴟尾《しび》こそ、奈良だった。車は深閑とした奈良市街の、日覆のかげの暗い店内で白い軍手を吊して売っている店などの、古びた軒先をすぎて奈良公園に入った。日は強くなり、本多の後頭部に巣食って啼きつづけているような蟬の声はいよいよ深く、日のまだらの中に、夏の鹿どもの白い斑が浮んでいた」（本文）

ここから見てとれるのは、京都から奈良に向かう本多は三島その人であり、作品世界が現実をのみ込むかたちで両者はすっかり混淆してしまっていることだ。混淆というより混濁していると言ったほうがいいかもしれない。

転生の物語を描く

『豊饒の海』全四巻は、松尾聡がそれまで佚亡《いつぼう》していたものを校註した『浜松中納言物語』を典據とした夢と転生の物語」である。『春の雪』の巻末にそう付記されている。松尾は清水文雄と同じく学習院の国文の教師であったばかりでなく、三島とともに『文藝文化』の同人で持っていた古今和歌集の輪読会のゲスト・メンバーでもあった。『浜松中納言物語』は日本と唐土を舞台とする輪廻転生の物語であるが、これについて三島は、『豊饒の海』巻一を書き出す前の昭和三九年、非常に興味深いことを述べている。

もし夢が現実に先行するものならば、われわれが現実と呼ぶもののほうが不確定であり、恒久不変の現実というものが存在しないならば、転生のほうが自然である、と云った考え方で（この物語は）貫かれている。

『日本古典文学大系第77』月報、岩波書店、昭和三九年

「夢」を「作品世界」という言葉に置き換えてこの一文を読み直すと、三島がこれから自分の実人生に起ることを直感的に予知していたとも思える。これに続けてこう述べる。

それほど（この物語の）作者の目には、現実が稀薄に見えていたにちがいない。そして現実が稀薄に見えだすという体験は、いわば実存的な体験であって、われわれが一見荒唐無稽なこの物語に共感を抱

くとすれば、正に、われわれも亦、確乎不動の現実に自足することのできない時代に生きていることを、自ら発見しているのである。

（同）

「われわれ」を、私（＝三島）に置き換えていいだろう。生来、三島には現実が稀薄に感じられていた。その稀薄感は次第に強まっていた。「作品世界」と「現実世界」を峻別し、対立させ、いずれかを選択する自由を確保してこそ、「創作衝動の泉」は湧いた。しかし「現実世界」が稀薄化し、「作品世界」に凌駕される危機を予感していたのだろう。それはとりもなおさず三島という作家の危機であった。「現実世界」と「作品世界」の二者の関わり合いに関連して、『小説とは何か』の前にも縷述している。「『憂国』の謎」では、ペリカンが自分の血で子を養うように自分の存在を作品に注ぎ込んでいる、それによって「私は心魂にしみて、この（自己存在の）飢渇を味わった人間」だと言っている。

芸術家は、ペリカンが自分の血で子を養うと云われるように、自分の血で作品の存在性をあがなう。彼が作品というモノを存在せしめるにつれて、彼は実は、自分の存在性を作品へ委譲しているのである。ここに芸術家の存在性への飢渇がはじまる。私は心魂にしみて、この飢渇を味わった人間だと思っている。

『アートシアター』昭和四一年四月号

「いかにして永生を？」では「ものを書くという仕事は呪われているのである。この仕事には、生の根本的な否定が奥底にひそんでいる。なぜなら、それは永生を前提としているからである」と言っている。これは「限りある命ならば永遠に生きたい」という自決した日に書斎に遺した書きつけに照応する。そしてこうも言っている。

文字を用いてものを書くということは、すでに、自分の現存在を言葉に移し、自分の「生そのもの」を言葉に売ったことである。

『文学界』昭和四二年一〇月号

話を『豊饒の海』に戻すと、これを貫いているものは、「確乎不動の現実」に自足しようとする者への夢の側からの挑戦（村松剛『三島由紀夫の世界』）、という見方がある。

それより私はこう見たい。三島にとって作品世界は現実世界に先行するものだった。そうして現実はどんどん稀薄化していった。これではますます息苦しくなるばかりだ。ついには書けなくなってしまう。しかしそうなら、荒唐無稽でも転生の物語を描かなくてはならない。そうすれば稀薄化する現実を逆に回復することができるのではないか。現実の稀薄化を止め回復できれば、まだ作家として生きてゆける。それを企図した壮大な実験に三島は挑んだのではないだろうか。バーチャルを突き抜けてリアルに到る道、作品世界に嵌み込まれようとする現実世界、消えゆこうとする稀薄な現実世界をつかみ返す最後の試み、それが『豊饒の海』を書くことだった。『堤中納言物語』の虫めづる姫君はのたまう。

人々の、花、蝶やとめづるこそ、はかなくあやしけれ。人は、まことあり、本地たづねたるこそ、心ばへをかしけれ（中略）

人は夢幻のやうなる世に、誰かとまりて、悪しきことをも見、善きをも見思ふべき……。

しかし巻三『暁の寺』を書き上げたとき、その壮図は潰え、バーチャルはリアルを嚥み込もうとしていた。

等身大のブロンズ像

ここで「富士のみえるところへ墓とブロンズ像をたてよ」という遺言にまつわるブロンズ像の話に入る。ブロンズ像はつくられていた。像はどのようなものなのだろう。

三島の死後、三島邸の写真集が出た。そこに高さ四〇センチメートルくらいの小ぶりなブロンズ像が写っている。両手を後ろに回した三島の裸像である。それだろうか。いや、三島はそれと同じポーズの等身大像を制作していたのだ。制作依頼を受けた彫刻家・分部順治《わけべじゅんじ》は一九九五年に没している。しかし制作を手伝った彫刻家がいる。分部の女婿の吉野毅だ。私は吉野に会い、制作現場だったアトリエで当時のことを聞くことができた。アトリエには壁面に嵌めこまれた、当時三島の裸体を映していた大きな鏡がそのままにあった。

三島が自決する前年（昭和四四年）末、三島の岳父である日本画家・杉山寧《やすし》から分部に電話が入った。用件は三島の等身大の裸像制作の依頼だった。二人はともに日展の理事として親しかった。三島から相談された杉山が、男性裸体彫刻なら、と分部を薦めた。

昭和四五年一月末、三島は分部宅にやって来た。革ジャン姿で、挨拶もそこそこにアトリエに入るなり、分部と吉野の前で素っ裸になり、自慢の肉体を披露した。三島はすでにポーズを決めていて、彫刻のイメージを話し合うことすらなかった。ポーズは三島が偏愛した聖セバスチァンの殉教画中、マンテーニャの手になるもので、両手を後ろで縛《いまし》められ、身を捩《よじ》っているというものだった。分部はまず小さな像を試作し、イメージをつかんでから等身大のものを造る手順をとることにした。三島邸に置かれたブロンズ像はその試作のほうだった。

しかし分部は試作を仕上げた直後、狭心症の発作に襲われてしまう。医者から脚立の上り下りを止められた分部は、等身大像の制作延期を申し入れたが、三島は聞き入れなかった。やむなく吉野を助手として作業を進めることにした。脚立を上り下りする芯棒の組み立ては吉野がした。偶然にも吉野は学生時代にアルバイトで、三島邸の庭の芝生にはめこまれた、星座の図柄を描いた「十二支日時計」のタイル制作に関わっていた。こういう奇縁が二人を近づけた。

急いだ理由は自決によって製作者二人に知れるのだが、三島は九月初めからその直前まで毎日曜日、馬込からタクシーを飛ばして江古田のアトリエに通って来た。車が早く着くとあたりを周回させ、午後二時の時報とともに来訪のチャイムを鳴らした。そして四時までの二時間ポーズをとった。

自身が希《のぞ》んだにせよ、斜面にした台の上に立ち、ポーズをとるのはプロでも大変なのだ。三分すると身体が震えだし正中線からうごいた。辛く、苦しいはずなのに「休んでください」と言っても七、八分は耐えていた。そしてときに恍惚の表情を見せていた。像に自虐的な恍惚状態をあらわしたい気持ちがあったのだろう。それだけでなく、ポーズをとる肉体的苦痛のうちにエクスタシーを味わっているようにも見えた。そうやってセバスチァンになりきることを楽しんでいるようだった。

像をああしてくれ、こうしてくれと注文はつけないが、どういう運動をして各部の筋肉をつくったかを説明したがった。苦労してつくった筋肉をブロンズ像に再現して残そう、そういう気持ちが先走っているようだった。しかしそうやってつくられた筋肉をいたずらに誇張すると、作品はダメになってしまう。もともと虚弱体質で、胸骨は薄く肩幅は狭く、それに筋肉をつけただけだとわかる。脚部はきれいだったが、上体とのバランスが悪く、よく見えるのは正面からだけだった。その筋肉はよく鍛えられていたが、ダブつき出していた。四五歳で肉体の限界を感じていたように思えた。休憩時間は用意した籐の椅子に座り、バスタオルを股間に掛けていたが邪魔だという風だった。よくしゃべり、明るい緊張感を制作空間にかもそうとしていた。

突然、「一に朝潮、二に長嶋、三四がなくて五に三島って言われてますがわかりますか。ワッハッハ、有名人の胸毛の順番です」などと冗談を言った。胸毛をどう表現するのだという問いかけのように聞こえた。しかし粘土つけで胸毛は表現できない。

三島が立った台は、モデル本人は動くことなく横向きにさせたり後ろに向かせたりできるよう回転する。三島はあるとき休憩時間になると目をつむり、「いまから自分が言うのを確認してください」と言い、四囲にある置物などを細かく説明した。鋭い観察力を誇りたかったのだろう。

無邪気な、ヘンな自慢もした。楯の会の隊員たちと自衛隊に体験入隊したとき、片手腕立て伏せができたのは自分だけだったと自慢し、吉野が「私にはとてもできない」と言うと、素っ裸で片手腕立て伏せを始めた。オチンチンが床に付くがかまわずやっていた。同じ黒い網目のポロシャツを二週、三週と続けて着てきたことがあった。いつもその袖口を筋肉が見えるように折っていた。同じシャツかと思って聞くと、気に入ったものがあると一〇着以上まとめて買うのだと言う。好奇心が旺盛で、吉野がデッサンしているのを見て、目的は何だと聞いた。「これは素描で、身体をあらゆる面からとらえて、ポーズを正確に把握しているのです」と答えた。すると一週間後、ノートを持参してきた。小説のために風景を取材したものだった。それが自分の素描だと言いたかったのだろう。

以上が、私が吉野から聞きとったことごとである。時間墨守は現実生活の希薄さへの不安からだったのだろう。三島の杓子定規な礼儀正しさ、過剰な自意識、衰えはじめた肉体など吉野はおどろくほどよく観察している。

三島は彫像制作のさなか、翻訳家のジョン・ベスターのインタビューをうけていた。自作の欠点についてきかれると、考え込みながら「いつも欠点を感じながら書いて」いると明かし、「僕の文学の欠点っていうのは、あんまり小説の構成が劇的すぎること。僕は油絵的に文章みんな塗っちゃうんです。日本的な余白ってものが出来ない」と語った。海外の読者にむけたもののせいなのか、ここまで明かすのはめずらしい。

三島が吉野に見せたノートには、三〇分ごとに変化する空や情景が緻密に書き込んであったという。

時々刻々移り変る空気や湿潤感までも画布に描こうとしたターナーの画を彷彿とさせる。偏愛する画家が絵具でやったことを、三島は文字でしていたのだ。

聖セバスチァンの殉教図

セバスチァンは紀元三世紀のローマ軍近衛兵の隊長で、当時禁じられていたキリスト教徒であることが露見したため矢で射殺され、その後蘇生したという伝説上の人物だ。後世聖人として殉教者に列せられた。三島は二〇代半ばに書いた出世作『仮面の告白』のなかで、作者である一〇代前半の主人公が、グイド・レーニの描くセバスチァンの殉教画を見て気持ちを昂ぶらせ、思わず射精してしまうシーンを描いた。あわせてそこに、セバスチァンをたたえる散文詩（一〇代で書いたもの）をかかげた。

三島は自死の四年前、官能性と豊麗なイメージに富んだガブリエレ・ダヌンツィオの戯曲『聖セバスチァンの殉教』を仏文学者・池田弘太郎と共訳出版した。そこに殉教画や彫刻像の写真を五〇余枚も載せたが、グイド・レーニの他にマンテーニャのセバスチァン画も入れた。戯曲に描き出されているセバスチァンは、ギリシャ神話の美神アフロディーテに愛された美少年アドニスや、ローマ皇帝ハドリアヌスに寵愛された美青年アンティノウスにおとらぬ美丈夫だ。美しい若者セバスチァンは、皇帝の哀願とも言うべき棄教の命令をこばみ、兵士たちの生き永らえてほしいという懇願も聞かず、死への道をえらんだ。

三島は自決の二年前、自らセバスチァンに扮して写真におさまった。それは異教的な美しい顔立ちのセバスチァンを描いたレーニの殉教画を模し、両腕を頭上に挙げ、手首を交差して括られ、樹の刑架に縛められたポーズをとっている。じっさいのレーニ画と異なるのは、顔の向きと両手首の組み方だけで、それ以外は、上半身に射込まれた三本の矢はそのままで、苦悶のうちに喜悦をともなった表情をうかべている。

ブロンズ像を制作しているとき、それと同時並行して書いていた『天人五衰』で「イタリア美術では何が好きかね」と問われた主人公の少年に、セバスチャンを描いた「マンテーニャです」と答えさせている。作品界がとうとう現実界に追いつき、襲いかかっていたのだろう。現実が作品にすっぽりと嚥み込まれるのはもう間近だった。

マンテーニャのセバスチァンは、レーニ他の画家のものと異なり、鍛えられ発達した腹筋が割れた、筋骨隆々のいかつい肢体の持ち主だ。そして射られた矢が無数に突き刺さった陰鬱な画だ。三島が塑像のためにとったポーズは、マンテーニャがアトリエに秘蔵したものと瓜二つだ。そのセバスチァンは斜面に立ち、苦悶にゆがむ、美しいとはいえない顔面を右によじっている。完成した塑像と原画との違いは、塑像の方には腰布と射られた矢がないことだ。数々の殉教図中の聖人の身体に突き刺さった矢の数は、時代が降るにつれて少なくなるのだが、二〇世紀の三島像でそれはゼロになった。

山中剛史は、「『三島事件』と共に『男の死』が刊行され墓碑として黄金の裸体像が建立されていたら、今とは全く異なる（事件とそれを起こした三島に対する）受容があったであろう」（『三島由紀夫』イメージの触発と反転」『二一世紀の三島由紀夫』翰林書房、平成二七年）と指摘している。そしてブロンズ像の制作を、三島晩年の数々のフォト・パフォーマンス（細江英公による写真集『薔薇刑』の刊行、映画『憂国』の制作ならびに主演、矢頭保による切腹シーン撮り、三島事件で上梓が頓挫したままの篠山紀信による写真集『男の死』の企画、死後となった『新輯版薔薇刑』の刊行）の延長線上に位置づけている。

そうすることによって「政治的主体としてのみまたはテクストのみからなる接近では取りこぼしてしま

う、人生と作品の有機的合一化、三島による三島自身の作品化」という、他者以外の作家自身による「単なるフェティッシュでない」、そして「矛盾するような事態」を含む「二次創作」の実相が見えてくるという。そのとおりだろう。

セバスチァンが絶命するとともに身体に刺さった矢はことごとく消え失せ、そして彼は蘇生したという。三島はその奇蹟を像に込めようとしたのだろうか。セバスチァンはキリスト教に殉じたが、三島のブロンズ像は何に殉じているのだろう。裸体像の制作にひそかに熱中していたときに『日本文学小史』の第六章「源氏物語」は書かれていた。死を決意し、苦渋に満ちた日々を送っていたはずの作家の心中には、「快楽は空中に漂って、いかなる帰結をも怖れずに、絶対の現在の中を胡蝶のように羽搏いている」(「源氏物語」『日本文学小史』)源氏物語の主人公があった。これはブロンズ像のポーズをとっていた作家の境地でもあったのだ。ということは何ものにも殉じてはいないのだろう。

実存、時間、脱自、恍惚、美、エロティシズム、死

三島由紀夫は三八歳のとき、つまり昭和三八年、「死の観念」は、「これこそ私にとって真に生々しく、真にエロティックな唯一の観念かもしれない」、「その意味で、私は生来、どうしても根治しがたいところの、ロマンチックの病いを病んでいるのかもしれない」と吐露している。

今の私は、廿六歳の私があれほど熱情を持った古典主義などという理念を、もう心の底から信じてはいない。自分の感受性をすりへらして揚棄した、などというと威勢がいいが、それはただ、干からびた

のだと思っている。そして早くも、若さという青春とかいうものは、莫迦《ばか》莫迦《ばか》しいものだ、と考えだしている。それなら「老い」がたのしみか、といえば、これもいただけない。
そこで生まれるのは、現在の、瞬時の、刻々の死の観念だ。これこそ私にとって真に生々しく、真にエロティックな唯一の観念かもしれない。
その意味で、私は生来、どうしても根治しがたいところの、ロマンチックの病いを病んでいるのかもしれない。
廿六歳の私、古典主義者の私、もっとも生のちかくにいると感じた私、あれはひょっとするとニセモノだったかもしれない。

『私の遍歴時代』

まず、三島の「若さという青春」と「老い」だが、江藤淳は辛辣なことを言っている。

氏のなかには恒にひとりの幼児が棲んでいる。氏の外貌は無意識家のあずかり知らない抽象的な仮面に似通っている。要するに三島氏に年齢がないゆえんである。そして年齢がないとは、氏に本来青春がなかったことを意味する。なぜなら、青春とは肉体を踏みこえてぶよぶよと膨張する時期、そのために生ずる錯乱を特権とするような季節であるのに、三島氏には決してこういうことはおこりえなかったから。したがって氏のなかでは、恒に幼児が老年と同居しているのである。

「三島由紀夫の家」『群像』昭和三六年六月

江藤の三島規定によれば、この意識家には「錯乱を特権とする」「青春がなかった」のであり、それは踏みこえるべき〝肉体〟がなかったからだ、ということになるのだろう。そして「したがって氏のなかでは、恒に幼児が老年と同居している」というのだ。じつに鹹《から》い評言だ。

つぎに「真にエロティックな」「死の観念」だが、「エロス」とこれと通じている「タナトス」ということである。この観念が「瞬時」「刻々」「真に生々しく」あるのは「どうしても根治しがたいところの、ロマンチックの病いを病んでいるのかもしれない」というのだ。「かもしれない」ではなく、死にむかおうとする「タナトス」は「エロティック」な観念であり、「ロマンチックの病い」なのである。これは〝三島由紀夫〟という謎を解く最重要のものであろう。幾多の作品にこれらのあふれる情動を滾々《こんこん》と注ぎこんでいるのだ。この三者が三島をあの行動にも駆りたてたのだと思われる。ここで三島の言う「ロマンチックの病い」という気質だが、保田與重郎にからめた発言がある。

いくら冷たい戦争でも、戦争があったらまた変なロマンチックがもてはやされるから見ていてごらんなさい。

戦争が始まったら酔わせる文章がはやるよ。もうわかりきっている。今や、ちょっとその方向にあるので心配している。…ぼくは浪曼派の敵だからはっきり言うけど、保田與重郎なんかの復活してくる傾向はあるね。つまりああいう酔わせる文章が復活してくる可能性がある。それは戦争の脅威だよ。だから芸術はやっぱり平和でなければ進歩しないですよ。

「私の文学鑑定」『群像』昭和二九年二月号

この発言がなされたのは昭和二九年である。「ひょっとするとニセモノだったかもしれない」三島が「もう心の底から信じてはいない」古典主義にむかっていた時期である。そして世界は欧米で米ソの冷戦がはじまり、極東では朝鮮戦争が勃発し、一旦休戦に持ち込まれた翌年である。先の大戦のさなか、結果的に戦意高揚を煽ったとみられた保田を「また変なロマンチックがもてはやされる」と難じている。そして自らを「ぼくは浪曼派の敵だから」と言い張っている。素直さのないムリを感じさせる発言で、だから引っかかるのである。

この発言にどんな気持ちが動いていたかだが、それがみてとれる後年の書きつけがある。「十八歳と三十四歳の肖像画」（昭和三四年）である。

三島には一〇代早々から「エロティック」な「死の観念」と「根治しがたいところの、ロマンチックの病い」という気質があった。それに苦しみ出したのは二〇歳を過ぎた戦後からで、それまではそれらになずみカテにして至福を感じながら創作していた。しかししだいに自身を蝕むものであることに気づく。この気質は「深海の大章魚《おおだこ》」のようなもので、あらゆる思想はこれに「喰われる潜水夫」のごとくだという。三島は「自分の気質に苦しめられてきた」、「とうとう私は自分の気質を敵とみとめて、それと直面せざるをえなくなった」。そしてその気質の「すべてを決算し」、「折れ合おうと試み」たり、「できるだけ離脱し」ようとして「失敗し」、あるいは「徹底的に物語化し」ようと「不逞な試み」をし、あるいは「『自分の反対物』に自らを化してしまおうというさかんな欲望を抱くようになる」のだった。三島はこの時点で自らの気質を何とか御《ぎょ》しおおせると考えていたからだ。

三島と「ロマンティーク」は重要な論点だが、ここではそこから派生している（その根かもしれない）三島と「エロティック」、「エロティシズム」、「エロス」の関連性にしぼって論じる。

三島は「エロス」について、昭和三〇年代にジョルジュ・バタイユの書物から眼をひらかされた。それとともにドイツ哲学、なかんずく（ヘルダーリンをとおして）ハイデガーがあった。昭和三九年に書かれた『絹と明察』の「第三章　駒沢善次郎の賞罰」で、「哲学者が、最近あらわした」『ハイデッガーと恍惚』という『かなり奇抜な本』」の説が紹介され、「著者のハイデッガー解釈の独自なロマン派的構想があきらかになった」とある。あきらかなのはこれが三島独自の解釈であること、つまり「哲学者」である「著者」は三島自身ということだ。


ハイデッガーのいわゆる「実存（エクジステンツ）」の本質は時間性にあり、それは本来「脱自的」であって、実存は時間性の「脱自（エクスターゼ）」の中にある、と説かれているが、エクスターゼは本来、ギリシャ語のエクスタテイコン（自己から外へ出ている）に発し、この概念こそ、実存の概念と見合うものである。

つまり実存は、自己から外へ漂い出して、世界へひらかれて現実化され、そこの根源的時間性と一体化するのである。右は殊に前期のハイデッガー哲学における実存の本質規定であるが、このロマン派的な著者は、エクスターゼを進んで、「恍惚」と訳し、古代ギリシャ後期において、エクスタシスが、魂が肉体から出てゆくこと、神秘的な恍惚状態を意味したごとく、日本の古代信仰でも、「もの思へば、沢の蛍もわが身より　あくがれ出づる魂《たま》かとぞ見る」という和泉式部の歌に見られるような、遊魂の状態にあらわれる人間の実存が問題にされていることに言及する。

そしてハイデッガーのこのような脱自性を、むりやりに決意的有限的な時間性と結びつけたことから、彼の現実政治の誤認と、現実の歴史との混淆が生じたのであって、むしろハイデッガーはこのエクスタ一ゼを世界内へ企投することなく、芸術の問題から実存の本質を解明すべきであった、と著者は批判する。

無神の神学といわれるハイデッガー哲学の荒涼たる世界は、時間性において本来的存在への決意を引受けるところに生れたものであって、芸術や信仰の実存はこれに反して時間に対する超越的契機を秘め、もっと豊饒な恍惚へ導くというのが、著者の結論らしい。（中略）

『あとからハイデッガー先生を非難するのは易しい』と、岡野は考えていた。「若いころ一度詩人になろうとして失敗したこの男」は、考えつづけた。

『ハイデッガーの脱自の目標は、決して天や永遠ではなくて、時間の地平線だった。それはヘルダアリンの憧憬であり、いつまでも際限のない地平線へのあこがれだった。』

『絹と明察』

「岡野」も三島の分身だ。「哲学者」である「著者」と「若いころ一度詩人になろうとして失敗したこの男」（つまりこれも三島である）の考えをひとつに結んだところに言わんとしていることがあると思われる。「恍惚」は「エロス」の核心である。その根源には「時間」があり、それは「実存」につうじる。この三島のハイデガー解釈は独自なものだ。三島のうちで、「エロティシズム」は「死」と同値であり、「美」とつながるものだ。三島は、自決一週間前の古林尚との対談で、自分のうちで、「美」と「エロティシズム」と「死」は、同一のベクトル上にあると明瞭に語っている。

ぼくの内面には美、エロティシズム、死というものが一本の線をなしている。ぼくが、あなたのおっしゃる〈情念の美〉にとり憑かれているのは、エロティシズムと関係があるからでしょうね。ジョルジュ・バタイユをぼくが知ったのは、昭和三十年ごろですが，ぼくが現代ヨーロッパの思想家でいちばん親近感をもっている人がバタイユで、彼は死とエロティシズムとのもっとも深い類縁関係を説いているんです。

その言うところは、禁止というものがあり、そこから解放された日常があり、日本民俗学で言えば晴《はれ》と褻《け》というものがあって、そういうもの、——晴がなければ褻もないし、褻がなければ晴もないのに——つまり現代生活というものは相対主義のなかで営まれるから、褻だけに、日常性だけになってしまった。そこからは超絶的なものが出てこない。

超絶的なものがない限り、エロティシズムというものは存在できないんだ。エロティシズムは超絶的なものにふれるときに、初めて真価を発揮するんだとバタイユはこう考えているんです。

『図書新聞』昭和四五年一二月一二日、四六年一月一日

これは三島流のバタイユ解釈である。三島は、ニーチェだろうが、陽明学だろうが、唯識だろうが、す

べて〝三島由紀夫〟流に咀嚼し解釈してしまう。バタイユはその著『エロティシズム』の冒頭に、「エロティシズムについては、それが死にまで至る生の称揚だと言うことができる」(澁澤龍彥訳)という一文を置いている。江藤淳は三島がバタイユに傾倒していることを知ってか知らずか、このくだりをからませてめずらしく三島作品「憂国」を高く評価している。

この問題(エロティシズムと政治の関係―大義名分に殉ずることがそのままエロスの頂点をきわめることになり、逆にエロスの頂点に至福をあたえるのが「大義」だというような相互交渉の秘儀)を三島由紀夫氏の「憂国」はもっぱら審美的に凝固させている。この美を描くために二・二六事件と新婚の青年将校夫妻という設定をした作者の明敏さは心にくい。政治的異常事の中心をエロティシズムの側面からとらえようとすることで、その意図は見事に成功している。ジョルジュ・バタイユはエロティシズムを定義して「死にいたるほどに生を求めること」といっているが、エロスが政治に出あうのは「死」においてであり、政治にあからさまな「死」が登場するのは「テロリズム」においてよりほかにないからである。

「文芸時評」『朝日新聞』昭和三五年一二月二〇日

一〇年後の三島の決起を予告しているかのようでおどろかされる。「エロス」を奉じる三島は、「死」に向かうために政治を自らに引き寄せ、「テロリズム」を起した。江藤の解釈に沿うとそうなるのだろう。

昭和四一年、『奔馬』のため、九州で神風連《しんぷうれん》(明治政府の欧化政策をよしとせず武装蜂起した熊本の神官たち)の取材をしたひと月後、三島は『聖セバスチァンの殉教』を上梓した。神風連の決起による死、それとローマ軍傭兵隊長セバスチァンの宗教上の異端ゆえの処刑死は三島にとって同値だった。どちらも自己のうちで「エロティシズム」に結びついていたからだ。

美、エロティシズム、死という図式はつまり絶対者の中にしかエロティシズムは見出だされない、という図式なんです。厳格な戒律があって、そのオキテを破れば罪になる。罪を犯した者は、いやでも神に直面せざるを得ない。エロティシズムというものは、そういう過程をたどって裏側から神に達することなんです。

革命のオプティミズムを否定するペシミズムがない限り、革命というものは成り立たないし、また革命の合理主義を完全に否定する神秘主義がなければ、同様に革命はダメになるんです。革命というものが一つのイグジスタンスであるためには、両側がなきゃいかん。ところが日本の戦後革命では、合理主義に偏してしまった。人間主義に偏してしまった。エロティシズムが軽視された。

エロティシズムと名がつく以上は、人間が体をはって死に至るまで快楽を追及して、絶対者に裏側から到達するようなものでなくちゃいけない。だから、もし神がなかったら、神を復活させなければならない。神の復活がなかったら、エロティシズムは成就しないんですからね。

ぼくはそういう考えをしているから、無理にでも絶対者を復活させて、そしてエロティシズムを完成します。天皇陛下が出てくる。

『図書新聞』同前

エロティシズムは「裏側から神に達すること」、「絶対者に裏側から到達するようなもの」と言っている。戯曲『サド侯爵夫人』中のルネ（サド夫人）の科白《せりふ》、「アルフォンス（サド）は天国への裏階段をつけたのです」が響いてくる。

三島はこの言葉のなかに、一生涯の、そして決起に駆り立てられた思いを、如実に明瞭にこめている。対談で古林が指摘しているが、三島の超絶的なもの、絶対者は天皇（神）に通じ、エロティシズムはセックス抜きで観念の高みに飛翔する。そこがバタイユとの違いだ。

男は壮烈な死によってだけ美と関わる

昭和四〇年から四三年にかけて書かれた『太陽と鉄』で「男はなぜ、壮烈な死によってだけ美と関わるのであろうか」と問うている。おそらくそれをしかと感じとったのは、昭和四一年夏、『奔馬』の取材で奈良から熊本へ向かう途次立ち寄った江田島の参考館で見た特攻隊士たちの遺書からだったろう。そのとき何を感じたかを次のように述べている。

この間、江田島の海上自衛隊に行って、特攻隊の遺書を一つずつ全部みたけど、非常に心を打たれた。つまり特攻隊、必ずしも命が惜しくなかったわけではない。たしかに命が惜しかったに違いないが、自分の人生を完結させるために、それでもやらなければならない。

命が惜しいということがほんとうか、それでもやらなければならぬといって突っ込むのがほんとうか。

人間がそこまで突き詰められたら、どっちがほんとうか解らない。もちろん命は惜しかったろう。しかしそれと同時に、そういう人間のもう一つの部分があるということだね。

「エロチシズムと国家権力」『中央公論』昭和四一年一一月号

三島は彼らの遺書に「終り」を前にした精神が死を受容するために言葉がどう駆使されているかを見た。真実を語ろうとすると言葉は必ず口ごもる。いっぽう七生報国《しちしょうほうこく》や必敵撃滅や死生一如と書かれた成句はひたすら自分をそれに同一化させようとする矜《ほこ》りと決心をあらわしている。真実を語ろうとして口ごもる、あるいは既成の簡潔な成句に託した遺書から「終り」＝「死」を認識したいさぎよい精神の高まりを感得しそこに「美」を見出したのだ。それは超「エロティック」な美だった。

「死」と「エロス」と「美」があり、そしてそこには「真の自由」があった

『暁の寺』を朝擱筆《かくひつ》した昭和四五年一一月一九日、三島は死生観について「自分に肉体というものがなかった時代」は死が外側にあったが「(肉体ができたら)死の位置がね、肉体の外から中に入ってきた気がする」と語った。そのすぐあとの三島の言葉をいま一度置く。

作家というのは、作品の原因ではなくて、結果ですからね。自己に不可避性を課したり、必然性を課したりするのは、なかば、作品の結果ですね。ですけれどもそういう結果は、ぼくはむしろ、自分の〝運命〟として甘受したほうがいいと思います。それを避けたりするよりも、むしろ、自分の望んだこ

となんですから(中略)。生活が芸術の原理によって規制されれば、芸術家として、こんな本望はない。

『国文学』昭和四五年五月臨時増刊

この発言のあと、「肉体」と「文学」の「無理強いの結合」が「完全に成就されれば」「『死刑囚たり且つ死刑執行人』たることが可能になる」と述べた。

肉体のはかなさと文学の強靭との、又、文学のほのかさと肉体の剛毅との、極度のコントラストと無理強いの結合とは、私のむかしからの夢でもあり、これは多分ヨーロッパのどんな作家もかつて企てなかったことであり、もしそれが完全に成就されれば、作る者と作られる者の一致、ボードレエル流にいえば、「死刑囚たり且つ死刑執行人」たることが可能になるのだ。

『サンケイ新聞』昭和四五年七月七日

この「私のむかしからの夢」ははたして可能なのだろうか。三島は「そこにいたる間道は」「こっそり通じているはず」だが、「宿命というものの美学的要請にもとづいて起るとしか思われ」ず、「宿命」は「めったに美学的要請に耳を貸さない」と述べている。

肉体における厳粛さと気品が、その内包する死の要素にしかないとすれば、そこにいたる間道は、苦痛の裡《うち》、受苦の裡、生の確証としての意識の持続の裡に、こっそり通じているはずだった。そして激烈な死苦と隆々たる筋肉とは、もしこの二つが巧みに結合される事件が起れば、宿命というものの美学的要請にもとづいて起るとしか思われなかった。尤《もっと》も、宿命というものが、めったに美学的要請に耳を貸さないことはよく知られている。

『太陽と鉄』

現実をザイン（所与のもの）ではなく、作品界で造型したゾルレン（あるべきもの）に積極果敢に合致させようとし、その苦しみを受忍した観念の作家は、類まれな自己コントロール力、忍耐強さでこれを遂行していた。

その三島の「宿命」は、苛酷にも「美学的要請に耳を貸」した。ついに「宿命」が「激烈な死苦と隆々たる筋肉」という「この二つが巧みに結合される事件」をもたらそうとしていた。それは「めったに」「耳を貸さない」「美学的要請」である。ならばそれにしたがって過激な行動に出て炸裂してもよいのだ。いや、そうすべきである。「芸術家として、こんな本望はない」のだから。そう自分に言い聞かせたのだろうか。

一編だけ、三島のよいところ悪いところすべてを凝縮したエキスのような小説を読みたいと求めたら、「憂国」の一編を読んでもらえればよい。

『三島由紀夫短編全集』解説、昭和四〇年

こう言い切った三島は、この作品について後年さらにこうまで述べた。

ここに描かれた愛と死の光景、エロスと大義との完全な融合と相乗効果は、私がこの人生に期待する唯一の至福であると云ってよい。

『憂国』新潮文庫解説、昭和四三年

三島にとって、文学的営為として描いた二・二六事件、特攻隊、神風連、サド、ヒットラー、日本の文化、伝統、歴史はもちろん、国体、憲法、自衛隊をふくめた政治的なもの、あらゆる行動も何もかも、この世の営為すべてが「エロティシズム」につうじていなければならなかった。三島にとってそこにこそまったき「美」「真の自由」があった。「自由なものは美」だったのだ。それらは〝超絶〟への到達を求める飽くなき志向、ゆるぎない意思がもたらす最上至高のものでなければならなかった。〝超絶〟とはカミである。つまり「天皇」であった。

井上隆史は「三島はほとんど生来のものと言ってよい死へのエロティックな渇望の持ち主であった」「表面的には愛国者の政治的行為と見えるものの根底に横たわっているのは、あくまでも私的な幻想であった」「苦痛に満ちた死の瞬間にしか自分の存在を実感できない地点に自身を追い込んでいった」（『三島由紀夫　虚無の光と闇』試論社、平成一八年）と言う。

三島の「美」は「エロス」につうじていた。幕末の志士たちや昭和の維新に動いた軍人たちの「天皇」への〝恋闕《れんけつ》の情〟も「エロス」につうじていた。三島にとり「天皇」、憂国の窮極には「美」と「エロス」

があった。三島の憂国が政治的な意味を帯びて見えても、三島自身にはそれは「美」に通じ、「エロス」に還元されるものだったのだ。

つまり、三島にとり「エロス」「美」の対象は男女を問わず、具象抽象を問わず、何ものも問わないものだった。何であろうと情動したものに「エロス」があり「美」があった。それがブロンズ像の制作にかたむけた熱情に見てとれるのだ。

ブロンズ像は富士を見ているのだろうか

三島が最後に分部順治のアトリエにやって来たのは、自決の三日前だった。その日はめずらしくスーツ姿だった。夜、弟一家と銀座で会食する予定だったのだ。裸でのポーズが終ったころ、妻瑤子と子どもたちが車でやって来た。像はまだ粘土型だった。

三島自決翌日の『サンケイ新聞』（昭和四五年一一月二六日）は、三島の部屋に「限りある命ならば永遠に生きたい」という遺書風の書きつけがあったと報じた。三島邸から出てきた親類が記者にしゃべったのだ。その親類は「三島は老いさらばえて生きてゆくよりも、歴史の中で生きたいと思ったのではないか」と語った。しかしそういうことではなく、死ぬ覚悟は堅くできていても、狂おしいほど生きていたかったのではないか。三島の「死」に向かう狂おしい情念「タナトス」は、それと等しい〝生〟を欣求《ごんぐ》する燃えさかる熱情「エロス」と鬩《せめ》ぎ合っていた。そして前者が後者を突きぬけ〝生〟を絶ったのだ。逆に「エロス」が「タナトス」を突きぬけ〝生〟にいたったと言ってもいい。

事件後三島の等身像があるらしいとマスコミが分部邸に押しかけてきた。三島は同じ月にセルフ・プロディースの三島由紀夫展を都内でやっていた。そこにミニチュアのブロンズ像の写真を〝等身大〟とキャプションして展示していたからだという。ということは三島に等身像を秘すつもりはなかったことになる。しかし分部は義父杉山寧と相談し、像を見せるのはまずいと隠した。

自決後分部の口座に制作費が振り込まれてきた。三島が生前銀行に手配していたのだ。分部が三島にブロンズ像をどうするのか聞くと、自分の墓に置くよう夫人に言ってあると話していた。壮絶な切腹死が修正をうながした。くっきり造られていた股間部分はつぶされ、顔からはポーズをとっていたときに浮かべていた苦悶のような喜悦の相も消えた。像はひと月ほど粘土型のまま置き乾かしてから石膏型にされた。石膏型はさらにブロンズにされて三島家に引き渡された。

自決の三カ月後、三島が企画した『サロメ』が上演された。演出は遺されたノートによって行われ、その指示にしたがい精巧な首が制作され、血をしとどに滴《したた》らせて舞台にあらわれた。三島は彫刻家のアトリエでそのヨハネの首を自らのものと思いなして「エロティシズム」の極に達していたのだろうか。ならば像の首型を『サロメ』の舞台に使いたかったろう。

市ヶ谷での決起は表沙汰になった〝三島由紀夫〟である。しかしブロンズ像制作に打ち込んでいた〝三島由紀夫〟は、遺族や関係者によって秘されてしまった。憂国ゆえの諫死《かんし》、日本の国柄をないがしろにする対米追随外交の政治的堕落に憤り、自衛隊を違憲状態のままに置く欺瞞に怒り、改憲によって自衛隊を国軍化せよ、天皇に栄誉を授けられるようにせよ、と訴えた志士、武士としての死。その死が常軌を逸した異常とも思える個人的な嗜好にまみれることを恐れたのだろうか。しかしそれでは〝三島由紀夫〟の全体像は結ばれない。

佐々淳行が三島の遺言をメモした「富士のみえるところへ墓とブロンズ像を建てよ」に、親族からの聞き書き「もう土地を買って手配してあった」が付されている。

平岡家の墓は戦前（昭和一五年）都立多磨霊園にもうけられ、すでに祖母なつ、祖父定太郎、妹美津子が葬られていた。この霊園は当時も今も分譲されず使用権だけの売買である。近くの小高い場所からは富士は望めるが墓所からは見えない。等身像を置くスペースもない。三島は秘かに自分だけの墓所を手配していた。佐々のメモにはないが、そのために分骨も遺書で指示していた。これを裏づける複数の証言記事がある。

村松剛氏（評論家）の話によれば、三島由紀夫は生前から「富士の麓、海の見える地に葬ってほしい」と願っていたという。「ですから、本葬のとき、すでに分骨してあるはずです。これは秘密になっていて、場所は私にもわかりません」

『女性セブン』昭和四六年一〇月一三日

「富士山と海の見える場所に、自分のブロンズ像を建て、分骨して葬ってくれ」—三島由紀夫が、親友らにあてた遺書の中に、こう書き残していたことが、このほど関係者の話でわかった。像は等身大の裸体像で、三島の知人だった東京・練馬の彫刻家の手で、すでにこの夏に完成している。平岡家では遺志に従って富士山と海を望む場所に建立する意向といわれる。まだ建立場所は未定……。

『読売新聞』同年一一月一六日

伊沢甲子麿《きねまろ》氏は云う。「三島が割腹自殺を遂げた直後に、三島の遺書に〝骨は分骨してくれ〟と書いてあるのが分かりまして、火葬した折に、その場で分骨したのです。一方は、平岡家の墓に埋葬する分、もう一つは、いずれ行なう森田必勝との合同葬儀の際に祭壇に祭るためのものです。一般に〝三島の遺骨は全部盗難にあった〟と思われているようですが、分骨された大部分の遺骨は、いまでも瑤子未亡人の手元にあるのです」。

林房雄氏も、こと〝分骨〟に関する話になると徹頭徹尾、トボケっ放し。「ホゥ、骨のことねぇー。分骨の話はあったけど、わしゃ知らん。一切ノーコメントにしとるんじゃ。わしゃ答えんことにしとるんじゃよ。ムニャムニャー」。

『週刊大衆』同年一二月二日

これらの発言は同年九月二一日に多磨霊園の墓から三島の骨壺が盗まれたことが判明し、その取材に対してなされたものだ。盗られても心配ないと言いたいがために、ひそかに分骨していたことがおおやけにされたのだ。林は口を緘したが、伊沢は村松があっさり分骨の真の目的に言い及んだことや新聞記事をカモフラージュしようとしている。死した三島と遺族へのそれぞれのおもんばかりの差異がみてとれる。

伊沢は三島の分骨指示のことを知っていると言っているのだから、ブロンズ像のことは伊沢あての遺書(佐々の手帳メモ画像参照〔二四一頁〕)。三島事件の公判でこの遺書の存在は明示されたが内容はおおやけにされなかった)にもあったのだろう。あるいは自決の十日前の一夜会ったときに明かされていたかもしれない。三島は自分だけの墓所の相談もしていたかもしれない。自分で手配すると露見してしまうので代りに手配させていたかもしれない。三島と同じ生年の伊沢の消息は不明だが早晩それらもあきらかになるだろう。

等身像が初めて公開されたのは事件から三年後だった。それはアトリエにあった石膏型に鉄粉を混ぜた漆をぬり、黒っぽくブロンズ風にみせたものだった。モデル本人とは関係のないタイトルがつけられたが、見る者にはあの自決した作家だと知れた。今それはある地方公共団体の施設の片隅に他の分部作品と一緒にひっそり保管されている。

像の制作中三島とは別に杉山夫妻がその進み具合を見がてら分部邸を訪れていた。三島の死後瑤子も分部夫妻と親しく交わるようになった。瑤子は分部の葬儀にも末期癌の病軀をおして参列した。ブロンズ像の秘密をまもってほしいとの気持ちからだったのだろう。いっしょの母親以上に老けて見えそれから四カ月後に没した。享年五八。

セバスチァン　俺は死なずに死ぬのだ
　　　　　　　俺は蘇る
　　　　　　　（中略）
　　　　　　　しかし蘇るためには
　　　　　　　俺は死なねばならぬ
　　　　　　　（中略）
　　　　　　　俺の運命《さだめ》を全うしなければならぬのだ
　　　　　　　　　三島由紀夫・池田弘太郎訳『聖セバスチァンの殉教』美術出版社、昭和四一年行為者の最高の瞬間は、彫刻芸術のような存在的芸術によってあらわされ……

未出稿「魅志魔雪翁百八歳の遺言録―己惚れ」『決定版全集36』

私は三島の遺骨があると思われる静岡県の函南地域の古刹を訪れた。とある山腹にかなりひろい境内を持つ禅寺である。ブロンズ像について訊くと、「事件当時の住職は平岡（三島）家と交流があり、お骨をあずかったようです。それがいまもここにあるかは申し上げられません。あったとしてもご遺族の了解なしに手をあわせていただくことはできません。はっきり申して、ここにブロンズ像はありません」。完成したブロンズ像は海のちかくのいずこかの地に安置され、訪れる者とてほとんどない深い孤独のなかで「富士」を見ているのだろうか。

そうなら山肌の雪に〝夢野の鹿〟の背に降り積もった〝雪〟を幻視しているのかもしれない。〈三島由紀夫〉のペンネームを案出した『文藝文化』同人のひとり、蓮田善明は『文藝文化』（昭和一七年）に「夢野の鹿」（『風土記』）を引いた。同人たちはペンネームの「由紀」に富士の「雪」をかさねていた。蓮田はさらに〝夢野の鹿〟の背に積もった〝雪〟も含意させていたのだろう。その〝雪〟は鹿が死にいざなわれることを表象している。〝三島由紀夫〟はそうやって死しても死に魅入られているのだろう。

おわりに

私が熊本の地を訪れ、三島由紀夫氏が昭和四一年に『奔馬』の取材で来熊したときの行跡をたどったのは、もう一〇年以上前になる。神風連資料館の方から氏が立ち寄ったという市街の喫茶店を教えて頂いた。メニューは不思議な味の水出しコーヒー一品だけという狭い独特な趣きの店だった。まえの東京オリンピックの年に開店して以来、一人でずっとやっているという店主も不思議な雰囲気を醸《かも》し、氏が何度も忍んで来ていたと話していた。〝三島神話〟はそこかしこで独自に成長しているようだ。

そのとき以来、小著を上梓しようと思い立った。徳岡孝夫氏が、「『三島事件』に立ち会った私」で述べられたことを巓《てん》として、それを支えるすそ野を広げていったら、かようなひと山となった。

昨年は「花ざかりの森」の原稿のために熊本を再訪した。所蔵されている蓮田太二御夫妻と「おく村」で会食した。そこは五〇年前に三島氏が太二氏の母堂と会食した老舗の料亭だった。

いつだったか、山中湖畔での集まりで三島文学館の関係者と雑談をした。そのとき、戦前の学習院という特異な環境が氏に及ぼした影響について、まだ十分に解明されていないことが話にのぼった。たしかに氏はその一〇代に学習院の他では得られなかっただろう師や先輩との清冽な文学的交流を得た。そのなかで、内外の古典文学、近代小説、詩、浄瑠璃・謡曲などを耽読濫読し、鏡花、馬琴、近松、ラディゲ、リルケ、リラダン、ワイルド、ヘルダーリン、ニーチェ、サド、セバスチァン、それらをとおして、美、エロス、そしてタナトスに親しんだ。実生活を通じて、二・二六事件、特攻隊、神風連、天皇、恋、さまざまな死とも出合っていた。氏にあの結末をもたらした、人生の軌跡の秘鑰《ひやく》はその一〇代の学習院時代にある。

第一章では、その一端の解明につとめた。

第二章では、氏が二〇代以降交わった川端康成氏との関係性を論じた。これについて、川端家からのコメントを期待したい。

第三章には、事件で死した楯の会隊員の一人と生き残った三人のおもいを置いた。そして、「三島事件」のいくつかのミステリー、謎を取りあげ論じた。そこには事件の相貌を一変する佐々淳行氏の証言も置いた。同氏は日々の行動と時々の見聞を詳細に手帳に記していた。幾冊もの手帳は、他の資料とともに国会図書館に寄贈された。これが調査研究されれば六〇年、七〇年安保騒乱、数々の過激派テロのあった昭和という時代の治安、安全保障面からの姿がより明瞭になることだろう。中曾根康弘氏についても書いたが、ご本人からのコメントを期待したい。

〝影の楯の会隊員〟だったNHK記者伊達宗克氏にフォーカスする紙幅はなかったが、伊達氏は事前に氏の決起を知っていたようだ。

第四章では、氏が死に向かった心中の解明を試みた。これまで制作意図やその経緯が不明だったため等閑視されていた氏の等身大像を論じた。氏はそこに忽《ゆるが》せに出来ないものを秘かに籠めていた。分部順治氏作とされていたが、吉野毅氏も制作にかかわっていた。氏が決起の直前、足繁く通ったアトリエの当時のままの大鏡は、自死に向かう氏の聖セバスチァンになりきった表情と姿を映していたのだ。

井上隆史氏には大学の研究室で、あるいはメールで、電話でもさまざまな質問に応じて頂き、貴重なアドバイスを頂いた。富岡幸一郎氏には小著のエッセンスの一部の『表現者』への掲載をご快諾いただいた。田中美代子氏には数々の御教示をいただいた。死の直前の氏が語りおろした「革命哲学としての陽明学」を『諸君！』に掲載した田中健五氏（最初の出会いは「橋づくし」の原稿取りだったという）、まったくマスコミに出ない瑤子夫人からインタビュー記事を取りつけた立林昭彦氏、平岡梓氏の『伜・三島由紀夫』の『諸君！』連載時の担当者東真史氏からも貴重な話をうかがった。小著には盛り込めなかったが、寺田英視氏には保田與重郎について草した小文に御指摘を頂いた。朝日新聞記者岩崎生之助氏、葛飾区議平田みつよし氏には取材の御支援を頂いた。以上各氏と小著刊行に御協力と御尽力を頂いたすべての関係者並びに版元に、心からの感謝を申し上げる。

旧帝国陸軍軍人で元自衛官平城《ひらじょう》弘通氏には、もう五年前の厳冬の中、体調不良にもかかわらず、長時間の取材に複数回応じて頂き、又幾通もの篤実な信書を戴いた。しかしその後まもなく亡くなられた。心より哀悼の意を表する。平城氏からうけたまわったことは今回ほとんど盛り込めなかったが、別著に生かす所存である。

不一　筆者識

平成二九年九月一日

西法太郎（にし・ほうたろう）
1956（昭和31）年長野県生まれ。東大法学部卒。総合商社勤務を経て文筆業に入る。「21世紀の日本を考える竹林会」主宰
【執筆】
「三島由紀夫わが姉の純愛と壮絶自決現場」『文藝春秋』2014年1月号
「潮っ気にあふれた若者たちの魂よ」『文藝春秋』2013年10月号
「新資料発掘―歴史に埋もれた『三島由紀夫』裁判記録」『週刊新潮』2012年11月29日号
「『影の軍隊』元機関長が語る『自衛隊』秘史」『週刊新潮』2012年8月30日号
「三島由紀夫―聖セバスチァンのポーズに籠めたもの」『表現者』2017年5月、7月、9月号
「三島由紀夫の処女作『花ざかりの森』肉筆原稿」『表現者』2017年3月号
「歴史発掘スクープ 三島由紀夫「処女作」幻の生原稿独占入手」『週刊ポスト』2014年1月25日
「三島由紀夫44年越しの『全裸像』発見！」『週刊ポスト』2014年1月17日
『産経新聞』『朝日新聞』『毎日新聞』『夕刊フジ』『正論』『WiLL』『新潮45』『Voice』『FACTA』『激論ムック』などに執筆多数

死の貌――三島由紀夫の真実

2017年11月30日　初版第1刷印刷
2017年12月 8 日　初版第1刷発行

著　者　西　法太郎
発行人　森下紀夫
発行所　論 創 社
〒101-0051 東京都千代田区神田神保町2-23　北井ビル2F
TEL：03-3264-5254　FAX：03-3264-5232　振替口座 00160-1-155266
装幀／奥定泰之
印刷・製本／中央精版印刷
組版／フレックスアート
ISBN978-4-8460-1669-2